A MELODIC INDEX
to
HAYDN'S
INSTRUMENTAL MUSIC

A MELODIC INDEX
to
HAYDN'S
INSTRUMENTAL MUSIC

A Thematic Locator for Anthony van Hoboken's
Thematisch-bibliographisches Werkverzeichnis,
Vols. I & III

by
Stephen C. Bryant
and
Gary W. Chapman

Foreword by
Jan LaRue

THEMATIC CATALOGUES No. 8

Pendragon Press   *New York, N.Y.*

From the same publisher:

THEMATIC CATALOGUE SERIES

No. 1   *Giovanni Battista Pergolesi (1710-1736): A thematic catalogue of the Opera Omnia* by Marvin Paymer (1977)

No. 2   *Ignace Pleyel: A thematic catalogue of his compositions* by Rita Benton (1977)

No. 3   *John Coprario: A thematic catalogue of his music* by Richard Charteris (1977)

No. 4   *Three Haydn Catalogues: Second facsimile edition* with a survey of Haydn's oeuvre by Jens Peter Larsen (1979)

No. 5   *Franz Schneider (1737-1812): A thematic catalogue of his compositions* by Robert N. Freeman (1979)

No. 6   *The Danish RISM Catalogue: Music manuscripts before 1800 in the libraries of Denmark* by Nanna Schiødt and Sybille Reventlow, 20 microfiches

No. 7   *Jean Francois LeSueur (1760-1837): Catalogue thématique de l'oeuvre complète* by Jean Mongrédien (1980)

Library of Congress Cataloging in Publication Data

Bryant, Stephen C.
    Melodic index to Haydn's instrumental music.

    (Thematic catalogues series ; 8)
    1. Haydn, Joseph, 1732-1809–Thematic Indexes.
I. Chapman, Gary W. II. Title. III. Series.
ML134.H272A2   780'.92'4   81-17727
ISBN 0-918728-19-3   AACR2

CONTENTS

FOREWORD

The remarkable expansion of American musicology after the Second World War stimulated a large variety of fundamental bibliographical efforts in music. These include not only many useful compilations at the back of dissertations, but also whole series such as the *MLA Index Series* (1964+), the *Detroit Studies in Music Bibliography* (1967+), George Hill's *Music Indexes and Bibliographies* (1970+), and the various bibliographical series of Pendragon Press (1976+). The publication of fresh research, in particular the new source catalogues, called forth a second generation of bibliographical tools: bibliographies of bibliographies (Vincent Duckles' *Music Reference and Research Materials*, 1964) and catalogues of catalogues (Barry Brook's *Thematic Catalogues in Music*, 1972).

With all this flood of information, it became necessary to distinguish true and false information from disinformation, i.e. modern republications of non-authentic facts or sources. The required cross-checking is a boring, blinding task, but we cannot write reliable music history until we know who wrote what. One such project, "A Thematic Identifier Catalogue of 18th-Century Symphonies", which I began in 1954, is now approaching publishable (though never final) condition, with the aid of a grant from the National Endowment for the Humanities. As offshoots, several seminars at New York University have constructed similar research tools on a smaller scale. Two of these projects have reached publication, owing to the efforts of talented and energetic members of the seminars: George Hill and Murray Gould's *A Thematic Locator for Mozart's Works* (1970), and the present interesting Haydn compilation by Stephen Bryant and Gary Chapman. The Haydn index is invaluable in providing incipit listings arranged first according to the original keys and then in transposition to a universal C major/minor, a locator that can track compositions whose key is not known.

For those interested in Haydn's style, the Bryant-Chapman Index serves many analytic purposes and also makes fascinating if somewhat specialized bedtime reading. Where else can one discover that Haydn apparently never wrote an opening theme on the notes B-A-C-H? Or that the slow movement of Haydn's early keyboard trio in Bb prefigures the slow movement of Bartók's Third Piano Concerto? (Some scholars think the Haydn trio was written by Pleyel, a fine example of the need for more identifier indexes.) Even for those who at the moment may have nothing to locate or identify, the Index provides ample terrain for musicological browsing, the unstructured search for seemingly unimportant but potentially intriguing information. Which key occurs least often? (C♯ major.) What movement begins with the most repetitions of a single tone? (19 D's in the Trio of the String Quartet, Op. 76, No. 2.) One can browse for hours.

Jan LaRue

ACKNOWLEDGMENTS

This project was initiated in the doctoral seminar in musicology (1976-1977) at New York University, under the direction of Professor Jan LaRue. We wish therefore to acknowledge the work of our fellow members of the seminar: Steven Billington, Andrew Hornick, Fred John, David Kielar, Dennis Leclair, Leanne Logsdon, and Eileen Pearsall. We also wish to thank the Graduate School of Arts and Science and the Department of Music at New York University for generously making available computer resources for the project. We are grateful to our editor at Pendragon Press, Bob Kessler, for his sound advice and spirited cooperation during the final stages of the project; and to Christopher Riopelle and Dennis Dugan for their helpful stylistic criticisms. Finally, we are deeply indebted to Professor Jan LaRue for having kindly agreed to write the foreword to the volume, and for his encouragement throughout our work.

New York University   Stephen C. Bryant
March 31, 1982   Gary W. Chapman

INTRODUCTION

BACKGROUND

In 1957, Anthony van Hoboken published the first volume of his monumental *Thematisch-bibliographisches Werkverzeichnis.*[1] Hoboken's catalogue, a comprehensive bibliographical investigation into Franz Joseph Haydn's instrumental music, has become an indispensable tool for research in music of the Classic period. In 1978, Volume III of the Hoboken catalogue appeared, entitled *Register, Addenda und Corrigenda.* This final volume emends a number of entries from the earlier volume, and presents others for the first time.

The present work indexes the opening melodies, or incipits, of Haydn's instrumental movements as catalogued by Hoboken in these volumes. As Professor LaRue notes in his foreword, this index takes its place among a growing body of research tools designed over the past several decades to provide bibliographic access to vast quantities of music from the 17th and 18th centuries, where the embarrasment of riches is particularly striking. Hence a number of variously structured incipit indexes have appeared for such masters as Bach, Mozart, Pergolesi, Pleyel, and Purcell.[2] This index is intended to answer a similar

---

[1] Mainz: B. Schott's Söhne. Volume II (1971) concerns Haydn's vocal music.

[2] McAll, May deForest Payne. *Melodic Index to the Works of J. S. Bach.* New York: Peters, 1962.

Hill, George R. and Gould, Murray. *A Thematic Locator for Mozart's Works as listed in Koechel's Chronologisch-Thematisches Verzeichnis*—Sixth Edition. *Music Indexes and Bibliographies No.1.* Hackensack, N.J.: Joseph Boonin, Inc. 1970.

Paymer, Marvin E. *Giovanni Battista Pergolesi, 1710–1736. A Thematic Cata-*

need in the case of Haydn, whose oeuvre is one of the most complex and extensive from this period. We have adopted certain features of this index from earlier works, such as the use of alphabetic notation (cf. Barlow and Morgenstern,[3] as well as the Mozart, Pergolesi, and Purcell indexes) and the insertion of two entries for each incipit with grace notes (cf. the Mozart index). At the same time, we have included new features, most notably the presentation of the incipits in two separate lists: first, in their original keys, and second, transposed to C major/minor.

Our guiding concern has been to present, in an easily used format, the information essential to the location of a theme by Haydn in the Hoboken thematic catalogue. Experience shows that it is only necessary to encode pitch information, omitting various other musical features, such as octave ranges, rests, and rhythmic values. Because this index will be used in conjunction with the Hoboken catalogue, where all of these features are to be found, it was considered best not to overly complicate our entries by their repetition. On the other hand, we consider it valuable to inform the researcher of each incipit's original key and genre. These data, presented in columns adjacent to the main entries, may prove valuable orientation points for the researcher as he locates a theme.

---

logue of the Opera Omnia. New York: Pendragon Press, 1977.

Benton, Rita. *Ignace Pleyel. A Thematic Catalogue of his Compositions.* New York: Pendragon Press, 1977.

Zimmerman, Franklin B. *Henry Purcell, 1659—1695. Melodic and Intervallic Indexes to his Complete Works.* Philadelphia: Smith-Edwards-Dunlap, 1975.

The Pleyel and Purcell works suggest a valuable trend toward incorporating locator indexes within thematic catalogues of composers' works, just as Barry Brook included an alphabetical index within *La symphonie française dans la second moitié du XVIIIe siècle* (Paris: Publications de l'Institute de Musicologie de l'Université de Paris, 1972). For an overview of the subject of thematic catalogues and indexes, see Brook's article "Thematic Catalogues" in *The New Grove Dictionary of Music and Musicians* (London: MacMillan, 1980) and the introductory essay to his *Thematic Catalogues in Music: an Annotated Bibliography* (Hillsdale, N.Y.: Pendragon Press, 1972).

[3] Barlow, Harold and Morgenstern, Sam. *A Dictionary of Musical Themes.* New York: Crown, 1948; and *A Dictionary of Opera and Song Themes.* New York: Crown, 1950.

In using the computer to help prepare this index, our first step was to transfer the incipits from the musical notation in the Hoboken catalogue to letter notation on punch cards. Second, a printout of these cards was checked meticulously against Hoboken. The computer then performed the thankless tasks of transposing incipits to C major/minor, sorting them in alphabetical order, and preparing camera-ready copy for the printer. Each of these chores, if done by hand, could generate new errors, not to mention extreme tedium. Through use of the computer, we are confident that the final index is as accurate as our original data.

Another benefit of automation was the flexibility it provided for insertion of additional data and choice of format for the final index. The use of video display terminals in the later stages of the project facilitated such adjustments. The computer was able to print out the index in alternative formats, allowing us to choose the one best suited to general use. We were also able to ask the computer certain questions which arose as work progressed, such as "how many incipits have a double sharp or double flat?"(1 and 0). Finally, it may be of interest to note that the Hoboken group numbers were a late addition to the index, involving approximately 30 minutes of work. If prepared by hand, the index would have been much harder to coerce into its final form.

INSTRUCTIONS FOR USE

The incipits appear here in two separate lists. The first half of the volume presents the themes in their original keys, with all of the themes in each key grouped together in alphabetical order. In the second half of the volume, the incipits are transposed to the tonality of C major/minor and listed alphabetically. Therefore, if the researcher knows the true pitches of a theme, and consequently its key, he may consult the original key list directly. On the other hand, if the researcher does not know the original key of a theme, he may consider it as being in C major/minor and may then search for it in the transposed list.

The following alphabetic sequence is employed for both lists:

Ab A A♯ Bb B C C♯ Db D D♯ Eb E F F♯ Gb G G♯

The first list, with incipits in their original keys, follows this order in presenting each key group, with each major key group followed by its parallel minor. Thus, for example, all the incipits in Eb major are followed by those in Eb minor, followed by those in E major, and so on. Within each key group, the incipits are alphabetized in accordance with this order, as is the entire body of incipits in the second list.

Example 1

Minuet in G, Hoboken IX/6, Nr. 6.
The ninth incipit on page 552 of Hoboken, Volume I.

Original Key List: G B G G F♯ D D D C A A D B G   G   IX   552/9
Transposed List: C E C C B   G G G F D D G E C   G   IX   552/9

Next to each incipit (column 1), the following information appears: in column 2, the original key of the theme; in column 3, the number of the Hoboken group to which the theme belongs, indicating the musical genre of the work; and in column 4, the incipit's location in the Hoboken catalogue, giving its page in Hoboken, and the position of the incipit on that page. Unless otherwise indicated, location identifications all refer to Volume I of Hoboken.

Up to 15 characters (including accidentals) are given for each entry. When Hoboken includes more than one melodic line in an incipit, e.g. a counterpoint to the main theme as well, each line is entered separately in the index. Both entries, of course, receive the same identification of location in the Hoboken catalogue. In a few instances, the Hoboken catalogue gives clearly inadequate information as to the melodic contour of a movement's opening. Wherever possible in such cases, we have clarified our entries after consulting published scores of the works.

SYMBOLS AND ABBREVIATIONS

m   A lower case 'm' following the designation of a theme's tonality indicates the minor mode; thus, Gm signifies the key of G minor.

*   In some cases, the Hoboken location is preceded by an asterisk; e.g. *463/4. The asterisk signifies that this entry, found on page 463 of Hoboken Volume I, has been emended by information contained in Hoboken Volume III. After looking in Volume I, which provides basic information concerning the theme, the researcher is advised to consult Volume III concerning the correction.[4]

3   In other cases, the location is preceded by the number '3': e.g. 3/331/1. This signifies that the incipit appears only in Volume III of Hoboken, in this case as the first incipit on page 331.

x   A lower case 'x' in an incipit indicates a double sharp. This symbol occurs only once in the index (original key list, page 12), in a theme in the key of B major.

[4]Only pitch changes between Volumes I and III of Hoboken are reflected in this index. Volume III, however, presents corrections and additions of all types to the original information in Volume I, and therefore should be consulted on all occasions.

Finally, when a given note appears more than five times in succession, we have abbreviated with a number in the index. For example, CCCCCC is abbreviated as 6C. It must be remembered, however, that 6C is alphabetized as if it were written out CCCCCC. Thus, the following (imaginary) succession of incipits, which may appear odd at first, is alphabetically correct:

C C C C C B C	(= C C C C C B C)
6 C A AG GG	(= C C C C C C AAGGG)
C C C C C DE	(= C C C C C D E)

GRACE NOTES AND ORNAMENTS

Because a theme may appear in a source (or be remembered) without its grace notes, all incipits with notated grace notes receive two entries in the index: one with, and one without, these notes.

Example 2
Symphony in Bb, Hoboken I:B19, first movement.
The first incipit on page 285 of Hoboken, Volume III.

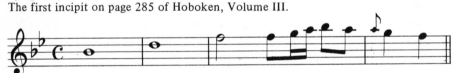

Original Key List:	Bb D F F G A Bb A A G F	Bb I	3/285/1
	and		
	Bb D F F G A Bb A G F	Bb I	3/285/1
Transposed List:	C E G G A B C B B A G	Bb I	3/285/1
	and		
	C E G G A B C B A G	Bb I	3/285/1

Only notated graces in a theme are listed in the index. Therefore, in cases where Haydn employs other ornament signs, such as *tr* , $\curlyvee$, and $\sim\!\!\!\!\wedge$, the implied notes are not reflected in our entries.

HOBOKEN GROUP NUMBERS

The listing of Hoboken group numbers is intended to give the researcher an immediate indication of the type of piece in which an incipit appears. Hoboken divides Haydn's instrumental works into the following groups:

I	Symphonies
Ia	Overtures
II	Divertimenti for four and more instruments
III	Quartets for 2 violins, viola and cello
IV	Three-part divertimenti
V	String trios
VI	Duos for various instruments
VII	Concertos for various instruments
VIII	Marches
IX	Dances
X	Works for various instruments with baryton
XI	Trios for baryton, viola (or violin) and cello
XII	Duos for baryton, with or without bass
XIII	Concertos for baryton
XIV	Divertimenti with keyboard
XV	Trios for keyboard, violin (or flute) and cello
XVa	Keyboard duos
XVI	Keyboard sonatas
XVII	Keyboard pieces
XVIIa	Pieces for keyboard four hands
XVIII	Concertos for keyboard
XIX	Pieces for musical clock *(Laufwerk)*
XX/1	Instrumental version of *Die sieben letzten Worte unseres Erlösers am Kreuze*

Incipits in the Original Key

Ab major

AbBbCBbDbGAbCEb	Ab	VII	536/2
AbCBbAbAbGFFEbD	Ab	VI	512/2
AbDbCDbFEbDbCBb	Ab	III	388/4
AbDbCDbFEbDbCC	Ab	III	388/4
AbEbCBbBbAbGAb	Ab	XV	696/1
AbEbDbDbCDbCBbC	Ab	XVI	769/6
AbFEbDbDbCDbCBb	Ab	XVI	769/6
CCCEbDbBbGAbCAb	Ab	XV	696/3
CCDbCBbCEbDbBbG	Ab	XV	696/3
CDbEbDbCCCGAbC	Ab	XVI	767/3
CDbEbEbEbAbEbDb	Ab	XVI	767/4
CDbFEbDbCCCGAbC	Ab	XVI	767/3
CEbGAbEbCBbBbAb	Ab	XV	696/1
EbAbEbEbEbEbDb	Ab	I	48/2
EbAbGAbGBbDbCDb	Ab	XVI	3/350/2
EbCAbAbAbGAbBb	Ab	XVI	767/1
EbCAbGEbAbAbEb	Ab	III	383/14
EbCBbAbAbGAbGbF	Ab	III	388/3
EbCCDbCBbAbGBb	Ab	V	478/2
EbCDbCBbAbGAbGF	Ab	V	478/2
EbCDbCDbBbBbCBb	Ab	XVI	760/11
EbCDbEbF	Ab	III	388/3
EbCEbDbCDbBbBb	Ab	XVI	760/11
EbEbDbCAbGFEbEb	Ab	XVI	769/4
EbEbDbFEbDbCBb	Ab	XVI	769/8
EbEbEbAbAbAbCCC	Ab	XVI	767/2
EbEbEbDEbFGAbGG	Ab	XVI	749/2
EbEbEbEbFGAbGF	Ab	XVI	749/2
EbEFEbDbCBbAbG	Ab	I	25/1
EbFEbDbCBbAbGFF	Ab	XVI	769/4

A major

7AC#EC#BAAG#F#E	A	I	156/1
7AC#EC#BAG#F#EA	A	I	156/1
AAAAABC#BAG#AE	A	XI	603/1
AAAAAG#ABC#AAAA	A	I	268/4
AAAAAG#F#EDC#DE	A	I	81/1
AAAABBBAG#G#F#	A	XI	639/2
AAAAC#BAG#AEF#E	A	XI	603/1
AAAAF#DDD	A	I	17/1
AAAAG#F#ED#EDF#	A	IX	548/10
AAABAG#F#EABC#B	A	III	368/2
AAABC#DC#DEF#EE	A	XI	601/2
AAAC#AC#DAAC#A	A	I	9/2
AAAC#BAAF#G#AF#	A	XI	597/1
AAAC#EEDBG#A	A	III	411/1
AAAC#G#BEDAC#AA	A	I	23/5

Column (1) Incipit, (2) Original Key, (3) Hoboken Group, (4) Hoboken Location

AAAEAAABC#DEF#D	A	XI	603/4		ABC#DEF#EEC#AE	A	III	368/7
AAAEAAABC#DEF#E	A	XI	603/4		ABC#DEF#G#AF#EA	A	XVI	738/1
AAAEC#AF#F#F#DA	A	XI	608/8		ABC#DF#EDEF#AG#	A	XI	594/5
AAAF#F#DEC#A	A	IX	572/14		ABC#D#EF#G#	A	X	590/3
AAAG#DC#C#B	A	XI	616/8		ABDC#BAEEEEEF#	A	XV	719/4
AAAG#G#F#F#EED	A	IX	551/8		ABDC#BAF#EEEF#	A	XI	600/2
AABABAABC#DEF#	A	IX	553/12		ABDC#BAG#AB	A	XI	618/7
AABC#BAAEC#AEF#	A	I	267/1		ABDC#C#AG#AB	A	X	583/3
AABC#C#D8EDDC#B	A	III	377/5					
AABC#C#D8EDDDC#	A	III	377/5		AC#ABAF#G#AG#F#	A	XI	630/4
AABC#EDC#B	A	I	81/5		AC#ADBAC#AF#B	A	XI	630/2
AAC#AF#A#BBEG#A	A	I	9/5		AC#ADBEDC#F#F#	A	I	268/2
AAC#BABAABC#DE	A	IX	553/12		AC#ADC#BC#ADEF#	A	XI	598/6
AAC#BAG#ABC#BD	A	XII	663/8		AC#AEC#AEC#ABC#	A	III	389/11
AAC#BDC#AG#F#ED	A	I	23/5		AC#AEC#AEEF#G#A	A	VII	526/1
AAC#EC#EC#EDC#	A	XX/1	837/6		AC#AEF#DBEBDC#A	A	XI	626/3
AAC#EDDDDDC#F#D	A	III	368/1		AC#BABC#AEAEC#E	A	X	586/6
AAC#EEEEF#EDC#B	A	XI	621/1		AC#BAEAF#EC#BAE	A	III	370/4
AAC#EEEEF#EEDC#	A	XI	621/1		AC#BAEAG#F#EC#B	A	III	370/4
AADC#BAAAF#EDC#	A	XI	626/2		AC#BAEDEF#BDC#D	A	XVI	743/2
AADC#EDF#EG#F#A	A	I	266/6		AC#BAEEEEEG#F#E	A	I	267/4
AAEC#C#A	A	I	269/1		AC#BAF#EDC#BC#	A	XI	622/8
AAEC#C#AEEC#AG#	A	III	461/1		AC#BAG#AF#DBAG#	A	XII	664/9
AAEC#EBEG#EEF#E	A	I	52/2		AC#BAG#F#EDC#DD	A	IX	562/2
AAF#EEEAF#DC#C#	A	IX	575/7		AC#BBAG#AF#DBA	A	XII	664/9
AAG#ABAG#AAAAAB	A	I	267/2		AC#BC#DC#EDEF#E	A	I	31/5
AAG#AC#EDDC#DF#	A	XII	664/2		AC#BG#AAF#EDC#	A	I	46/2
AAG#AF#AEG#AC#B	A	I	23/2		AC#BG#AAF#EEDC#	A	I	46/2
AAG#EAAAG#F#ED	A	I	23/5		AC#BG#EF#EDC#C#	A	I	52/2
AAG#EF#D#EGGF#D	A	XI	635/8		AC#C#C#EDBBBBD	A	I	9/3
AAG#F#EDC#BEDDD	A	XVI	743/1		AC#C#EEAAC#BAG#	A	XV	719/2
					AC#DBABG#AAEF#D	A	XI	627/7
ABABC#AEAEC#DC#	A	X	586/1		AC#DBAG#AC#EF#D	A	XI	639/1
ABAC#E	A	XVI	751/8		AC#DBG#A	A	X	590/8
ABC#AC#EEAEC#ED	A	XVI	738/4		AC#DEDC#BAAG#AA	A	V	503/5
ABC#AEC#DBAG#F#	A	III	411/4		AC#DEDC#BAG#AA	A	V	503/5
ABC#AEEF#G#F#	A	X	590/2		AC#EAAG#C#BDF#A	A	IV	467/11
ABC#BAEEEEEF#G#	A	XV	719/4		AC#EAAG#F#EAED	A	II	325/1
ABC#BAF#EEEF#G#	A	XI	600/2		AC#EAAG#G#F#EAE	A	II	325/1
ABC#BC#	A	I	81/5		AC#EAC#EEC#EDC#	A	IX	550/11
ABC#BC#BC#DC#	A	IX	574/10		AC#EAC#EEC#EED	A	IX	550/11
ABC#BC#BC#DC#	A	IX	574/10		AC#EADF#EDC#BB	A	III	375/4
ABC#C#C#BBC#DDD	A	IX	567/12		AC#EADF#EDC#C#B	A	III	375/4
ABC#D	A	XVI	743/4		AC#EAEC#DBG#EA	A	XI	653/2
ABC#DBC#ABE	A	I	23/3		AC#EAEDC#	A	II	325/5
ABC#DBEC#ADC#BA	A	XI	595/2		AC#EBBC#BAAC#BE	A	XI	653/7
ABC#DC#C#EEDBG#	A	XI	618/5		AC#EBDC#BAB	A	XI	612/5
ABC#DC#DEF#E	A	XI	597/4		AC#EBDDC#BAB	A	XI	612/5
ABC#DEDEF#G#F#	A	XI	594/5		AC#EDBG#A	A	III	411/1
ABC#DEEED#EB	A	XII	663/6		AC#EDC#BA	A	XVI	751/6

Column (1) Incipit, (2) Original Key, (3) Hoboken Group, (4) Hoboken Location

AC#EDC#BAG#AF#D	A	IX	562/10	AEEEF#EDC#C#BC#	A	III	377/1
AC#EDC#C#BABC#D	A	IX	562/10	AEEF#DDEC#ADBA	A	II	353/3
AC#EDC#C#BAG#A	A	IX	562/10	AEEF#F#DDEC#C#D	A	XI	595/4
AC#EDC#C#DEDC#B	A	VII	527/3	AEF#ADEAC#DBAG#	A	XI	626/1
AC#EDF#EF#AG#BA	A	IX	3/317/2	AEF#ADEAC#DC#BA	A	XI	626/1
AC#EEAEDBBC#A	A	I	9/4	AEF#C#C#DEBC#E	A	I	267/3
AC#EEC#DEF#G#A	A	III	389/14	AEF#C#DEBC#E	A	I	267/3
AC#EEDC#DEBDC#B	A	V	505/2	AEF#C#EDC#DDBED	A	XI	646/1
AC#EEDDC#DC#C#	A	I	92/3	AEF#DBDC#E	A	IX	575/9
AC#EEEEDC#DDC#D	A	I	92/3	AEF#DF#EG#AABAB	A	I	266/7
AC#EEEEEF#EDC#B	A	XI	603/6				
AC#EEEF#EEDC#C#	A	XII	663/9	AF#DC#G#AEC#	A	II	354/1
AC#EEG#AEDC#BA	A	IX	572/4				
AC#EEG#AEDDC#BA	A	IX	572/4	AG#AAAG#G#F#F#E	A	IX	3/320/6
AC#EF#DBG#AEF#D	A	XI	611/2	AG#ABAC#C#EDC#	A	III	389/13
AC#EG#	A	X	590/4	AG#ABAEC#AAG#AB	A	IX	552/3
AC#EG#G#AAC#EDD	A	I	90/4	AG#ABAG#AEAG#A	A	XV	719/1
AC#F#DEDC#BAG#A	A	VII	534/4	AG#ABG#EDC#BAG#	A	IX	557/5
				AG#ADC#	A	VII	534/4
ADC#BAEEEEEAG#	A	I	267/4	AG#ADC#BAG#ABC#	A	I	83/2
ADC#BAEEF#G#AAA	A	XI	599/1	AG#AD#E	A	XI	622/7
ADC#EF#EDC#BBB	A	I	92/1	AG#AEC#AEC#F#F#	A	IX	573/1
ADC#EF#EDC#BBBD	A	I	92/1	AG#AG#F#EAC#EED	A	XI	599/4
				AG#EABEC#DBG#E	A	IX	569/9
AEAC#AC#EEEDBED	A	XVIII	821/6	AG#EBABC#D	A	XVI	751/7
AEC#AAAABAG#F#E	A	XI	610/7	AG#F#DDC#BEEDC#	A	XI	627/10
AEC#AAAABG#F#EA	A	XI	610/7	AG#F#E	A	XI	597/3
AEC#AAG#ABC#DC#	A	III	455/4	AG#F#EDC#AF#ED	A	XI	598/2
AEC#AAG#ABC#ED	A	III	455/4	AG#F#EDC#AF#EED	A	XI	598/2
AEC#AEC#EABEA	A	V	505/1	AG#F#EDC#BA	A	I	17/5
AEC#BAC#DEEDC#	A	IX	548/8	AG#F#EDC#BAG#F#	A	XVI	751/9
AEC#BAF#G#AG#F#	A	VI	511/4	AG#F#EDF#EDC#BE	A	VII	526/3
AEC#BDC#C#EC#G#	A	IX	550/12	AG#F#EEF#D	A	XV	690/1
AEC#C#EDBG#AAC#	A	XV	690/1				
AEC#DC#BC#EDBG#	A	XV	690/1	BAG#AF#G#EF#DE	A	III	411/5
AEC#DF#DEDDDC#	A	XI	627/9				
AEC#F#DBG#EDDC#	A	XI	598/4	BC#EC#BC#AA	A	I	90/4
AEC#F#DBG#EDED	A	XI	598/4				
AEDC#BADF#G#BA	A	VI	511/4	C#BAAAADC#BBBB	A	IX	566/15
AEDC#DEC#BAG#A	A	V	504/2	C#BAAAAEDC#C#C#	A	I	268/3
AEDC#EF#EAAG#F#	A	XI	605/5	C#BC#DBG#BAC#EA	A	IX	564/6
AEEAF#F#AEEF#ED	A	XVI	738/2	C#BC#DEC#ABG#EA	A	XV	710/2
AEEEAF#F#BG#EF#	A	XVII	798/2	C#BC#DEEEF#F#F#	A	IX	553/7
AEEEAG#F#F#BG#E	A	XVII	798/2				
AEEEEC#C#DB	A	XVII	798/1	C#C#C#EDBBBDC#	A	IX	566/7
AEEEEC#DB	A	XVII	798/1	C#C#EDC#BBC#ABB	A	III	404/7
AEEEEEF#G#AAAAB	A	XI	646/4				
AEEEEEF#G#AAAA	A	XI	646/4	C#DBAAC#AG#	A	IV	467/9
AEEEEF#DC#DEDC#	A	XI	610/4	C#DBAG#AC#EF#G#	A	IX	562/1
AEEEEF#DDC#DED	A	XI	610/4	C#DBE	A	I	156/4

Column (1) Incipit, (2) Original Key, (3) Hoboken Group, (4) Hoboken Location

Incipit	Key	Group	Location
C#DC#BAAG#ABC#D	A	III	415/2
C#DC#BAEBC#DC#B	A	I	90/5
C#DC#BC#EDC#BB	A	III	404/7
C#DC#DBAG#AC#D	A	I	92/5
C#DC#DEG#AEDC#D	A	III	422/4
C#DE	A	I	156/4
C#DEAABABAF#G#A	A	XVI	760/2
C#DEAAC#BABAF#	A	XVI	760/2
C#DEC#AAA#BA#B	A	I	156/3
C#DEC#AAA#C#BA#	A	I	156/3
C#DEC#AAF#F#F#E	A	IX	563/1
C#DEC#AC#BDEF#D	A	VI	511/6
C#DEC#AEC#A	A	IX	569/10
C#DEC#C#C#BDC#	A	XI	653/6
C#DEC#DBAEAC#B	A	XI	601/5
C#DEC#EDC#BAEA	A	XI	601/5
C#DEEAC#BDBG#AE	A	XV	702/3
C#DEEEAAG#G#AEE	A	XI	596/5
C#DEEEAAG#G#AE	A	XI	596/5
C#DEEED#BC#DDD	A	XVI	755/6
C#DEEEEDDBBG#E	A	III	411/3
C#DEEF#ED#BC#DD	A	XVI	755/6
C#DEF#EDC#DEAE	A	XII	664/1
C#D#EDC#	A	XI	597/3
C#EAAEAC#C#C#BA	A	III	411/4
C#EAC#EADC#BDF#	A	I	17/3
C#EAC#EAEDC#BD	A	I	17/3
C#EBC#DBC#	A	IX	573/2
C#EC#AC#AG#BDC#	A	III	411/1
C#EC#EC#EDC#F#A	A	XX/1	837/6
C#EDC#BAABABBBB	A	XI	636/8
C#EDC#DEG#AEED	A	III	422/4
C#F#D#EADB#C#F#	A	I	17/5
DC#BC#DEC#ABG#E	A	XV	710/2
DC#BC#EC#BAG#A	A	III	411/1
EAAAAAC#BABBBBB	A	XII	663/4
EAAAAAC#BAF#EAB	A	XI	601/6
EAAAAADC#BABBBB	A	XII	663/4
EAAAAADC#BAF#EA	A	XI	601/6
EAAAAAG#ABC#DB	A	XI	618/6
EAAAAEEEDEEEE	A	I	31/1
EAAABC#DDDEDC#	A	XI	602/6
EAAAC#AEEEC#AB	A	XI	593/4
EAAAC#BAAF#EC#B	A	II	353/2
EAAAC#BABAG#F#E	A	II	353/2
EAAAC#EDBBC#EF#	A	XI	644/1
EAAAG#DC#AAG#D	A	V	505/3
EAABC#BABC#C#DE	A	XII	663/5
EAABC#EEF#BG#A	A	XI	611/3
EAAC#BAG#AAAABB	A	XI	604/5
EAAC#BBAG#AAAAB	A	XI	604/5
EAAC#BG#AC#BEBB	A	XI	616/6
EAAC#EDC#	A	XI	606/4
EAAEC#C#F#EED#B	A	XVII	798/3
EAAG#F#EDF#F#ED	A	XII	664/6
EABABBC#AC#DEA	A	XI	600/1
EABABC#E	A	V	504/3
EABC#BC#EEDC#BA	A	III	377/3
EABC#DC#DBDC#AB	A	IX	569/21
EABC#EDC#DBDC#A	A	IX	569/21
EABG#AEC#DBC#A	A	XVIII	816/1
EAC#AABDEDC#EF#	A	XI	622/6
EAC#AAG#EBDBBA	A	XI	643/5
EAC#ADBEC#AAEC#	A	XV	690/2
EAC#AG#F#DBAG#E	A	XI	600/3
EAC#BABBC#AC#DE	A	XI	600/1
EAC#BABC#E	A	V	504/3
EAC#BAG#AEDC#B	A	XI	636/4
EAC#BDC#F#EEF#B	A	XI	598/5
EAC#BG#AADF#ED	A	XI	630/1
EAC#BG#AADF#EED	A	XI	630/1
EAC#BG#AEAC#DC#	A	IX	570/3
EAC#C#BAG#AEED	A	XI	636/4
EAC#C#BBAEAC#EE	A	I	66/3
EAC#C#C#C#DEF#E	A	V	480/1
EAC#EEC#DBC#AF#	A	XI	602/1
EAC#EEF#C#C#DB	A	XI	593/2
EAC#EEF#C#DBC#A	A	XI	593/2
EAC#EF#DG#AEEE	A	XI	612/6
EAC#F#BDG#EF#D	A	III	421/8
EADC#BAEBDC#ED	A	XI	594/1
EAEAAAAEAC#	A	I	268/1
EAEC#BAAABA	A	X	583/2
EAEDBAAABC#A	A	XII	662/3
EAEDC#BAAAC#BA	A	X	583/2
EAEEDC#C#BBDF#	A	III	456/5
EAEEDC#C#BBF#F#	A	III	456/5
EAEEEF#AAAF#E	A	XI	658/4
EAEF#C#DC#DC#E	A	VI	520/1
EAEF#C#EDC#DC#E	A	VI	520/1
EAF#BG#EAC#EEDD	A	II	325/2
EAG#ABBC#DC#DEE	A	I	32/2
EAG#ABBC#EDC#DE	A	I	32/2
EAG#ABC#DEDB	A	XI	594/3
EAG#ABG#EC#DEED	A	XI	604/3

Column (1) Incipit, (2) Original Key, (3) Hoboken Group, (4) Hoboken Location

EAG#F#EDC#BC#D	A	XI	625/3	EDC#BABC#DC#BC#	A	III	410/13
EAG#F#EEDC#DDC#	A	V	504/1	EDC#BABC#DEAG#	A	III	410/13
				EDC#BABC#DEF#E	A	XI	597/2
EC#A	A	I	156/4	EDC#BAF#EDC#B	A	XI	635/9
EC#AAEC#BBBC#DE	A	XII	660/1	EDC#BAG#EEDC#BA	A	III	380/2
EC#ABABC#ADF#EA	A	XI	595/1	EDC#BAG#F#EDC#A	A	XI	653/4
EC#ABABC#DEF#ED	A	XI	596/2	EDC#BC#AEDBC#AE	A	III	368/5
EC#ABG#AEABC#DE	A	XI	596/1	EDC#BC#DC#EF#E	A	XI	639/4
EC#AC#AEDD	A	IX	570/4	EDC#BG#	A	XI	630/4
EC#AC#AEEDED	A	IX	570/4	EDC#C#BAEDC#ED	A	XI	601/7
EC#AC#BABC#ADF#	A	XI	595/1	EDC#C#BDF#EDC#B	A	XI	636/5
EC#AC#BABC#DEF#	A	XI	596/2	EDC#C#BDF#F#ED	A	XI	636/5
EC#AEAC#BAAC#BA	A	XI	610/5	EDC#C#C#BAA	A	XI	3/330/1
EC#AEAC#DDC#DED	A	XI	627/8	EDC#C#DEEF#DDC#	A	I	266/5
EC#AEC#A	A	IX	570/20	EDC#C#DEEF#EDD	A	I	266/5
EC#AEC#DF#DBDB	A	XI	636/6	EDC#F#DEEDC#BG#	A	XI	635/7
EC#AEDBEC#A	A	III	456/3	EDC#F#D#EF#G#A	A	XVI	737/8
EC#AF#D#EDEC#DB	A	XV	702/1	EDC#F#EAAG#F#E	A	I	90/1
EC#AG#ABABC#BC#	A	XI	598/8	EDC#F#EDC#BABG#	A	XI	598/1
EC#AG#ABABC#DC#	A	XI	598/8	EDC#F#G#AG#F#ED	A	XVI	751/6
EC#AG#EBA	A	I	52/6	EDC#F#G#AG#F#EE	A	XVI	751/6
EC#BAAAAAG#F#EE	A	XI	653/5	EDDC#BABC#DEF#E	A	XI	597/2
EC#BABC#DDDC#	A	I	9/1	EDDC#BADF#AF#ED	A	XI	653/1
EC#BADC#BC#DC#B	A	XI	615/10	EDEF#DBG#ADC#DE	A	XII	659/1
EC#BAG#EDC#BAC#	A	III	380/2				
EC#C#AG#ABC#BC#	A	XI	596/4	ED#EAC#BAABAC#B	A	I	90/3
EC#C#BC#ADDC#DB	A	IX	558/9				
EC#C#DEAF#EC#AA	A	XI	612/8	EEAAC#BG#AC#EEE	A	I	156/5
EC#C#DEAG#F#EC#	A	XI	612/8	EEAAC#EDC#EDC#E	A	III	456/4
EC#DBAC#BDC#BE	A	IX	567/19	EEAC#BDC#EAAG#	A	XVII	785/1
EC#DBAG#ADBC#AB	A	III	439/4	EEAG#ABG#EAC#AD	A	I	81/3
EC#DBC#BAG#AE	A	I	9/5	EEC#AAG#F#F#EDD	A	V	480/2
EC#DEF#G#ABBC#E	A	VI	519/4	EEC#AAG#F#F#EDE	A	V	480/2
EC#DG#AEDEC#AF#	A	XI	622/7	EEC#AAG#G#F#G#B	A	XI	643/6
EC#EAAAAEAC#C#	A	III	456/1	EEC#ADBEC#AEF#	A	XI	593/3
EC#EABBC#AAG#BE	A	IX	574/4	EEC#AG#G#F#G#AA	A	XI	643/6
EC#EC#AG#AC#EDD	A	I	266/3	EEC#C#C#AAAF#F#	A	XII	660/2
EC#EC#6E	A	XX/1	837/6	EEC#C#EDBC#EEAE	A	IX	567/18
EC#EDBDC#DEF#DB	A	VII	529/3	EEC#DBC#AG#ABC#	A	XI	605/6
EC#EDBG#AC#EC#A	A	XI	604/1	EEC#EDDBG#AEC#A	A	IX	573/4
EC#F#DBAG#ABA	A	XI	602/6	EEDC#AABC#	A	II	353/4
EC#F#DBEC#BC#DB	A	I	23/1	EEDC#ABABC#A	A	X	586/3
EC#F#DEC#BC#	A	XVI	735/4	EEDC#AC#BABC#A	A	X	586/3
EC#F#EDC#BBAG#A	A	XI	605/9	EEDC#BAAG#G#F#E	A	XI	646/2
				EEDC#BAG#F#EAG#	A	III	380/5
EDC#B6AG#F#EEE	A	XI	653/5	EEDEC#C#C#BC#AA	A	XVI	755/4
EDC#BAAF#EDC#B	A	XI	606/7	EEDEEC#EEBG#G#A	A	III	368/6
EDC#BAAG#F#EF#D	A	XI	646/2	EEDEF#G#AG#DC#B	A	Ia	280/2
EDC#BABC#DC#ADE	A	XI	593/1	EEEC#BC#AC#BBG#	A	III	389/15
EDC#BABC#DC#BA	A	XII	664/4	EEEDC#BC#AC#BB	A	III	389/15

Column (1) Incipit, (2) Original Key, (3) Hoboken Group, (4) Hoboken Location

6EAEAAAAC#AEE	A	I	31/3
EEEEEF#EEAEEF#E	A	III	380/1
EEEEF#EDC#C#C#	A	XVI	748/2
EEEEF#F#F#DDC#D	A	XI	639/2
EEEEF#F#F#EDDC#	A	XI	639/2
EEEF#AG#F#F#ED	A	IV	472/1
EEF#EDC#B	A	III	370/4
EEF#EEAAF#F#DC#	A	XI	604/2
EEF#EEDC#B	A	III	370/4
EEF#EEDC#C#BAA	A	XI	616/5
EF#AF#F#EDC#BAB	A	XI	602/7
EF#AG#F#EAAAAAB	A	XV	719/4
EF#C#DBDC#C#ADB	A	XI	599/2
EF#DBC#EABC#DD	A	XI	621/4
EF#EAABC#DC#BC#	A	XI	625/1
EF#EBC#EDF#E	A	XII	664/5
EF#EC#AEAC#EAE	A	XI	596/6
EF#EC#BC#DDEDBA	A	XI	636/7
EF#EC#C#DEAEC#B	A	XI	608/5
EF#EDC#BAG#ABAB	A	XI	621/2
EF#EDC#C#C#C#C#	A	XI	603/2
EF#EDC#C#DC#BAA	A	XI	602/5
EF#EDC#C#DEF#ED	A	XI	608/6
EF#EDC#C#EF#G#A	A	XI	605/8
EF#EDEC#C#DC#B	A	XVI	755/4
EF#ED#EDEF#ED#E	A	III	368/6
EF#EEEDBC#AAAG#	A	XI	606/5
EF#EEF#DC#C#ADB	A	XI	611/1
EF#EF#EF#EEEEF#	A	III	456/2
EF#G#AEC#DBC#C#	A	IX	571/10
EF#G#AEEEF#EEA	A	XVI	736/4
EF#G#F#EAAAAAB	A	XV	719/4
EG#AEC#AF#D#EDE	A	XV	702/1
EG#AEC#C#DBBBC#	A	IX	553/17
EG#BG#EG#	A	X	590/5
G#AAABAG#F#EAB	A	III	368/2
G#AC#EDC#BAEEC#	A	IX	550/3
G#AEC#F#D#BEEEE	A	IX	555/5
G#AG#F#DC#G#AE	A	II	354/1

A minor

AACBDCFEA	Am	XI	601/3
AACCDDEE	Am	XIV	676/5
ABCBAG#BCDCBA	Am	XI	604/4
ABCCBCB	Am	XI	598/7
ABCDCBCB	Am	XI	598/7
ABCDEEED#EB	Am	XI	611/4
ABDCBAG#AB	Am	XI	618/8
ABFDBBABCEEAGFE	Am	XV	702/2
ABFDBCBABCEEAGG	Am	XV	702/2
ACABEG#BDBCEA	Am	XI	594/4
ACBAAAACBAAABDC	Am	V	490/2
ACCBCBEDCCBCB	Am	XI	596/3
ACECAEDCFECBAG	Am	XI	616/7
ACEDEFACDBEAA	Am	IV	467/10
ACEFC#DEBDCBA	Am	XVI	738/3
ACG#AFED#B	Am	XI	653/8
ADCCBCBEDDCCBCB	Am	XI	596/3
ADEA	Am	XI	626/4
AECBAFE	Am	XI	639/3
AECBFDBBDCBAA	Am	XI	626/4
AEFEFEAEFEFE	Am	XI	625/4
AEFGFEDCBDCB	Am	VI	511/5
AFC#DEFAG#ABA	Am	X	583/1
AFEDCBCB	Am	VI	511/5
AG#ABABCBCDCDED	Am	I	81/4
CBABBE	Am	XVI	743/3
CBAG#G#ABE	Am	I	23/4
CBCDEG#AFECBDCB	Am	II	325/3
CDBCAG#ABCDBCA	Am	XI	625/4
CDCBAG#ABAG#AB	Am	I	31/4
CDCBDCBDCB	Am	I	92/4
D#ED#ED#ED#ED#E	Am	I	92/4
EAAAEEFE	Am	IX	569/22
EAAAG#ABD	Am	XI	635/10
EAAAG#FFFE	Am	XI	3/330/2
EAAG#AG#ABDCBAA	Am	I	17/4

Column (1) Incipit, (2) Original Key, (3) Hoboken Group, (4) Hoboken Location

EACBAG#AEEEDCB	Am	XI	636/3					
EACBDCEFEACBEDE	Am	II	325/3	**Bb major**				
EACCBAG#AEEEDCB	Am	XI	636/3					
EAECAAAG#G#G#EE	Am	XV	702/2					
EAFEDC	Am	XI	643/7	ABbABbABbDBbFFA	Bb	III	430/1
EAF#ED	Am	XI	639/3	ABbBbBbBbBbBbABbC	Bb	IX	549/4
EAG#ABCABEBBD#E	Am	IX	566/16	ABbDC#DFEFBbGEF	Bb	IX	553/8
EAG#ABCABEBBEB	Am	IX	566/16	ABbFABbFDCBbAGF	Bb	III	416/8
EAG#ECBEEDCB	Am	XV	719/3				
				BbABbBCCCBbCC#D	Bb	II	329/15
ECAAG#ACAG#AFEA	Am	XIV	676/5	BbABbBCCDCBbCC#	Bb	II	329/15
ECAEECAE	Am	III	368/3	BbABbCAFABbD	Bb	I	93/4
ECAEFDB	Am	XI	621/3	BbAEbDGFEAFEbDC	Bb	III	411/11
ECAFDBBCDECA	Am	III	429/14	BbAEbDGFEEbDCD	Bb	III	411/11
ECBG#AE	Am	V	490/2	BbAFEb	Bb	I	147/2
ECCBBAAG#	Am	XI	598/3	BbAGBbGFFEbGEbD	Bb	IX	563/4
ECCBBAG#	Am	XI	598/3	BbAGFDEbCDBbCA	Bb	XV	721/4
ECDCBACBCBAG#EA	Am	XI	653/3	BbAGFEbDC	Bb	I	147/2
ECG#A	Am	X	583/1	BbAGFEbDCCDEbD	Bb	XVI	764/3
				BbAGFEbDGFEbDC	Bb	III	411/15
EDCB	Am	I	23/4	BbAGFFFFEbDCBb	Bb	IX	3/321/1
EDCBAAG#DCBAG#B	Am	XI	608/7				
EDCBAG#G#G#AABA	Am	XI	646/3	BbBbABbCBbDDCD	Bb	III	459/2
EDCBCDEF	Am	III	380/3	BbBbABbCC#DDCD	Bb	I	275/2
				BbBbABbCDBbFD	Bb	Ia	290/1
EEAAEAAE	Am	XI	610/6	BbBbABbC#DF#G	Bb	I	147/1
EEAG#ABCBAG#ACB	Am	I	81/2	BbBbABbDBbFFBbF	Bb	IX	570/1
EEAG#G#ABBCBAG#	Am	I	81/2	BbBbABbFFDBbBbA	Bb	I	20/3
11EFGABCDCFEFEF	Am	I	92/4	BbBbAGFDF#GBbGF	Bb	IX	578/5
EEEG#AG#ABC	Am	XI	653/3	BbBbAGFDGBbGFEb	Bb	IX	578/5
EEFEFEFEEEFEFEF	Am	XI	612/7	BbBbAGFEbEbDEb	Bb	III	362/3
				BbBbAGGFEbEbDCC	Bb	IX	579/2
EFEAG#EFECB	Am	XI	630/3	BbBbBb	Bb	IX	567/3
EFECDCBAG#G#G#	Am	III	461/2	BbBbBbAAGGFFF#G	Bb	III	360/2
EFEEDCAG#AFGFFE	Am	X	586/2	BbBbBbABbDFBbDF	Bb	I	271/1
EFEEDCBAAAAAG#A	Am	XI	636/1	BbBbBbABbFF#GGG	Bb	I	226/3
EFEEEEEFEEEE	Am	XI	603/3	BbBbBbBbAAbAbAb	Bb	I	20/1
EFEEFEEDCCBA	Am	XI	636/2	BbBbBbBbBbABbCD	Bb	I	63/3
EFG#AGF#AG	Am	XI	606/6	6BbDCBbCDCBbAGF	Bb	I	275/3
				BbBbBbBbCBbABbC	Bb	I	63/3
EG#AB	Am	III	380/3	BbBbBbBbCBbCDBb	Bb	Ia	292/1
				BbBBbBbBbDCBbFFF	Bb	IX	567/6
				BbBbBbCCCDDDEb	Bb	V	480/6
				BbBbBbDCBbCCCCD	Bb	II	329/5
				BbBbBbDDDFGEbDC	Bb	I	272/1
				BbBbBbDEbDCBbGG	Bb	IX	564/10
				BbBbBbFDBbDDDBb	Bb	I	271/3
				BbBbBbFGABbCDC	Bb	Ia	293/1
				BbBbBbGBbBbBb	Bb	II	330/2
				BbBbCBbABbFF#GG	Bb	I	226/3

Column (1) Incipit, (2) Original Key, (3) Hoboken Group, (4) Hoboken Location

BbBbCDDEbFBbCDD	Bb	III	458/1	BbCDFEbDCBbABbC	Bb	IX	559/3
BbBbCDDEbFEbD	Bb	II	330/9	BbCDFEbDCBbBbA	Bb	I	98/3
BbBbCDEbDBbFGF	Bb	II	354/2	BbCDFEbDCCBbBbA	Bb	I	98/3
BbBbCDEbEbEbEb	Bb	I	274/2				
BbBbCDEbGFEbEbD	Bb	III	379/18	BbDBbEbCBbABbBb	Bb	V	486/2
BbBbCDEbGFFEbEb	Bb	III	379/18	BbDBbFDBbABbCBb	Bb	XVI	755/2
BbBbCDFEbD	Bb	I	269/5	BbDBbFDBbBbABbA	Bb	XVI	755/2
BbBbCDFEbDBbFGF	Bb	II	354/2	BbDBbFDBbFDBbFA	Bb	IX	550/8
BbBbDBbFDBbDBb	Bb	I	272/3	BbDBbGFEFEbDBb	Bb	I	40/2
BbBbDCDEbFEbDFF	Bb	V	480/3	BbDCBbABbFEbDF	Bb	VII	528/1
BbBbDCEbDFBbFD	Bb	Ia	292/3	BbDCBbAGFEF	Bb	IX	548/12
BbBbDCEbDFBbFD	Bb	Ia	292/5	BbDCBbFBbCDCBbA	Bb	XVI	764/4
BbBbDDFFBbAGGFF	Bb	XVI	747/1	BbDCDBbCFDDCDBb	Bb	IX	558/5
BbBbDDFFBbBbFF	Bb	III	360/1	BbDCDBbCFEbDDCD	Bb	IX	558/5
BbBbDDFFEbFGFEb	Bb	XVI	734/5	BbDCDEbEbCDEbEb	Bb	V	486/1
BbBbDFEbEbCABb	Bb	II	355/4	BbDEbCDEbDEbFEb	Bb	III	379/19
BbBbDFFABbFABbF	Bb	I	147/4	BbDEFEFGFEbDEbD	Bb	V	506/1
BbBbDFFBbFBbDBb	Bb	II	329/11	BbDFBbBbBbADCEbG	Bb	Ia	292/4
BbBbDFGFEbDGGEb	Bb	III	362/4	BbDFBbDFBbFDEbD	Bb	I	228/2
BbBbDGGAEbD	Bb	IX	562/6	BbDFBbDFBbFDEbD	Bb	III	366/1
BbBbFDBbFDEbCAF	Bb	IX	552/7	BbDFBbDFBbFDFEb	Bb	III	366/1
BbBbFGFBbBbDFEb	Bb	XVI	781/4	BbDFBbDFBbFDFEb	Bb	I	228/2
BbBbGFEbDEbEbD	Bb	III	362/3	BbDFBbDFFEbDDC	Bb	III	415/7
				BbDFBbDGCFBb	Bb	I	198/2
BbBCAFCC#DBbFBb	Bb	IX	568/15	BbDFBbFBbDFFFFE	Bb	III	411/13
BbBCDCEbDCCCC	Bb	VI	521/1	BbDFBbFDBbCDEb	Bb	IX	550/17
				BbDFDBbCCC	Bb	I	104/5
BbCAAGABbCD	Bb	II	329/7	BbDFDBbG	Bb	IX	570/2
BbCADBbBbBbABbC	Bb	I	104/1	BbDFDCBbABbCCDC	Bb	I	104/5
BbCBbAAGABbCD	Bb	II	329/7	BbDFEbDCBbGFBbF	Bb	IV	472/2
BbCBbABbCDBbFD	Bb	Ia	290/1	BbDFEbGFFFFCEbD	Bb	XV	721/2
BbCBbCDEbDEbFF	Bb	V	480/4	BbDFEFEFEFGEF	Bb	I	198/5
BbCBbCDFBbFEbCA	Bb	IX	550/7	BbDFFCEb	Bb	XIV	675/7
BbCCCBbABbFDF	Bb	I	272/2	BbDFFEbEbEbEbD	Bb	I	111/3
BbCCDCBbABbFDF	Bb	I	272/2	BbDFFFCEbFFFEb	Bb	II	329/6
BbCDBbAGFGFEbDD	Bb	I	38/8	BbD10FBbDFFFFF	Bb	I	273/1
BbCDBbBbCDFEbD	Bb	I	269/5	BbDFFGABbAAGF	Bb	I	3/285/1
BbCDBbBbDFEbDC	Bb	I	95/2	BbDFFGABbAGF	Bb	I	3/285/1
BbCDBbGFGFEbDC	Bb	I	38/8	BbDFGABbAGFGEbF	Bb	XV	686/6
BbCDDDDCC	Bb	III	457/3	BbDFGABbDEbFDD	Bb	I	229/2
BbCDDEbFBbABbFD	Bb	III	372/6	BbDFGACBbAGFGEb	Bb	XV	686/6
BbCDDEbFFGDEbFG	Bb	II	356/2	BbDGBbGFGBbGF	Bb	IX	561/5
BbCDEbCAGFBbCD	Bb	I	126/2				
BbCDEbCBbAGFBbC	Bb	I	126/2	BbEbDCBbFBbCDC	Bb	XVI	764/4
BbCDEbDCBCDC	Bb	IX	569/17	BbEbDFBbAGFEbD	Bb	III	374/2
BbCDEbDDCBCDC	Bb	IX	569/17				
BbCDEbFFBbGFFBb	Bb	XVI	746/1	BbFBbABbBbGF#G	Bb	XVI	746/3
BbCDEbFGFDBbDF	Bb	IX	561/6	BbFBbAGF	Bb	I	213/1
BbCDEbGFEbD	Bb	III	421/3	BbFBbBbBbABbAFCEb	Bb	II	311/4
BbCDEbGFFEbDEbD	Bb	III	421/3	BbFBbBbBbABbAFCEb	Bb	III	371/4

Column (1) Incipit, (2) Original Key, (3) Hoboken Group, (4) Hoboken Location

BbFBbDBbDFEbFGA	Bb	I	273/3	DDDDFEbDCCCCGF	Bb	II	329/8
BbFBbGBbFFEbDCG	Bb	XVI	736/1	DDEbCABbBbDFFBb	Bb	XVI	773/2
BbFBbGBbFGFEbDC	Bb	XVI	736/1	DDEbFFGEbDBbCDD	Bb	III	460/1
BbFCBbABbBbGF#G	Bb	XVI	746/3				
BbFDBbBbDCBbBb	Bb	I	275/1	DEbCAFBbDEbCAFF	Bb	IX	574/7
BbFDBbC	Bb	I	42/9	DEbCBbFBbGAGF#G	Bb	XV	705/9
BbFDBbCBbCBbCBb	Bb	I	93/1	DEbCBbFBbGGABb	Bb	XV	705/9
BbFDBbDCBbCBbDC	Bb	I	93/1	DEbCCDEbFF	Bb	I	121/3
BbFDBbFDBbFBbA	Bb	I	42/9	DEbDCBbABbC	Bb	V	486/3
BbFDBbFDBbFDEbG	Bb	IX	572/8	DEbDCBbABbCBbA	Bb	IX	568/2
BbFDBbFDCDEbFD	Bb	II	355/2	DEbDCBbCDEbFGA	Bb	III	401/4
BbFDBbFDEbCAFBb	Bb	IX	552/7	DEbDCBbFEFCBCDC	Bb	III	416/6
BbFDDCDEbDEbDC	Bb	I	274/3	DEbDCDEbCABbCBb	Bb	XVI	773/2
BbFDFEbDCGFEb	Bb	V	506/2	DEbDDCBbFEFCBCD	Bb	III	416/6
BbFDFEbFCFDFBbD	Bb	IX	579/8	DEbDDEbDCBbCDEb	Bb	II	330/7
BbFEbDBbFGBbAF	Bb	VII	527/4	DEbFDBbCEbABbFD	Bb	I	198/6
BbFEbDCBbCDEbEb	Bb	II	300/7	DEbFDEbGFBbDCD	Bb	I	214/1
BbFEbDFBbAGFFEb	Bb	III	374/2	DEbFFDEbFBbAGFE	Bb	II	329/12
BbFEbDGFEbDDCGF	Bb	V	506/2	DEbFFFEbDCBbAGF	Bb	I	63/6
BbFEbEbDCBbCBbG	Bb	V	483/3	DEbFFFFGFDFEbDC	Bb	I	74/2
BbFEbFDEbCDBbCA	Bb	I	269/2	DEbFGFBbAGFGFGF	Bb	I	61/3
BbFFEFGDEbDCFBb	Bb	I	80/2	DEbFGFEGCEFCCD	Bb	I	20/1
BbFFEFGDFEbDCF	Bb	I	80/2				
BbFFFDBbBbBbFBb	Bb	I	98/5	DFBbAGFEbDCCDEb	Bb	XVI	764/3
BbFFFEbDBbAGFFF	Bb	III	376/16	DFBbBbBbEbDCCCF	Bb	III	394/15
BbFFFEbDCBbAGFF	Bb	III	376/16	DFBbDACBbDFFFD	Bb	IX	568/5
BbFFFFCDEbD	Bb	I	15/4	DFBbDCEbDBbAGF	Bb	III	374/7
Bb8FBbBbGGACFEb	Bb	I	229/5	DFDFDEbFGABbAGF	Bb	I	222/3
BbFGABbAGFFCCEb	Bb	II	355/3	DFDFDFBbDCFACF	Bb	V	506/2
BbFGFBbCDDEbD	Bb	IX	567/2	DFEbDCBbCDEbFGA	Bb	III	401/4
BbFGFDBbBbBbBbGEb	Bb	I	120/1	DFEbGFDBbCEbDF	Bb	III	394/12
BbGFEbD	Bb	I	40/4	EbABbFABbGABbAF	Bb	III	416/10
CABbDCABbFCABbD	Bb	XV	703/3	EbCDDBbEbCFEbC	Bb	IX	570/8
CD7EbDD	Bb	I	273/1	EbFGFEbDGABbAGF	Bb	III	403/1
DBbFBbDBbEbCFF	Bb	I	147/5	EFABbABbDFABbDF	Bb	III	429/16
					EFABbC#DC#BbAGF	Bb	IX	564/2
DCACACABbFFFBbA	Bb	I	63/4	EFACBbABbDFABbD	Bb	III	429/16
DCACACABbFFFFBb	Bb	I	63/4	EFGFFDBbBbBbAAEFG	Bb	I	274/1
DCBb	Bb	II	310/5				
DCCBbBbBCDEbDCBbA	Bb	III	439/1	FAbGGBbACBb	Bb	V	507/2
DCCBbBCDFEbDCBb	Bb	III	439/1				
DCDBbFFFFBbGCBb	Bb	XVa	729/2	FABbBbBbBCBbCDBb	Bb	I	104/4
				FABbBbBbDCBbCD	Bb	I	104/4
DDCBbABbCBbABbC	Bb	IX	568/2	FAGFFEbDGABbAGF	Bb	XVI	747/2
DDCBbABbCBbAGF	Bb	XVII	795/1				
DDCCBbABbCBbAGF	Bb	XVII	795/1	FBb	Bb	II	330/2

Column (1) Incipit, (2) Original Key, (3) Hoboken Group, (4) Hoboken Location

Incipit	Original Key	Hoboken Group	Hoboken Location
FBbABbFCADCDBb	Bb	I	228/4
FBbABbFCADCDBb	Bb	III	366/3
FBbACBbDCEbD	Bb	IX	569/4
FBbACFDCEbF	Bb	XVI	764/4
FBbAGFDEbFEbFGF	Bb	XVI	741/3
FBbBbABbDBbBbCC	Bb	IX	551/3
FBbBbABbDBbBbCC	Bb	IX	552/15
FBbBbABbGFGEbD	Bb	III	459/4
FBbBbBbBbAABbC	Bb	III	360/5
FBbBbBbBbACFCD	Bb	I	121/4
FBbBbBbBbBbABb	Bb	I	272/4
FBbBbBbBbBbDCBb	Bb	VI	511/7
FBbBbBbBbCBbABb	Bb	I	272/4
FBbBbBbBbCDCBbA	Bb	IX	569/3
FBbBbBbBbDBbBbD	Bb	IX	571/5
FBbBbBbDCBbAGFF	Bb	IX	569/3
FBbBbBbDABbFDDGEF	Bb	III	403/3
FBbBbEbDCBbFBb	Bb	II	322/3
FBbBbFDBbCDDBbF	Bb	II	322/6
FBbBbGEFGEbF	Bb	IX	549/9
FBbCBbABbDBbBbC	Bb	IX	551/3
FBbCBbABbDBbBbC	Bb	IX	552/15
FBbCBbCBbCDEbD	Bb	III	421/5
FBbCDCDEbDEbFGF	Bb	XV	721/1
FBbCDEbFBbCABb	Bb	III	457/5
FBbCEbCABbCEbCA	Bb	II	356/1
FBbDCABbDBbFBbD	Bb	III	421/13
FBbDCACBbABbDBb	Bb	III	421/13
FBbDCBbABbDGFEF	Bb	I	144/3
FBbDCBbACBbAGGF	Bb	I	213/2
FBbDCBbAGFGABbD	Bb	I	43/2
FBbDCBbBbBbBbGFDC	Bb	IX	554/6
FBbDCBbCBbCDFEb	Bb	III	421/5
FBbDCBbFCDEbCA	Bb	VI	511/9
FBbDCBbFCDEbCBb	Bb	VI	511/9
FBbDCEbDFFFFGEb	Bb	V	486/4
FBbDC#BbAGFFF	Bb	IX	564/2
FBbDDCBbABbDGFE	Bb	I	144/3
FBbDFDCBbCDCBb	Bb	XVa	728/1
FBbDFDDCBbCDCBb	Bb	XVa	728/1
FBbDFFEbCABbDF	Bb	XVI	735/1
FBbDFGAGABb	Bb	I	104/2
FBbDFGBbAGABb	Bb	I	104/2
FBbEbDCBbBbBbBbGF	Bb	IX	554/6
FBbFBbFFGFEb	Bb	III	458/3
FBbFBbFFGFFEb	Bb	III	458/3
FBbFDBbAEbCAFEb	Bb	III	372/3
FBbFDBbBbAFBbDG	Bb	III	379/16
FBbFEbDBbBbBbBbC	Bb	III	374/1

Incipit	Original Key	Hoboken Group	Hoboken Location
FCDABbFBbF#GDEb	Bb	III	421/4
FDBbABbCEbEbDEb	Bb	I	229/1
FDBbBbAGFDBbBbA	Bb	III	379/14
FDBbBbBbBbABbGGEb	Bb	XV	686/7
FDBbBbBbBbABbG	Bb	I	93/3
FDBbBbBbBbCBbABbG	Bb	I	93/3
FDBbBbCBbAAFCCD	Bb	IX	559/4
FDBbBbCBbAAFCCD	Bb	IX	561/13
FDBbBbCBbABbGG	Bb	XV	686/7
FDBbBbDFFEbEbCA	Bb	V	505/4
FDBbBbGEbEbEbEb	Bb	XX/1	837/2
FDBbCDBbFCDBb	Bb	Ia	290/2
FDBbCDEbDFBbAC	Bb	II	307/7
FDBbDBbGF#GABbA	Bb	IX	575/4
FDBbDFBbAFCAABb	Bb	III	457/1
FDBbEbCAFBbBbD	Bb	I	226/1
FDBbEbCAFBbCBbA	Bb	I	226/1
FDBbFBbBbBbBbCCCC	Bb	III	403/5
FDBbFBbBbCBbABb	Bb	III	403/5
FDBbFBbCDCFCAFC	Bb	III	457/1
FDBbFDBb	Bb	IX	569/18
FDBbFDBbBbFDBbF	Bb	III	379/20
FDBbFDBbBCCCC	Bb	III	403/4
FDBbFDEbDBbFDBb	Bb	V	483/2
FDCBbCDEbCAGF	Bb	I	269/3
FDCDEbDFGCBbDC	Bb	II	329/9
FDDDCCCBbBbBbF	Bb	I	98/4
FDDDDCDEbDCCCBb	Bb	XV	683/2
FDDDDCDFEbDCCDC	Bb	XV	683/2
FDDEbEbCAABbBb	Bb	I	38/4
FDDGFDCDCBbCDC	Bb	III	458/2
FDEbCBbDFBbAGF	Bb	I	63/5
FDEbDEbFFFFBbBb	Bb	VIII	546/6
FDEbDEbFFFFBbC	Bb	VIII	546/6
FDEbFBbDCDEbC	Bb	I	273/2
FDEbFDBbGABbGEb	Bb	I	198/4
FDEbFFFDEbFFFDF	Bb	I	98/1
FDEbFGFEbDCGFEb	Bb	III	404/12
FDEbFGFEbEbDEb	Bb	II	329/10
FDFDBbFDFDBbGEb	Bb	I	121/2
FDFEbDGGGF	Bb	II	329/13
FDGEbAABbAGF	Bb	XV	681/3
FDGEbABbAGF	Bb	XV	681/3
FDGEbCCCFDBbBbC	Bb	I	118/2
FDGEbCFDBbEbCA	Bb	III	411/14
FEbCABbBbDCCCEb	Bb	III	457/6
FEbCBbDF	Bb	IX	568/16
FEbDABbFDBbBbBbD	Bb	III	421/1

Column (1) Incipit, (2) Original Key, (3) Hoboken Group, (4) Hoboken Location

FEbDBbCBbBbAGFF	Bb	XV	703/1	FGABbFEbDCBbDC	Bb	III	394/11
FEbDCBbABbABbA	Bb	II	329/14	FGFBbAGFEbDCEbD	Bb	I	38/6
FEbDCBbBbCDDEb	Bb	I	104/6	FGFBbEbDCEbDCC	Bb	III	394/4
FEbDCBbCDEbCBbA	Bb	I	269/3	FGFBbFEbDCEbDCC	Bb	III	394/4
FEbDCBbFEbEbEbF	Bb	III	383/9	FGFBbGAGEbGEbDC	Bb	II	310/4
FEbDCBbGFEbDCEb	Bb	III	360/6	FGFDBbFDBbDEbEb	Bb	III	416/9
FEbDCFBbCDEbDCC	Bb	III	404/2	FGFDBbFDBbDFEb	Bb	III	416/9
FEbDDDEbCBbBCD	Bb	III	422/8	FGFEbDDDDDEbDC	Bb	I	128/2
FEbDDEbDCDEbEbD	Bb	II	330/8	FGFEbDDEbCCDBb	Bb	IX	562/5
FEbDDGFEbEbDDCB	Bb	II	330/10	FGFEbDDEbDCBbA	Bb	V	507/1
FEbDEbCDCBbCFGA	Bb	III	430/3	FGFEbDDEbDDCBbA	Bb	V	507/1
FEbDEbCDCBbCGFE	Bb	III	430/3	FGFEbDEbDCBbABb	Bb	III	360/7
FEbDEbDCDEbFGF	Bb	II	325/10	FGFEbDGABbAGFEb	Bb	XVI	747/2
FEbDEbFEbCAFEbG	Bb	XVa	729/2	FGFEFBbBbCBbABb	Bb	IX	553/18
FEbDFBbDCABbDFD	Bb	IX	561/3	FGFEFBbBbCBbABb	Bb	I	213/4
FEbDFBbFBbABbCA	Bb	IX	557/1	FGFEFBbBbCBbABb	Bb	I	63/1
FEbDFGEbCABb	Bb	II	310/5	FGFEFBbDEbDCDGE	Bb	III	379/17
FEbDFGFEbDCBbA	Bb	II	310/5	FGFEFEbDCEbDCBb	Bb	III	430/2
FEbFGFFEbDC#DC#	Bb	I	128/2	FGFFGABbCBbBbCD	Bb	V	483/1
FFBbBbBbCBbCBbA	Bb	I	126/3	F#GABbEFEFGFGBb	Bb	III	459/3
FFBbBbBbCCCDFEb	Bb	IX	553/18				
FFBbBbBbDCBbDC	Bb	I	126/3				
FFBbBbBbDDDFBbG	Bb	I	213/4				
FFBbCCFGABbCDEb	Bb	I	169/3	## Bb minor			
FFBbDDGEFGAF	Bb	III	379/17				
FFDBbACFABbCDEb	Bb	I	147/6				
FFDBbBbCBbCBbC	Bb	III	459/1	BbBbBbCDbEbFGA	Bbm	Ia	290/3
FFDBbBbDCBbDCBb	Bb	III	459/1				
FFDBbBbGEbCFEbC	Bb	I	198/4	BbDbFBbGbBbEbGb	Bbm	I	198/1
FFEbDCCCBbCDBb	Bb	I	93/5				
FFEbDCCDCBbCDBb	Bb	I	93/5	FGbFBbFFGbFCEb	Bbm	XVI	735/2
FFEbFBbBbBbABbD	Bb	I	63/7	FGbFEbDbCBbA	Bbm	III	394/13
FFEFBbBbBbABbDF	Bb	I	63/1				
FFFDBbCABbFDBb	Bb	III	376/10				
FFFEbDCBbBbAGF	Bb	III	457/4				
FFFEbDDCBbBbAGF	Bb	III	457/4	## B major			
FFFFBbFEbDCEbD	Bb	II	306/1				
FFFFEbCDFFFFEbC	Bb	I	43/2				
FFFFEbDFEbDCABb	Bb	I	270/2	BA#BBC#C#ED#D#E	B	I	56/3
7FBbFEbDCBb	Bb	VI	520/2	BA#BC#D#ED#D#C#	B	III	430/10
7FBbFFEbEbDDCC	Bb	VI	520/2				
FFFGFEbDDEbEbEb	Bb	I	271/2	BBD#F#BD#F#BA#	B	V	479/1
FFFGFEbDEbEbEb	Bb	I	271/2				
FFGEbCDDEbCF	Bb	III	374/5	BD#EG#F#F#EED#	B	I	56/1
FFGGFFFFAbAbGG	Bb	V	506/3	BD#F#EEC#C#D#B	B	XI	640/4
FGbEbFDbCBbABbC	Bb	III	374/6	D#EF#G#F#BC#D#E	B	III	393/3
FGABbCDEbFGEbD	Bb	III	404/12				

Column (1) Incipit, (2) Original Key, (3) Hoboken Group, (4) Hoboken Location

F#BA#A#G#FxG#F#	B	XV	711/2
F#BD#C#G#F#ED#	B	III	416/14
F#ED#C#A#BF#F#	B	I	56/5
F#ED#C#BBA#G#F#	B	XVI	755/11
F#F#BA#G#G#F#	B	XVI	735/5
F#F#BG#G#F#	B	XVI	735/5
F#G#A#BF#E#F#D#	B	III	416/12
G#F#ED#C#BBA#G#	B	XVI	755/11

B minor

BA#BF#E#F#BC#DB	Bm	XVI	755/10
BBBA#BBC#F#C#B	Bm	VII	531/3
BBBA#BC#F#C#BC#	Bm	VII	531/3
BBBA#C#EDC#DC#B	Bm	X	581/2
BBBBBDC#BGF#E#	Bm	XVI	755/13
BBBDF#F#F#BBBEG	Bm	III	393/5
BC#BDC#BA#BC#B	Bm	I	56/2
BDA#BF#F#GBA#G	Bm	V	483/4
BDC#BA#BC#EDC#B	Bm	V	477/6
BDDC#BA#BC#EED	Bm	V	477/6
BDF#BA#C#F#BDF#	Bm	III	393/2
BDF#E#F#BF#A#F#	Bm	XVI	755/12
BF#BC#DBF#F#F#	Bm	XVI	755/10
BF#GF#C#DEDC#B	Bm	XI	640/3
DDC#DF#C#DGF#C#	Bm	III	416/11
DDF#EDC#BBEGF#E	Bm	III	393/1
DDGF#EDC#BBEAG	Bm	III	393/1
DEC#F#	Bm	I	56/4
DEDC#DF#C#DGF#	Bm	III	416/11
F#AGF#BDC#BA#C#	Bm	V	477/4
F#BBC#BBBF#BBC#	Bm	V	477/5
F#BC#DC#BA#BGF#	Bm	XI	640/2
F#BC#DC#C#BC#C#	Bm	III	416/13

F#BC#DDC#C#BC#D	Bm	III	416/13
F#F#BC#DDDE#F#	Bm	III	416/15
F#F#BC#DDDF#F#	Bm	III	416/15
F#GF#BDC#BA#C#	Bm	V	477/4
F#GF#E#F#EDC#B	Bm	XI	640/1
F#GF#F#F#F#F#G	Bm	VII	535/2

C major

AAFD	C	II	319/5
AGEDCFEDCBC	C	I	65/4
AGEDCFEEDCBC	C	I	65/4
AGF#GACEF#ED#E	C	III	403/9
AGF#GCEGAGF#G	C	III	403/9
AGF#6GFGAFFDEFD	C	IV	467/2
BCBCECCBC#DC#DF	C	II	336/2
BCCDBCC#DEbEFE	C	III	422/1
BCCDBCC#DEbEGFE	C	III	422/1
BCECGCGEGE6C	C	VIII	546/1
BCGGBCAAEFDDF#G	C	IX	561/2
BCGGFEDCBGCGEFE	C	XVI	760/13
BCGGFEDCBGCGEGF	C	XVI	760/13
CAABCG	C	I	194/1
CABAG#ABCG	C	I	194/1
CAGFFEDC	C	I	28/1
CAGFGAFFEDCBCC	C	II	322/7
CAGF#GCBAG#AGBC	C	XIX	830/1
CB	C	XIX	832/5
CBAGAAGAGCCCBCD	C	V	491/1
CBAGCDEFGGGGGCD	C	I	239/3
CBAGFDE	C	I	44/5
CBAGFECADCBC	C	II	305/6
CBAGFECADCBC	C	XVI	745/4
CBAGGG	C	I	231/7
CBAG#AABAAGGFFE	C	I	165/4
CBCAGFEDBAGGED	C	IX	3/317/6
CBCB	C	I	238/2
CBCBAGFEDCBAGGE	C	IX	3/317/6
CBCBCBCGE	C	IX	570/5
CBCBCEFGFDFE	C	II	334/2

Column (1) Incipit, (2) Original Key, (3) Hoboken Group, (4) Hoboken Location

CBCBCGCGEDC	C	I	234/1	7CBAGFFEDFACB	C	III	415/15
CBCBECBAD	C	XIX	831/3	8CBAG6C	C	I	237/2
CBCCDEFGAGCBCDE	C	I	237/1	8CBBBBCCCCEEEE	C	I	11/2
CBCC#DC#DFEDEAG	C	III	403/6	9CACCGCC	C	I	82/8
CBCC#DC#DFEDEFG	C	III	403/6	13CBBBGFECCCCC	C	I	44/5
CBCDBGGFEDCB	C	III	403/10	13CGGCC	C	I	35/1
CBCDCBC	C	II	318/4	7CDECGECGECGFE	C	I	230/1
CBCDCEDDD#EDEFD	C	XVIII	3/358/1	6CDCDEFGFEDC	C	I	99/1
CBCDCEDEFEG	C	XIV	672/1	6CEDCDEFGFEDC	C	I	99/1
CBCDCEDEFEGGABC	C	XIV	671/5	6CEFFEGAAGCEFAA	C	I	238/6
CBCDCEDEFEGGCGF	C	V	491/4	6CEFFEGAAGCEFAB	C	I	238/6
CBCDCFDEDEFEAB	C	I	82/4	CCCCCDCDCEEFG	C	I	59/1
CBCDCGGGFFFE	C	V	489/3	CCCCCEDCDCEEFG	C	I	59/1
CBCDEFEAGFEDDE	C	I	41/3	CCCCCEGCEDBDGBD	C	I	237/3
CBCDFEDCGFEDCBE	C	III	422/5	CCCCDEFGABCEG	C	I	82/1
CBCECGEGFEFDFEC	C	I	28/3	CCCCECGEFFDFBDG	C	III	376/4
CBCECGEGFEFDFFE	C	I	28/3	CCCCEECCGGGGFFF	C	III	444/2
CBCEDCBC	C	II	318/4	CCCCEEEEGGGGCCC	C	I	136/1
CBCEGCDAGAGFFE	C	III	429/13	CCCCEGGABCEG	C	I	62/1
CBCGCBCEEDEGGFE	C	I	233/1	CCCEEGGCGECCCCE	C	XVIIa	809/1
CBCGECFAGECG	C	I	188/1	CCCFEDCBCAGFEDE	C	I	236/2
CBCGGAGCEGCBCGG	C	IX	559/10	CCCGABCBCDEDCBC	C	I	13/1
CBECBAD	C	XIX	831/3	CCCGCECEGFEDCAG	C	IX	559/9
				CCCGECGGFED	C	I	235/4
CCAAGED	C	XIX	829/4	CCCGECGGGFED	C	I	235/4
CCAFEFGFE	C	III	378/2	CCDCBCDEFFE	C	III	394/7
CCBAGFEDCEAFE	C	I	44/3	CCDCDCEFEFE	C	VII	539/1
CCBAGFEDCEAGFE	C	I	44/3	CCDCEEFEGABCBA	C	III	442/3
CCBAGFEFGFE	C	III	378/2	CCDCEEFEGABDCBA	C	III	442/3
CCBAGFGAGFFE	C	XIX	830/2	CCDD	C	XIX	831/4
CCBAGGFEACAGFGC	C	XIV	676/4	CCDDFEFFFEEG	C	II	298/5
CCBA6GECDEFEDE	C	I	238/5	CCDEEFGGABCG	C	I	238/3
CCBA6GECDEGFEDE	C	I	238/5	CCDEFEBCFAGGFE	C	VII	525/3
CCBAG#AABAAGGFF	C	I	165/4	CCDEFGABCC	C	XVI	736/3
CCBB	C	XIX	831/4	CCDEFGABCCDEFGC	C	I	6/4
CCBCCEGCEGCBAF#	C	III	442/2	CCDEFGGABCCCCCB	C	I	235/2
CCBCDBAGCEEGGCG	C	I	11/5	CCECCBDDFDDC	C	II	336/2
CCBCDCBAGCEEGGC	C	I	11/5	CCECEFEFG	C	I	235/5
CCBCDECGECGFEAF	C	V	491/3	CCECEGFEFG	C	I	235/5
CCBCDECGECGGFEA	C	V	491/3	CCEDAF#GGFEDC	C	I	230/2
CCBCECEFCBCFCF#	C	II	309/5	CCEDCB	C	I	165/1
CCBCEDDCD	C	II	337/2	CCEDCBCDEFFE	C	III	394/7
CCBCEEDEGGF#GCE	C	XVI	742/1	CCEDCDCEGFEFE	C	VII	539/1
CCBCEG#AAG#AC	C	I	11/2	CCEDDCDEF	C	I	22/4
CCBCGEGCCBCGEGC	C	I	235/1	CCEDDDDFEE	C	IX	572/12
CCBCGGECCBCGGEC	C	I	240/1	CCEDDGGFEC	C	I	234/4
CCBDCEGAFEEFD	C	III	445/1	CCEEGGEFFDDBBG	C	I	182/3
CCBDCEGAGFEEFED	C	III	445/1	CCEFGFGGDEFFE	C	IX	573/8
CCCBAGGFEDCCDEF	C	XIX	830/3	CCEGCCEGC	C	XVII	3/352/1
CCCBBAAGGFFEEDG	C	II	323/8	CCEGECGAGCEGEC	C	I	62/4

Column (1) Incipit, (2) Original Key, (3) Hoboken Group, (4) Hoboken Location

CCEGFDDFECADB	C	XVI	740/2	CDEFEEDCBCGG	C	XI	638/9
CCEGFDDFECADCB	C	XVI	740/2	CDEFEGFEDCFFFFE	C	XIV	676/6
CCFEAGGEC	C	IX	549/15	CDEFEGGAFD#E	C	I	41/5
CCGCEFFBDFEE	C	I	234/3	CDEFEGGGG#AFEDC	C	IX	548/6
CCGCEGFFBDFFEE	C	I	234/3	CDEFFEAGGCBAGFE	C	III	367/2
CCGECBFE	C	III	443/1	CDEFFEAGGCBAGGF	C	III	367/2
CCGEECGGECG	C	XV	682/5	CDEFFEDCDEFFED	C	II	302/3
CCGFEAGFEGAFEDC	C	III	367/1	CDEFFFFFEAABCBA	C	XVIII	814/1
CCGGAGCCCBCBC	C	I	36/10	CDEFGABCECECEEE	C	II	335/4
CCGGCEGCG	C	XIX	829/2	CDEFGABCGABCDEF	C	XVII	796/1
CCGGEDEFGG	C	I	231/6	CDEFGABCGGFECBA	C	XIV	675/4
CCGGEDEFGGCCGGE	C	XIX	833/1	CDEGABCGAGCDEGA	C	I	76/5
CCGGFEDEFGG	C	I	231/6	CDFDCGGGGGABC	C	III	444/4
CCGGFEDEFGGCCGG	C	XIX	833/1				
				CECCBBFAFFEE	C	I	237/4
CDBABCCCG	C	I	136/3	CECCBCACG	C	II	336/3
CDBCAGFE	C	I	62/2	CECDDEFDBCG	C	II	307/1
CDBCCEGGF	C	II	337/3	CECGCGEGE6C	C	VIII	546/1
CDBCC#DEbEFE	C	III	422/1	CECGE	C	II	307/3
CDBCC#DEbEGFE	C	III	422/1	CECGECABABCEG	C	I	230/4
CDBCEEEFDCGG	C	I	30/2	CECGECACBABCEG	C	I	230/4
CDBCEGAGFEDCC	C	II	309/2	CECGECAFDBGFEDE	C	I	87/1
CDBCEGAGGFEDCC	C	II	309/2	CECGECAFDBGFFED	C	I	87/1
CDBCGCCBCEDEGF#	C	II	309/7	CECGECGGCFCAFCA	C	XVI	741/8
CDBCGFEDGGCEG	C	XIX	834/2	CECGEC#DDFDAFD#	C	XIV	678/1
CDCBABCCCG	C	I	136/3	CEDCBCGGAGCFE	C	XIV	676/1
CDCBAGFGBAGFFE	C	XIX	830/2	CEDCBCGGAGCGFE	C	XIV	676/1
CDCBCDEDCDEDEFD	C	XIX	832/6	CEDCCBCACG	C	II	336/3
CDCBCDEFFEDEFEB	C	VII	529/1	CEDCDECEEGFEFGE	C	I	205/3
CDCBCEFEDEGAGF#	C	XVI	742/1	CEDCDECEEGFEFGE	C	VII	539/8
CDCCCCCDCDC	C	I	236/1	CEDCFEDGEFEDCCA	C	XVI	741/6
CDCCCCCEDCDC	C	I	236/1	CEDCFEDGEGFEDCC	C	XVI	741/6
CDCDECEEFEFGE	C	I	205/3	CEDCGAGFEAGA	C	XIV	677/1
CDCDECEEFEFGE	C	VII	539/8	CEDCGFEAGFEDFDC	C	II	331/1
CDCDECEEGFEFGE	C	VII	539/8	CEDCGFEEGDGDGEG	C	XVI	740/4
CDCFEAGGF#GAGAB	C	III	376/6	CEDCGFFEGABCGF	C	XVIII	818/1
CDCGAGCDCEDCBAG	C	XV	710/3	CEDDCCGFFEEGEDC	C	VI	515/3
CDDDDEEEGCAAGG	C	II	320/1	CEDDFEEAAGGFE	C	IX	548/14
CDECCDE	C	IX	549/13	CEDDFEEEGFAG	C	I	28/4
CDECDEFGCBAGFE	C	XVI	740/1	CEDECDGFECC	C	I	26/4
CDECDEGCGECFACA	C	XIX	832/1	CEDEFGCABABC	C	I	335/5
CDECFDGEC	C	III	441/1	CEDEFGGAFFEFDDC	C	XVIII	*821/4
CDECFDGGEAFGGEA	C	II	331/4	CEDFEDECAGAGFEF	C	XVII	3/352/2
CDEDDEFECDEFD	C	XV	724/1	CEEDCCBBFEDCGFE	C	XVII	796/2
CDEDDEFEEFGFED	C	XV	723/6	CEEEDEFEFEDDDCD	C	XVII	795/2
CDEDEF	C	IX	574/14	CEEEEDEFGABCF#A	C	XIX	832/2
CDEDEFEFGG	C	XI	638/11	C6E6C6EGGGGGF	C	II	309/11
CDEEEFGEDCCCEDG	C	Ia	277/3	CEEEFEDEFGABCF#	C	XIX	832/2
CDEEFGAFDCBCG	C	II	302/4	CEEEFGFEDE	C	XV	723/8
CDEFEDCBCDCDCDC	C	XI	637/8	CEEEFGGFFEEDDE	C	XV	723/8

Column (1) Incipit, (2) Original Key, (3) Hoboken Group, (4) Hoboken Location

CEEGGECAAG	C	XVIII	814/3	CEGFEDEFDCB	C	IX	572/2
CEFAGECGFFE	C	I	22/8	CEGFGFEGDGDECDE	C	XIX	828/4
CEFAGECGFFFE	C	I	22/8	CEGGABCDEFE	C	I	7/2
CEFEE	C	I	235/3	CEGGACEEFADGEC	C	I	234/2
CEFGCAAAGFCBAAG	C	VII	525/4	CEGGAFDBGCE	C	IX	557/4
CEFGCCBDDBFFE	C	VII	525/1	CEGGCEGGCEGGGGF	C	IX	560/1
CEFGEDBCEFGEDBC	C	I	41/1	CEGGECAAFDCBAGA	C	IX	576/1
CEFGEGEGFEGGFEG	C	II	303/3	CEGGECDBGGEFEE	C	XI	646/5
CEFGGFECCCBB	C	I	44/1	CEGGGBCGGGECBBC	C	XVI	759/4
CEFGGGDFEE	C	II	309/8	CEGGGCGGGECBBCC	C	XVI	759/4
CEF#GDFEAFEDCB	C	III	367/5	CE9GCE7GC	C	XI	656/9
CEGBCDEFGECEDBC	C	III	443/3				
CEGBCEGAGF#GAFG	C	XIX	829/5	CFEBCFAGGFE	C	VII	525/3
CEGCBAGFEDCBC	C	XVIII	820/3	CFEDCBCGG	C	XI	638/9
CEGCBCBCGFE	C	VII	532/2	CFEDEFGGAFFEFDD	C	XVIII	*821/4
CEGCCBBAGFFFFED	C	IX	578/1	CFGAGEDCBCBCAGG	C	XVIII	820/1
CEGCCBBAGGFFFFE	C	IX	578/1				
CEGCCBCC#DG	C	I	238/4	CF#GEFEDC	C	XI	642/9
CEGCCBDFFEACBAB	C	VII	526/5				
CEGCCCCCEGDDDD	C	I	87/3	CGABCDE	C	I	11/1
CEGCCEGC	C	XVII	3/352/1	CGABCGABCEGECAG	C	XVI	780/1
CEGCCFACCEGCFE	C	XVI	734/1	CGBCGFEGFE	C	I	239/2
CEGCDEFGA	C	I	87/8	CGCAGBCC#DD#EF	C	XIX	830/1
CEGCEACBAGBCDFF	C	XVIII	3/357/3	CGCBAG	C	I	76/3
CEGCEDCBCGFEDCE	C	V	484/5	CGCCCBCDEDDC#DE	C	III	410/8
CEGCEDCBCGGFEDC	C	V	484/5	CGCCDCBCDEDDC#D	C	III	410/8
CEGCEDCCEDCCDCD	C	I	230/5	CGCCGCECEECEGEG	C	I	231/1
CEGCEDCCEDCCEDC	C	I	230/5	CGCECGCGCECCEG	C	I	236/3
CEGCEGAGFEGCEGA	C	III	367/7	CGCEDCBAGG#AEGF	C	XV	710/1
CEGCEGCEG	C	I	136/1	CGCEDCBCGCEDCBC	C	XVI	734/3
CEGCEGCEGE	C	XIX	829/3	CGCEEDCBCGCEEDC	C	XVI	734/3
CEGCEGCGECGEFED	C	I	42/1	CGCGCCCDGDGDDD	C	XVa	728/3
CEGCEGCGECGEGFE	C	I	42/1	CGEADGC	C	XVI	776/1
CEGCEGECCFACFAF	C	IX	566/6	CGECFFEGAFDFDCB	C	I	26/2
CEGCEGECFDBCCCC	C	Ia	294/1	CGECGC	C	I	194/2
CEGCEGGGGFFAB	C	I	36/2	CGECGCGFEDCCCC	C	I	36/1
CEGCEGGGGFFACB	C	I	36/2	CGECGECDGFFE	C	I	76/1
CEGCG	C	I	238/3	CGECGEDEFG	C	II	3/293/1
CEGCGAF#GG	C	XIX	831/1	CGEDBCGGG	C	Ia	277/1
CEGCGCGCECG	C	II	302/1	CGEDCFGAGABCDE	C	XI	594/6
CEGCGFEDCEGCGFE	C	I	59/5	CGEEGECCECGGEFD	C	IX	562/8
CEGCGGAGFECCCAF	C	II	336/1	CGEFDBGFEGFEDFE	C	I	165/6
CEGCGGAGFECCCAG	C	II	336/1	CGEFDCGEFDCAFCA	C	V	484/6
CEGEAFDDDDEFFFE	C	XI	646/7	CGEGCGECGGGGFFE	C	XIX	832/3
CEGEBCFFGAF#G	C	VII	532/2	CGEGFEDC	C	II	319/3
CEGECBAGGFEDCCB	C	XVI	750/1	CGEGGFEDC	C	II	319/3
CEGECEGECEGECEG	C	XIX	831/4	CGFEDCFGAGABCDE	C	XI	594/6
CEGEFG	C	I	28/2	CGFEGCEGCGCDEFE	C	I	36/6
CEGEGECC	C	IX	567/17	CGFFEDCAGFE	C	II	302/2
CEGEGEDCC	C	IX	567/17	CGFFEDCAGGFE	C	II	302/2

Column (1) Incipit, (2) Original Key, (3) Hoboken Group, (4) Hoboken Location

CGFGECCCBC	C	VIII	544/2		EFDDC	C	I	87/7
CGGCAAFDDGEE	C	IX	561/2		EFDEBCDEF#GGG	C	XI	630/7
CGGCEFFFDEACB	C	I	36/8		EFDECGGGFFEEDDB	C	XVI	759/6
CGGCEFFFDEACCB	C	I	36/8		EFDEGFEDEF	C	III	388/9
CGGECCGCEGBGEC	C	II	331/2		EFEDCAGFDED	C	I	195/1
CGGFEDA	C	I	232/1		EFEDGCEFAAG	C	I	188/5
CGGFEDCBGCGEFED	C	XVI	760/13		EFEFDBCECE	C	I	136/5
CGGFEDCBGCGEGFG	C	XVI	760/13		EFEGCDECBCABCDE	C	XIX	830/3
CGGFEEGECBBDCC	C	II	335/3		EFEGCEEDCBAG	C	XV	724/2
CGGGAGFFEFEDCEG	C	III	365/4		EFEGECCGFFEFD	C	I	195/2
CGGGBAGFFEGFEDC	C	III	365/4		EFF#GABDCBCC#DF	C	III	410/6
CGGGGGEEEECEEGG	C	II	306/3		EFGABCDEEDCBEFG	C	I	59/5
					EFGACBCDEFEED	C	V	490/3
DCBCEGGCEGGCEGG	C	IX	560/1		EFGACBCFEED	C	V	490/4
DCBCGGBAGCEGDCB	C	IX	559/10		EFGACBCGFEED	C	V	490/4
					EFGAGFEDBCFGGG	C	III	410/5
DEFDC	C	IX	568/10		EFGCAGCCC	C	III	422/3
DEFDFDEDEFG	C	III	441/1		EFGCCCC#DEFDBBB	C	I	87/5
					EFGCECFDGFGAGAG	C	XIX	832/1
DGABCBDDDDBDBDB	C	III	388/6		EFGECBAFDCBGFE	C	I	195/3
					EFGECCFFEFD	C	I	195/2
ECCCCCDEDCAG	C	XIX	832/2		EFGECGEAFCFAAGF	C	III	376/14
ECDCGEGECDCD	C	XIX	828/4		EFGECGEAFCFAGFE	C	III	376/14
ECDEGGGEFGG	C	XIX	831/2		EFGEFADEFEDCBC	C	II	316/1
ECFECGCCGCEGC	C	III	394/8		EFGEFDECDD	C	IX	574/16
ECGCGEGEFDBGFDE	C	IX	564/11		EFGFDCBCDEDEFGF	C	III	379/9
ECGFEGCADFCBAG	C	IX	554/4		EFGFEDCBCDEDEFG	C	III	379/9
ECGGABBCDCBCC#D	C	IX	553/11		EFGFEDEFGFED	C	III	376/2
					EFGFGEFGABCBAGF	C	XIX	835/3
EDCBAGG#ABCDEF	C	I	165/5		EFGGACGGGFFE	C	II	322/11
EDCC#DEFAGFFED	C	III	429/2		EFGGACGGGFFFE	C	II	322/11
EDDCBCECBAFEED	C	IX	565/1		EFGGCGEFD	C	VII	540/5
EDEFDFEFGE	C	I	82/2		EFGGCGEFDCDEDBC	C	I	161/2
EDEFGCCCCAGCFE	C	XVI	737/3		EFGGEFGGCBCDCBA	C	IX	564/4
EDEFGEDEF	C	I	239/1		EFGGGCFEEDACCB	C	I	62/6
EDFEABCBAGFE	C	II	317/3		EFGGGFAAADGGAGF	C	IX	571/3
EDFEABCBAGGFE	C	II	317/3		EFGGGGCFEADCBCD	C	IV	463/3
EDFEDCBCDEF#AG	C	IX	571/9		EFGGGGGEFGGGGG	C	III	403/10
					EF6GAGFFGFEEAG	C	II	316/4
EECGGECCBAG	C	III	410/3		EF7GFFFEEAG	C	II	316/4
EECGGECCBAG	C	XIX	829/4					
EECGGECCBBAG	C	III	410/3		EGBBCDCBCB	C	XI	656/8
EEEEFGAFED	C	XV	712/2		EGBCCEGEGCGCEDD	C	XV	710/1
EEEFEDEDCBCDBCD	C	II	333/1		EGCCCCEGCGEC	C	IX	563/2
EEEFGFEEDFFFGAG	C	XV	682/7		EGCCCGECGGGEAF	C	I	99/4
EEEFGFFEEDFFFGA	C	XV	682/7		EGCCGCEECEGGGG	C	XIX	833/2
EEGGEDCB	C	XIX	833/2		EGCDBCCEGFDC	C	I	123/3
					EGCDBCEGAFDB	C	IX	553/5
EFDBCGCEFDBCG	C	Ia	287/2		EGCDBCEGFGAFDCB	C	IX	553/5
EFDCGGGAFED	C	Ia	279/2		EGCDEFEDAGFEDCB	C	IX	562/7

Column (1) Incipit, (2) Original Key, (3) Hoboken Group, (4) Hoboken Location

EGEFDCEG	C	I	136/4		GCBCEGEDCCBBGDB	C	XI	657/1
EGEGEGFEBABAGGC	C	XIX	832/6		GCBCEGEDCDCBBGD	C	XI	657/1
EGFEDCAGFDFED	C	I	195/1		GCBDBCGEDFDE	C	XI	633/5
EGFEFDBCECE	C	I	136/5		GCBDCEEDFEGAGAB	C	II	334/1
					GCBDCEGAFD	C	I	87/6
FEDCBABCGAGCBAG	C	IV	467/4		GCBDFEGCCAAABCA	C	III	444/1
FEDCBAGG#ABCDEF	C	I	165/5		GCBFEDGCFED	C	XI	637/7
FEDCCBABCGAGCBA	C	IV	467/4		GCBFEDGCFEED	C	XI	637/7
					GCBGDCGEGFEDCB	C	IX	561/11
FFGFEDCBC	C	III	388/11		GCCBCCCCEDAG#AA	C	IX	576/4
					GCCBCGECDDEFGFE	C	IX	552/10
F#GFEDCBCDC	C	XVI	3/349/1		GCCC	C	IX	569/24
					GCCCBAFFFE	C	Ia	278/2
GAB9CED	C	I	239/5		GCCCBBGFFFEE	C	VI	515/2
GABCCDEFGABCDEC	C	I	28/5		GCCCBDBGCEDCBAG	C	XVII	787/1
GABCDEFEDC	C	IX	555/10		GCCCBGFFFFE	C	XIV	676/2
GACBAGAGFEFG	C	VI	515/1		GCCCCBABDBGCEDC	C	XVII	787/1
GACEE	C	III	403/9		GCCCCBCCBCBBCDE	C	IX	551/5
GAECCF#G	C	XIX	830/1		GCCCCBCDCGGGGFG	C	IX	574/15
GAF#GEFDCBC	C	I	11/6		GCCCCBCDEEDEFGE	C	VII	538/1
GAGCBAGAGEDCDEF	C	V	484/8		GCCCCBGFFFFE	C	XIV	676/2
GAGCFEDEFEDCBCG	C	I	12/2		GCCCCCAAAAAGCCC	C	XVIII	819/2
GAGCGFEDEFEDDCB	C	I	12/2		GCCCCCBCBBCDED	C	IX	551/5
GAGEEEFAFGFDDDE	C	IX	575/13		GCCCCCBCBBCDED	C	IX	552/17
GAGF#GCCBDCBAGE	C	XIX	835/1		GCCCCDDDDEDC#D	C	XV	724/3
GAGF#GCEAGF#FED	C	II	318/2		GCCCCEGGFD	C	I	59/3
GAGF#GCEGDCBCEG	C	III	410/1		GCCCCFEDDDD	C	VI	512/6
GAGF#GECBGGAGF#	C	XVI	771/5		GCCCCFEDDDD	C	IX	572/1
GAGF#GFEFDCBC	C	I	11/6		GCCCCFEEDDDD	C	IX	572/1
GAGGFFEEDBGCEC	C	I	44/4		GCCCCFEEDDDD	C	VI	512/6
					GCCCDCBCC#DDDED	C	IX	552/1
GBDCCCFFGAF#GG	C	VII	539/5		GCCCDCBCDCGGGAG	C	IX	574/15
GBDCCCFGFEFGAF#	C	VII	539/5		GCCCDCBCDDDEDC#	C	IX	552/1
GBDGECCACFAFDD	C	IX	553/10		GCCCDCCBCBBCDED	C	IX	552/17
GBDGECDCBCACFAF	C	IX	553/10		GCCCDDCDBBABCDE	C	XVI	776/3
					GCCCDECDDCBAGBC	C	IV	465/1
GCAGFEDCBC	C	I	232/3		GCCCDFEEEF	C	II	309/5
GCBAGFEGGG	C	III	384/2		GCCCEDDCDCBBABC	C	XVI	776/3
GCBAGGAGC3CEAAG	C	XIV	678/2		GCCCEDEFEAGCGFE	C	V	491/2
GCBCDAGDEGFAG	C	IX	564/5		GCCCEDEFEAGCGFF	C	V	491/2
GCBCDBGCEGF	C	II	303/1		GCCCGFDECBCD	C	XI	647/4
GCBCDBGCEGGF	C	II	303/1		GCCCGGGEEEC	C	IX	579/3
GCBCDCAAGECDBCG	C	XI	642/7		GCCDBCFDEAFGG	C	XIV	675/1
GCBCDCBCAGFEFEB	C	III	442/1		GCCDBCFDEAFGGFE	C	XI	647/1
GCBCDCDCDEDEFGD	C	IX	560/2		GCCDEECFFEDGCCD	C	XVa	729/1
GCBCDCDCDEDEFGD	C	IX	563/5		GCCDEEFEGGAG	C	VII	532/4
GCBCDCGCEFEFAFD	C	IX	568/9		GCCDEFGGGFE	C	I	232/5
GCBCDEEDEFGGFEG	C	XVI	741/5		GCCECDDCBAGBCDE	C	IV	465/1
GCBCDFGAGBCDEGF	C	IX	564/5		GCCECEGCBAGG	C	XVII	789/1
GCBCDGCFEDEFEGB	C	VII	531/1		GCCECGGFDCCCC	C	IX	574/1

Column (1) Incipit, (2) Original Key, (3) Hoboken Group, (4) Hoboken Location

GCCECGG#AAFDBFD	C	XIV	672/3		GCEGEFDCEGFEDC	C	I	87/4
GCCECGG#AAFDCBF	C	XIV	672/3		GCEGEFDCEGGFEDC	C	I	87/4
GCCEDCBBFED	C	XIV	675/2		GCEGFDDECFEDCB	C	II	309/3
GCCEDCBBFEDD	C	XI	647/2		GCEGFEFGFEDCFD	C	II	322/8
GCCEDCBBGFEDD	C	XI	647/2		GCEGFEFGFEDCFED	C	II	322/8
GCCFEDCBBGFED	C	XIV	675/2		GCEGG	C	III	403/9
GCCGECFGAGCBCDE	C	II	304/4		GCEGGDEDGGDGGEF	C	IX	567/16
GCCGECFGAGCCBCD	C	II	304/4		GCEGGFDDDECGFED	C	II	309/3
GCDBCGDEFDB	C	IX	571/2		GCEGGFEDCCCEEGG	C	II	309/1
GCDBCGDEFDCB	C	IX	571/2		GCFEDCGCAGFE	C	I	231/4
GCDCBCDEDCDEDEF	C	IX	558/3		GCFEEAGGFEDCBCG	C	XI	642/6
GCDCBCDGECDEFED	C	III	416/4		GCFEEAGGFEEDCBC	C	XI	642/6
GCDCBCDGECDEGFE	C	III	416/4		GCFEEDCGCAGGFE	C	I	231/4
GCDCBCECEGCBAGG	C	XVII	789/1		GCGABCDEFGGGGGF	C	XIV	672/5
GCDCBGFDCBCGGG	C	XI	596/8		GCGACAGAFEDEFG	C	XV	722/1
GCDECDC	C	I	3/261/1		GCGBGCGDBGC	C	XIV	671/7
GCDECGFEEDEC	C	IX	569/23		GCGCG	C	II	335/1
GCDEDCGDEFEDGEF	C	XIX	829/2		GCGCGECECGFEDCB	C	XIV	676/3
GCDEDEFEGEDCADB	C	V	490/1		GCGECCGCAFCC	C	I	239/4
GCDEDEFEGEDCADC	C	V	490/1		GCGECE	C	IX	570/21
GCDEF	C	III	388/6		GCGECGEC	C	XIV	678/3
GCDEFEDCBCAGCFE	C	XI	633/6		GCGEDFDBFE	C	I	13/4
GCDEFGDGFEDGGFE	C	I	111/1		GCGEDFDCBFFE	C	I	13/4
GCDEFGGF#AGF#AG	C	IX	576/5		GCGEFFFEGEC	C	XIV	674/6
GCDEGFEDCBCBAGC	C	XI	633/6		GCGFEDCAFED	C	IX	552/18
GCECEGCGEC	C	XV	705/2		GCGFEDCAGFE	C	IX	551/6
GCECFDGECDCDEFG	C	III	415/11		GCGFFEDEFDCBC	C	XI	657/2
GCECFDGECEDCDEF	C	III	415/11		GCGFFFEEEDAFDBC	C	XVI	745/1
GCECGCGFEDC	C	IX	566/19		GCGFFFEEEDAFDBC	C	II	305/2
GCECGGCEGGECGG	C	IX	569/13		GCGGAFAFBBCE	C	II	309/9
GCECGGGECAFDCB	C	IX	575/12		GCGGEDFFEGEGFGF	C	III	378/1
GCED	C	IX	568/24		GCGGFFEEDCDEFGA	C	III	3/304/1
GCEDCEGFECGACAG	C	XVI	734/2					
GCEDEFBCGGABCBA	C	IV	463/1		GDCBCDCEDCDEDEF	C	IX	560/2
GCEDEFGECEDCBBC	C	III	376/1		GDCBCDCEDCDEDEF	C	IX	563/5
GCEDFDBCEGECAFA	C	XV	705/4		GDCDEFGABC	C	XIX	830/2
GCEDFEFGGAFEDCB	C	VIII	3/316/1					
GCEEDCEGFEGCE	C	II	335/2		GEAFEDGCDEFGFGE	C	XIX	831/3
GCEFDBCGECGEFDB	C	III	443/2		GECACCBCDCEGCGA	C	XVIII	817/2
GCEFDCBCGECGEFD	C	III	443/2		GECBCDCGABCDEFF	C	XI	612/2
GCEFGGEFGGFEDCG	C	IX	3/320/1		GECBGCEGCGEFE	C	XVI	750/3
GCEFGGGGFE	C	XI	658/1		GECCBAGEFEFGCGE	C	II	297/2
GCEGCAGFEAG	C	XIV	677/3		GECCBCDCFE	C	XI	656/7
GCEGCEDCBAGGG#	C	III	415/12		GECCCCCDEFEDBCG	C	XII	662/1
GCEGCEGCEGCDEFD	C	III	378/5		GECCCCGECAAAB	C	IX	572/18
GCEGDFGEGCAGCCC	C	III	422/3		GECCCCGECAAACB	C	IX	572/18
GCEGEC	C	II	318/4		GECCCCGEDEFE	C	I	36/5
GCEGECAFCG	C	XV	705/1		GECCCCGEDEFFE	C	I	36/5
GCEGECBAGFFEED	C	IX	561/1		GECCCFGAGCFEDCB	C	IX	548/1
GCEGECBDBGCEGC	C	XV	698/2		GECCCGEGEAAAF#D	C	IX	554/3

Column (1) Incipit, (2) Original Key, (3) Hoboken Group, (4) Hoboken Location

GECCGECCCAGF#F#	C	IX	574/13		GFEEDC	C	IX	570/17
GECDBGAGFEDCBAG	C	VI	512/4		GFEEDCBCEDD	C	XI	633/7
GECDBGAGGFEDCBA	C	VI	512/4		GFEEDCDCCCCDEFG	C	VII	540/2
GECEDFEDEFGC	C	XIV	671/8		GFEEDEFEDDCDCEC	C	I	12/4
GECGCCDGFDCEEF	C	I	99/3		GFEEEDDCCC	C	I	201/5
GECGECCBAGG#AFD	C	Ia	294/3		GFEEEDEDCCC	C	I	201/5
GECGECEGCDED	C	I	13/3		GFEEEEEFDBC	C	XI	630/5
GECGEDBGEGFEFD	C	IX	568/23		GFEEEEFDCEDBCGG	C	XI	646/6
GECGEDBGEGGFEFD	C	IX	568/23		GFEFEFGCEGFEEFG	C	I	33/2
GECGFEGCEGCGCDE	C	I	22/6		GFEFGABCDEFEDDD	C	XI	630/8
GEDCBAG	C	I	28/1		GFEGECFAG	C	IX	569/14
GEDCBCDBC	C	I	11/7		GFEGFEDCDEFE	C	XVIII	3/356/2
GEDCBCDEFECCAFC	C	X	584/2		GFFEDCBCCAGGFF	C	XI	630/6
GEDDDEFDCEGGEDD	C	XV	682/6		GFFEDEGFEFEDCDE	C	XIX	834/2
GEECCGGE6GEECCG	C	XI	638/8		GFGACBCDCAGBCEF	C	V	489/1
GEECGFDE	C	II	307/4		GFGAFDBBC	C	I	73/3
GEEDCBCDEFECCAF	C	X	584/2					
GEEDDDEFDCEGGEE	C	XV	682/6		GF#GEAFEDGCDEFG	C	XIX	831/3
GEEDEFDDCDCEC	C	I	12/4		GF#GF#GF#GAGEGG	C	III	394/6
GEEEGEFDD	C	IX	579/6					
GEEFGAGAGFE	C	II	318/6		GGAFEFDCB	C	III	410/5
GEFDCDE	C	VII	539/3		GGAFFGFECDEFGAB	C	XIX	829/5
GEFDCGEAGF#GDEG	C	III	429/11		GGAGEDCDEFGFGF	C	IX	553/6
GEFEDCDE	C	VII	539/3		GGAGEEEFFF	C	IX	570/15
GEFGEFGABCDECGG	C	III	444/3		GGAGFEDCDEFGFGF	C	IX	553/6
GEGECAEGCGCGECF	C	IX	563/6		GGAGFEEDCBCGCC#	C	XVI	771/6
GEGECAGCGCGECFA	C	IX	563/6		GGAGFEGDCBCEFGF	C	V	489/4
GEGEGFEFGEGFEFG	C	III	394/10		GGAGFEGDCBCEFGG	C	V	489/4
GEGFDBCCCEFGAGF	C	II	319/2		GGAGFEGEGFDC	C	III	394/8
GEGFDFE	C	I	73/3		GGCCBAGGFEFFFBC	C	XV	723/3
					GGCCBDCBAGEEFED	C	XIX	835/1
GFECBAGFE	C	I	42/5		GGCCBDGGGABCCBD	C	II	320/3
GFECCCCFEDCBCD	C	XI	637/5		GGCCDEFEDCBGCFG	C	III	410/5
GFECCDBBGBGCEAG	C	I	65/2		GGCCGEECGGAGFE	C	VIII	546/2
GFEDCACDEFGABCB	C	XV	723/5		GGCEAGF#FEDCBCF	C	II	318/2
GFEDCACDEFGABDC	C	XV	723/5		GGCEGCEGCEGFGEF	C	III	410/1
GFEDCBCDC	C	XVI	3/349/1		GGCGAFGEECC#DEF	C	XIX	831/1
GFEDCBCDCAGFE	C	XIV	674/8		GGCGECGGCBCCBAG	C	XV	694/2
GFEDCBCDCGCCBCD	C	XI	607/2		GGCGECGGCBCDCBA	C	XV	694/2
GFEDCBCEDD	C	XI	633/7		GGCGEEGFEDCBCDG	C	I	99/5
GFEDCBCFEGFEDCB	C	IX	3/320/8		GGCGEEGGFEEDCCB	C	I	99/5
GFEDCCAGFEFFFEF	C	XVIII	816/4		GGCGEFDBCBCDCDE	C	VIII	542/1
GFEDCCBAGCEDBCA	C	XIV	674/5		GGCGEGCGDGEEDDE	C	XIX	831/2
GFEDCCCCCEDCBCG	C	XIV	672/2		GGEAFDBCD	C	XI	637/6
GFEDCCCCCEEDCBC	C	XIV	672/2		GGEAFDCBCD	C	XI	637/6
GFEDCCCCEDCGCEE	C	ᵀⁱ	307/2		GGECBGGAGF#GABC	C	XVI	771/5
GFEDCDCCCCDEFGA	C	ᶻI	540/2		GGECCBDBGFEGCEG	C	IX	3/320/5
GFEDCEGCBAGFAGF	C	IX	561/12		GGECDCCCFECED	C	VI	515/4
GFEDCGE8CG	C	IX	571/8		GGECDDBGABCE	C	II	319/5
GFEDEFEFDCDECBA	C	XIX	834/2		GGECGCED	C	III	403/8

Column (1) Incipit, (2) Original Key, (3) Hoboken Group, (4) Hoboken Location

GGEFEDECFEED	C	I	33/4	CBDGGEbDCB	Cm	I	65/5
GGEGGCGGFE	C	XVI	737/1	CBFEbDCCCCC	Cm	I	36/3
GGFEDC	C	IX	573/9	CBGF#GABbA	Cm	II	300/6
GGFEDCACAG	C	XIV	671/6				
GGFEDCBCCAGFEDC	C	XI	656/6	CCBbAbGEbDEb	Cm	I	36/7
GGFEDCCFDBC	C	XVI	745/2	CCBC	Cm	II	328/5
GGFEDCCFDBC	C	II	305/4	CCBCEbCBDGBbAb	Cm	V	485/3
GGFEDCEDCCCFECE	C	VI	515/4	CCBCGCGCDEbDCGG	Cm	XV	719/6
GGFEDEFDBC	C	II	337/1	CCCBCDbCBCCBBCC	Cm	XX/1	837/9
GGFEEDC	C	IX	573/9	CCCBCDDCDEbCGG	Cm	IX	548/2
GGFEEDCBCCAGFED	C	XI	656/6	CCCCC	Cm	I	241/4
GGFEFEEDCDCCCCA	C	I	231/2	7CEbEbEb	Cm	I	241/3
GGFEFFEDCDEFGAG	C	II	316/2	CCCDEbFGCCDEbCG	Cm	I	240/2
GGFFEDCBA	C	IX	572/13	CCGCEbEbCEbGGEb	Cm	III	410/4
GGFFEDCCFDBC	C	XVI	745/2				
GGFFEDCCFDBC	C	II	305/4	CDEbDCEbFGFEb	Cm	IX	578/2
GGFFEEGGFFEE	C	II	307/3	CDEbDCGGEbDCDB	Cm	II	322/9
GGFGAEFDGFEDCBC	C	V	489/2	CDEbDCGGFEbDCDC	Cm	II	322/9
GGGCCBCBAGFEDCB	C	II	318/6	CDEbDFEbGEbCDEb	Cm	I	82/6
GGGFEDCBCGCC#DG	C	XVI	771/6	CDEbFGGF#F#GDGF	Cm	II	309/10
GGGFEFEEEDCDCCC	C	I	231/2	CDEbF#GBbCDbEF	Cm	II	300/6
GGGFEFFEDCDEFGA	C	II	316/2				
GGGF#FECBADGCFF	C	III	388/11	CEbAbF#GG	Cm	I	82/5
GGGGEGFDBBCECG	C	III	394/6	CEbBAbAbFGEbFAb	Cm	I	123/1
6GAFFFDBCCCDDDG	C	IV	467/2	CEbBCGBAbBDBFF	Cm	I	65/1
6GEDCDDEC	C	I	165/2	CEbBGBCBbAbGAb	Cm	III	388/7
6GEDCDEDCDEC	C	I	165/2	CEbDBCGCAbGDFAb	Cm	XX/1	837/3
6GFEEEDDCCCCBAC	C	I	201/5	CEbDBCGCBbAbGDF	Cm	XX/1	837/3
6GFEEEDEDCCCCBA	C	I	201/5	CEbDCBAbGFEbDEb	Cm	Ia	278/1
9GFECEDC	C	XIX	829/3	CEbDCBCDGFEbDCB	Cm	Ia	279/1
GGGG#AADDEFGG	C	I	42/3	CEbDCBCDGFFEbDC	Cm	Ia	279/1
				CEbDCBDFEbDCGCC	Cm	XVI	749/3
G#AF#GEFDECB	C	I	123/4	CEbDCGAbDGFEbD	Cm	III	410/2
				CEbDCGAbDGFFEbD	Cm	III	410/2
				CEbDFEbGFAbGF#	Cm	VI	521/2
				CEbDGCEbDG	Cm	V	484/7
				CEbEbDCGGGCGGGG	Cm	I	87/2
				CEbEbDGGFEbDCEb	Cm	II	322/10
				CEbGCEbBCEb	Cm	Ia	294/2
				CEbGCEbGC	Cm	I	11/3

C minor

AbGEbBCCBAbF#G	Cm	I	65/3	CFEbDCBDGFEbDCG	Cm	XVI	749/3
AbGF#GFEbCDB	Cm	III	384/3				
AbGF#GFEbCDCB	Cm	III	384/3	CGAbF#GGCEbEbDC	Cm	I	188/1
				CGEbCBGDGFDEbC	Cm	I	241/2
BCEbGBCEbDCCB	Cm	III	379/3	CGEbDCGGF	Cm	I	238/1
				CGEbEbDDGFFEb	Cm	I	241/1
BDFGBC	Cm	III	415/13	CGFEbDCGCAbCGC	Cm	XVI	737/4
				CGGGAbGG	Cm	I	36/7
CBCAbAbAbBbAbBb	Cm	III	388/10				
CBCEbCGFEbDC	Cm	II	328/5				

Column (1) Incipit, (2) Original Key, (3) Hoboken Group, (4) Hoboken Location

DCBCAbAbAbCBbAb	Cm	III	388/10
DCDBABFEb	Cm	V	479/4
DFEFAbFEGCEbDEb	Cm	V	485/3
EbBCAbFCDBbGDEb	Cm	III	384/5
EbCEbGFEbCFG	Cm	I	65/5
EbDCCCBCDGAbCBG	Cm	VI	512/5
EbDDFEbEbCBB	Cm	XI	633/8
EbGCBGGFEbDCCCD	Cm	III	384/1
EbGCGGFEbDCCCD	Cm	III	384/1
GAbAbG	Cm	XI	633/8
GAbFDCBDBC	Cm	XI	647/3
GAbFEbDGEbDCDB	Cm	IX	548/15
GAbGCBCDEbD	Cm	III	429/15
GAbGFEbDGFEbDCD	Cm	IX	548/15
GAbGF#GCDEbDEbD	Cm	IX	555/11
GABCGABCGABCBC	Cm	XX/1	837/9
GBCGBC	Cm	XI	638/10
GCCCBGEbEbEbD	Cm	XV	723/7
GCDEbFEbDCB	Cm	IX	3/320/2
GCEbDCBAbBDFEbD	Cm	XVI	760/9
GCEbF#GDBGCDEb	Cm	I	217/3
GCEbGAbG	Cm	III	415/13
GCEbGFEbDCBCDEb	Cm	XI	638/10
GCGBGCGDGGFEbDF	Cm	XIV	672/4
GCGEbCAbG	Cm	I	59/4
GEbAbFEbDFDGEbD	Cm	XVI	741/7
GEbCBCEbDCBG	Cm	II	309/4
GEbCBCEbDCCBG	Cm	II	309/4
GEbCCCDD	Cm	IX	572/19
GEbCGAbF#GBbGEF	Cm	XIV	670/3
GEbDCBCCEbEbDC#	Cm	XIV	675/3
GEbDCBCCEbEbDC#	Cm	XI	647/3
GEbDCCB	Cm	XIV	674/7
GEbEbDBCCCCEbGG	Cm	XV	694/1
GEbEbDBCCCDCBC	Cm	XV	694/1
GFAbGFEbDCBCDC	Cm	XVI	749/1
GFAbGFEbDCCBbAb	Cm	XVI	749/1
GFEb	Cm	III	388/10
GFEbDCBAbAbBCCB	Cm	III	379/4

GFEbDCBAbAbBCDC	Cm	III	379/4
GFEbDCCB	Cm	XIV	674/7
GFEbDCCBFEbDCBD	Cm	XVI	734/4
GF#GEbDCGF#GDEb	Cm	I	41/4
GF#GEbDEbCB	Cm	V	479/4
GF#GFDEbDbCB	Cm	XI	646/8
GF#GFDEbDbCCB	Cm	XI	646/8
GF#GFEbD6CBCD	Cm	III	378/3
GGCCEbDDCDBC	Cm	I	188/3
GGCCEbEbDDCDBC	Cm	I	188/3
GGFEbDCBCDEbDC	Cm	I	41/2
GGFEbDCCBCDFEbD	Cm	I	41/2
GGFEbDGGFEbD	Cm	II	303/2
GGGEbDBCCCBDF#A	Cm	I	123/5
GGGFFFEbEbEbEbD	Cm	XVI	745/7
GGGGFEb	Cm	III	415/13
GGGGGFFEb	Cm	XVI	740/3
1OG	Cm	II	303/2

C# major

G#A#G#F#E#D#D#	C#	XVI	760/4

C# minor

C#C#B#C#D#ED#C#	C#m	XVI	760/1
C#D#C#B#C#D#ED#	C#m	XVI	760/1
C#D#C#B#C#D#EF#	C#m	XVI	760/3

Db major

AbDbEbCBbCDb	Db	III	422/10
AbDbEbDbCBbCDb	Db	III	422/10
AbGbFEbDb	Db	III	422/10

Column (1) Incipit, (2) Original Key, (3) Hoboken Group, (4) Hoboken Location

DbCDbGbAbDbDbF	Db	XVI	769/7
DbFAbDbCBbGAbEb	Db	XVI	769/7
FFGbAbDbCBbAbAb	Db	III	436/2

D major

AAAAAF#EDDC#DED	D	III	415/1
AAAAAGF#EDDBG#A	D	III	405/3
AAAABC#DC#EDGF#	D	I	191/2
AAAABC#DEF#AGF#	D	XI	645/5
AAAABC#DEF#GF#	D	XI	645/5
AAAAEEEF#GAAAA	D	VIII	546/4
AAAAF#EDDC#DDC#	D	III	415/1
AAADC#BA#BAGF#E	D	III	405/1
AAADDC#BA#BAGF#	D	III	405/1
AAADEF#DDDF#GA	D	VII	535/3
AAAF#AF#AF#DDDB	D	XVa	728/2
AAAF#AF#AF#DDD	D	XVa	728/2
AAAGGF#AAAGGF#E	D	III	445/2
AABbGFADEGC#D	D	III	379/15
AABC#DEF#EAGF#E	D	XI	618/1
AABC#DEF#EDC#D	D	XI	605/2
AABC#DEF#F#EDC#	D	XI	605/2
AABC#DEF#GGF#EE	D	XI	617/5
AABC#DF#EC#DF#E	D	XI	615/5
AADAF#DADF#DBEG	D	IV	467/14
AADAF#GEF#DEC#D	D	XVI	751/1
AADAGEF#GF#DDD	D	I	27/1
AADBAAAGF#EGGF#	D	III	395/1
AADC#DEF#F#GF#E	D	XI	608/3
AADC#DEF#GF#ED	D	XI	608/3
AADC#EAAEDF#	D	XI	623/3
AADDC#AAGF#EDC#	D	I	29/4
AADDC#C#DEF#GG	D	X	588/2
AADDDC#EGGGF#	D	XI	615/9
AADDF#F#DDDEDBDD	D	XI	651/5
AADEF#EDABADEF#	D	I	250/4
AADEF#EDC#BAG#B	D	I	179/6
AAF#DDC#EEF#GGG	D	XVI	760/7
AAF#EDC#BAG#AG#	D	I	179/6
AAF#EDDDBBGGED	D	XV	686/5
AAF#F#DDAAAA#BA	D	XIV	673/1
AAF#F#DDAAAA#BA	D	XVI	3/342/1
AAF#F#DDAAAA#BA	D	XIV	673/1

AAF#GC#DF#EDC#B	D	Ia	295/1
AAF#GEDC#DC#BA	D	III	447/4
AAGF#ABGF#GAADE	D	I	249/3
AAGF#EDDDBBGGF#	D	XV	686/5
AAGF#EDF#GAGF#D	D	II	*313/3
AAGF#EF#GGF#	D	II	339/4
AAGF#F#EDF#GAAG	D	II	*313/3
AAGF#GF#BDC#DE	D	II	323/2
AAGF#GF#EC#DDC#	D	IV	466/1
AAG#ABA	D	II	3/293/3
ABAABA	D	XI	639/6
ABAABAABA	D	IX	553/16
ABAADDDC#ABEAD	D	III	379/13
ABABADAAGGGGF#	D	II	343/1
ABAGF#DEF#GAAG	D	III	446/2
ABAGF#EDC#AGF#	D	IV	467/12
ABAGF#F#GF#EDDD	D	III	3/305/1
ABAGGF#E	D	XV	718/2
ABAG#ADAF#DADF#	D	IV	467/14
ABC#C#BC#DBADBA	D	XI	629/1
ABC#C#BC#DC#BAD	D	XI	629/1
ABC#DABC#DC#DED	D	IV	469/1
ABC#DDAABAGF#ED	D	III	411/2
ABC#DDDDABC#DEE	D	XIX	833/3
ABC#DDDF#F#AAF#	D	VIII	546/3
ABC#DEF#GAF#DBG	D	I	210/2
ABC#DF#ABC#DF#D	D	IX	3/320/4
ABC#DF#ADF#AGF#	D	IX	548/9
ABC#DF#AF#DAF#D	D	XI	648/10
ABDC#BAAAABDC#B	D	XI	621/5
ABEAAADGAGF#	D	XI	649/4
ABEDC#BAAAABED	D	XI	621/5
ABEDC#D	D	XI	621/6
ABF#GBGEDC#BAB	D	I	92/2
ABGEC#C#DDC#AB	D	III	364/2
ABGF#DEF#GAGF#	D	III	446/2
ABGF#EDC#AGF#ED	D	IX	564/9
ABGF#F#GED	D	XI	609/8
ADAAADF#	D	XVII	793/2
ADAAAF#ADF#	D	IX	549/7
ADADF#EAEGF#GAG	D	VII	535/1
ADADF#EAEGGF#GA	D	VII	535/1
ADAF#AF#BGEC#D	D	XVI	737/5
ADAF#AF#BGEDC#D	D	XVI	737/5
ADAF#AGEGF#ABAG	D	XI	603/5
ADAF#AGEGF#ABG	D	XI	603/5
ADAF#AGF#GADDEB	D	XI	606/1
ADAF#D	D	I	191/5

Column (1) Incipit, (2) Original Key, (3) Hoboken Group, (4) Hoboken Location

ADAF#EEDC#DDDBA	D	XI	606/2	ADDC#DC#C#DC#DE	D	I	153/4
ADAF#EEDC#DDDC#	D	XI	606/2	ADDC#DEAEEF#GE	D	IX	555/4
ADAF#GEAGF#ABED	D	XI	619/4	ADDC#DEF#EF#AGG	D	IX	550/21
ADAF#GEF#DEC#DA	D	XVI	751/1	ADDC#DEF#EF#GG	D	IX	550/21
ADAF#GF#GADDEBA	D	XI	606/1	ADDC#EDC#BAF#F#	D	I	210/4
ADAGADF#ADBC#D	D	XVII	793/1	ADDDADF#EC#DAD	D	XVI	764/5
ADAGAF#AEADF#AD	D	III	373/7	ADDDAF#DDD	D	XI	650/2
ADAGAF#AEADF#AD	D	II	313/4	ADDDC#C#ADEEF#A	D	I	102/3
ADAGF#EDC#	D	XI	596/7	ADDDC#DBGBAF#ED	D	X	586/4
ADAGF#F#EDEC#D	D	XI	641/9	ADDDDABDDD	D	IX	559/13
ADAGGF#EEDC#	D	XI	596/7	ADDDDC#C#ADEEF#	D	I	102/3
ADBAAGF#GF#	D	XI	650/1	ADDDDDAF#BGF#GA	D	XI	602/3
ADBAC#DF#EF#GF#	D	XI	613/2	ADDDDDAGEF#DED	D	X	581/1
ADBADBADBAD	D	II	338/3	ADDDDDAGEF#DF#E	D	X	581/1
ADBAF#GF#E	D	XI	620/1	A6DEDB6EF#EAGF#	D	XI	623/1
ADBEC#BADEDEF#	D	XII	662/4	ADDDDEC#DBC#AA#	D	III	447/3
ADBEDC#BADF#EDE	D	XII	662/4	ADDDDEDC#DEF#GA	D	XI	609/6
ADBGF#GADC#C#D	D	V	493/2	ADDDDF#AGGEC#A	D	IX	3/316/2
ADBGF#GADC#D	D	V	493/2	ADDDDF#EDC#BAAA	D	IX	559/1
ADC#BAAAGF#	D	I	245/3	ADDDD#EGEDC#D	D	XI	639/5
ADC#BAAGF#GF#	D	XI	650/1	ADDDEDC#DABDDD	D	IX	559/13
ADC#BAGF#AGGE	D	IX	3/317/8	ADDDEDC#DF#EDC#	D	IX	559/1
ADC#BAGF#ED	D	XII	665/1	ADDDF#DAEEEGE	D	XI	645/8
ADC#BAGF#ED	D	XI	649/1	ADDEF#GEC#DF#	D	IX	550/6
ADC#BAGF#EEF#G	D	I	14/3	ADDF#DAABADAF#D	D	III	377/4
ADC#BAGF#F#ED	D	XI	649/1	ADDF#DBBAGF#EF#	D	I	34/5
ADC#BAGF#F#ED	D	XII	665/1	ADDF#DC#BBAAGF#	D	I	34/5
ADC#BAGF#GABAG	D	III	389/4	ADDF#EC#DF#EC#D	D	XII	663/3
ADC#BAG#AA#BGE	D	X	581/3	ADDF#EDAADF#	D	XII	663/2
ADC#BBAAAGABAGG	D	I	245/5	ADDF#F#GC#DEF#G	D	IX	573/10
ADC#BBAGGEF#GAA	D	XI	631/9	ADDF#F#GEDC#D	D	XI	631/8
ADC#BC#DEDC#DE	D	XI	652/7	ADDGF#EDAADF#	D	XII	663/2
ADC#BDBAF#DC#BD	D	X	588/1	ADD#EGABC#DF#AA	D	XI	645/1
ADC#BDBAGF#EDC#B	D	XI	607/6	ADEAF#G	D	XI	645/7
ADC#DEC#ADC#BAA	D	XI	631/5	ADEC#BC#DF#GGGA	D	XI	620/10
ADC#DEC#ADC#BAG	D	XI	631/5	ADEDC#AGEDC#DAA	D	XI	609/9
ADC#DEC#ADEF#G	D	III	430/4	ADEDC#BADEF#AG	D	X	582/3
ADC#DEC#C#DAAD	D	IX	558/10	ADEDC#BADEF#GF#	D	X	582/3
ADC#DEC#DAADC#D	D	IX	558/10	ADEDC#BC#DF#GGG	D	XI	620/10
ADC#DEDEF#GGF#	D	X	587/1	ADEDC#DC#C#EDC#	D	I	153/4
ADC#DEDF#AAGF#G	D	XI	640/5	ADEDC#DEAEEF#GE	D	IX	555/4
ADC#DEF#GF#EDC#	D	XI	603/7	ADEDDGF#EDC#D	D	XI	638/1
ADC#DEF#GF#F#ED	D	XI	603/7	ADEF#DADC#BA	D	IX	574/5
ADC#DF#DADC#DF#	D	IX	558/11	ADEF#DED	D	XI	624/5
ADC#DF#F#GEEEF#	D	XI	607/8	ADEF#GEC#AG#EAA	D	III	389/3
ADC#DF#GEEF#DAB	D	XI	607/8	ADEF#GEDC#DA	D	XI	610/8
ADC#EDF#EGF#ADD	D	IX	559/14	ADEF#GGF#EGEF#D	D	XI	615/11
ADC#GEC#DC#GEC#	D	XI	619/10	ADEF#G#A	D	XI	605/3
ADDC#B	D	IX	569/28	ADF#AAAA	D	I	46/4
ADDC#DBGBAF#ED	D	X	586/4	ADF#AABC#DBABC#	D	XII	663/7

Column (1) Incipit, (2) Original Key, (3) Hoboken Group, (4) Hoboken Location

ADF#AAEGF#GABC#	D	I	27/4	ADF#F#BBBBC#DE	D	XI	649/2
ADF#AAGF#EDDDD	D	XI	648/11	ADF#F#EDC#DAAG	D	XI	608/1
ADF#AAGF#EDEEF#	D	III	430/6	ADF#F#EDC#DF#EG	D	XI	615/8
ADF#AAGF#F#EDEE	D	III	430/6	ADF#F#F#AGF#ED	D	III	462/1
ADF#ABAF#DAEEE	D	V	488/4	ADF#F#F#F#EDEGG	D	IX	552/4
ADF#ABAF#DAEEF#	D	V	488/4	ADF#F#F#GF#EDEG	D	IX	552/4
ADF#ABAGF#DF#G	D	I	27/3	ADF#F#GC#DEF#GA	D	XVI	744/2
ADF#ABGF#F#EBAG	D	I	90/2	ADF#F#GDC#DEF#G	D	XVI	744/2
ADF#ABGF#F#EBGE	D	I	90/2	ADF#F#GF#EF#AG	D	III	462/1
ADF#ADBAGF#BDC#	D	I	6/3	ADF#GA	D	II	309/12
ADF#AEEF#DC#DF#	D	XVIII	815/3	ADF#GF#GAF#DDC#	D	XI	645/6
ADF#AEF#DC#DF#B	D	XVIII	815/3	ADF#G#AEF#GABA	D	XI	648/6
ADF#AF#DAAGEAF#	D	III	421/9	ADGF#EDAAA#BC#D	D	XI	637/9
ADF#AF#DDABAAD	D	XVI	758/1	ADGF#EDAEG	D	XVII	793/3
ADF#AF#DEF#D	D	X	582/1	ADGF#EF#AGF#EDD	D	IX	563/9
ADF#AGEAF#DEA	D	XI	641/4				
ADF#AGEDF#ADAF#	D	IX	568/4	AEDC#F#EEDC#BED	D	XI	624/7
ADF#AGF#EEEEEF#	D	XI	648/5				
ADF#AGF#F#EDDD	D	XV	718/6	AF#ADAEAF#AC#AD	D	IX	550/20
ADF#AGF#F#EEEEE	D	XI	648/5	AF#ADC#AC#DDF#G	D	XI	620/3
ADF#C#DADF#AAB	D	IX	569/19	AF#ADC#BAGF#GF#	D	XI	620/11
ADF#C#DEF#GABC#	D	I	191/4	AF#ADC#EAEGF#	D	I	159/3
ADF#DAC#ABC#DD	D	IX	550/4	AF#ADDC#BAGF#G	D	XI	620/11
ADF#DADAF#DADA	D	II	337/4	AF#AEC#DF#AF#AE	D	IX	550/15
ADF#DC#EABC#DDE	D	XI	633/1	AF#AF#AGF#EDF#	D	XVII	3/352/3
ADF#DC#EAC#DEF#	D	XI	648/8	AF#AF#AGF#EDF#	D	XV	3/340/1
ADF#DDC#BABC#D	D	XI	645/2	AF#AF#GABAADF#D	D	IX	568/3
ADF#DEEC#F#DCBA	D	XI	620/12	AF#AF#GABAADF#E	D	IX	568/3
ADF#DEGG	D	XII	662/6	AF#AGAF#AEADAEA	D	XVI	748/1
ADF#DF#DC#EDF#A	D	IX	563/3	AF#AGF#EDDDE	D	II	303/9
ADF#DGEC#ADEF#A	D	XI	627/2	AF#BGEDC#C#GGF#	D	III	373/2
ADF#DGEC#ADEF#A	D	XI	626/5	AF#BGEDC#C#GGF#	D	II	312/2
ADF#EC#DAAAAGF#	D	XI	616/1	AF#BGF#D	D	III	446/3
ADF#EC#DAAGF#BA	D	I	46/5	AF#BG#ADGE#F#	D	XI	651/7
ADF#EDAAA#BC#DE	D	XI	637/9	AF#DADBBBEC#C#A	D	IX	564/13
ADF#EDADF#AGF#D	D	IX	564/7	AF#DAF#DEF#GF#G	D	IX	572/5
ADF#EDC#DAAGF#E	D	XI	608/1	AF#DAGEAF#DBADD	D	III	384/11
ADF#EDC#DC#DBA	D	XI	658/2	AF#DAGF#BADC#EA	D	II	323/1
ADF#EDC#DC#DC#B	D	XI	658/2	AF#DAGGF#DF#ADB	D	III	364/2
ADF#EDC#DC#DG	D	XI	639/8	AF#DBDC#EAC#DF#	D	I	106/5
ADF#EDC#DEF#GG	D	XI	605/1	AF#DBGEAF#D	D	XI	652/6
ADF#EDC#DF#EGF#	D	XI	615/8	AF#DC#ABGAF#GED	D	I	66/7
ADF#EDDGF#F#ED	D	XI	638/1	AF#DC#BADEF#EAE	D	XI	614/4
ADF#EDEABC#DC#D	D	I	83/5	AF#DC#BAGF#EDE	D	IX	571/11
ADF#ED#EBC#	D	II	303/8	AF#DC#BAGF#F#ED	D	IX	571/11
ADF#ED#EBDC#	D	II	303/8	AF#DC#DEGEF#	D	IX	572/6
ADF#EF#AGF#EDD	D	IX	563/9	AF#DC#DF#EAG#A	D	XI	651/6
ADF#EGC#EDF#GB	D	XVI	748/3	AF#DDAF#DDDF#A	D	IX	552/13
ADF#EGF#AAGF#	D	VI	516/2	AF#DDAF#DDDF#A	D	IX	551/1
ADF#EGF#AGF#	D	VI	516/2	AF#DDAF#EDDC#AD	D	XV	686/3

Column (1) Incipit, (2) Original Key, (3) Hoboken Group, (4) Hoboken Location

AF#DDC#BAAGA	D	IX	549/2	AGF#ADAGF#F#ED	D	XI	615/1
AF#DDC#BADEF#EA	D	XI	614/4	AGF#BAGF#ED	D	XI	611/6
AF#DDC#BAGA	D	IX	549/2	AGF#BEDC#BAAGF#	D	XVI	751/3
AF#DDC#BC#DGF#E	D	I	57/2	AGF#DBBAADEGF#A	D	II	339/3
AF#DDDC#	D	IX	574/6	AGF#DDC#GEC#DAB	D	XII	661/1
AF#DDDC#DBBAGF#	D	IX	560/6	AGF#DDEF#EBAGG	D	V	488/1
AF#DDDC#EGEF#DA	D	XVI	758/3	AGF#EDBABA	D	XI	644/2
AF#DDDDC#EC#AG	D	IX	549/1	AGF#EDC#DBADBAD	D	III	363/1
AF#DDEDC#DBBAG	D	IX	560/6	AGF#EDDBA	D	XV	718/5
AF#DEC#ADF#EC#A	D	XI	608/2	AGF#EDDC#BAGF#	D	III	384/12
AF#DEDEDED	D	I	106/3	AGF#EDDC#C#BAAG	D	III	384/12
AF#DEEDEF#GAA	D	I	263/3	AGF#EDDD	D	IX	549/16
AF#DEF#GABC#DF#	D	Ia	295/3	AGF#EDDDDBAAGF#	D	XI	650/3
AF#DF#EDF#EDF#E	D	I	106/3	AGF#EDDDDBAGF#	D	XI	650/3
AF#DGEC#F#	D	III	447/5	AGF#EDDEDEF#GGG	D	I	38/1
AF#DGEF#DC#DE	D	VI	511/12	AGF#EDDEF#EBAGA	D	V	488/1
AF#DGEF#EDC#DE	D	VI	511/12	AGF#EDDF#EABC#D	D	IX	553/1
AF#EF#D	D	I	153/1	AGF#EDEDAF#F#D#	D	VI	516/1
AF#EF#GEF#ADF#E	D	IX	558/12	AGF#EDEF#GADC#B	D	V	493/3
AF#EGC#EEG#AC#E	D	IV	473/1	AGF#EDF#ABC#DBA	D	IX	559/2
AF#F#AGF#GABEED	D	III	429/7	AGF#EDF#AF#6DE	D	IX	567/7
AF#F#GF#GABEDC#	D	III	429/7	AGF#EDF#AF#6DG	D	IX	567/7
AF#GAAC#DDABAG	D	XVIII	821/5	AGF#EF#GEDC#D	D	XI	611/8
AF#GAADDABAGF#E	D	XVIII	821/5	AGF#EF#GF#GEDE	D	III	421/11
AF#GABC#DEF#GF#	D	XI	645/4	AGF#EGF#GABA	D	V	484/3
AF#GADAGF#AGGE	D	II	3/294/1	AGF#F#F#BAG#G#A	D	III	395/3
AF#GAF#GEC#BAB	D	III	389/5	AGF#F#F#EEDD	D	XII	661/1
AF#GAF#GEDC#BAB	D	III	389/5	AGF#F#F#EEF#EGG	D	XI	623/7
AF#GEC#BABC#DE	D	IX	3/317/4	AGF#F#F#F#DF#	D	IX	549/8
AF#GEC#GF#	D	I	16/8	AG6F#	D	I	128/4
AF#GEDC#BA	D	XI	609/7	AGF#F#F#F#F#GG	D	XV	718/4
AF#GEDC#DDF#AD	D	X	588/4	AGF#F#F#F#GGG	D	I	38/2
AF#GEDC#DDF#ADG	D	X	588/4	AGF#F#GABAAADAA	D	II	340/1
AF#GEDC#DF#EF#G	D	X	588/4	AGF#F#GEEF#DDC#	D	II	341/4
AF#GEDC#DGF#EF#	D	X	588/4	AGF#F#GEEF#DDC#	D	I	246/1
AF#GEDDC#BA	D	XI	609/7	AGF#F#GEEF#DDC#	D	II	341/4
AF#GEDEDD	D	XI	606/3	AGF#F#GEEF#DDC#	D	I	246/1
AF#GEDF#EDBDC#B	D	I	130/2	AGF#GAF#DC#DEF#	D	IX	566/2
AF#GEF#BEC#BC#A	D	XVI	748/3	AGF#GEDC#BABC#D	D	IX	3/317/4
AF#GEF#BEDC#BC#	D	XVI	748/3	AGF#GF#BDC#DEF#	D	II	323/2
AF#GF#AC#DEDF#A	D	II	341/2	AGF#GF#EC#DDC#B	D	IV	466/1
AF#GF#EDDDE	D	II	303/9	AGGF#EF#AGF#GF#	D	III	421/11
AGEAD	D	II	337/4	AG#ABADC#A#BC#B	D	IX	553/2
AGEC#DF#GEC#DAA	D	XI	610/11	AG#ABAGEDGEDC#E	D	I	66/5
AGEDC#DADGF#AF#	D	V	492/3				
AGEF#EA	D	XI	617/6	BAADDC#EDDF#F#E	D	XI	617/12
AGEGF#DAAEEF#DE	D	I	222/4	BAF#BAF#BAF#BA	D	IX	564/14
AGF#	D	IX	567/8				
AGF#ADAGF#EDC#D	D	XI	615/1	BBBBC#DC#DC#BBA	D	I	107/2

Column (1) Incipit, (2) Original Key, (3) Hoboken Group, (4) Hoboken Location

BBBF#D	D	I	179/5	DAF#DC#DGF#F#EE	D	I	85/1
				DAF#DDAF#DABC#D	D	I	102/1
BCBBEG	D	I	153/2	DAF#DDDC#DEEEDE	D	Ia	282/1
				DAF#DDEDC#DEEF#	D	Ia	282/1
BDCBBEG	D	I	153/2	DAF#DDF#AGF#GAB	D	IV	466/2
				DAF#DDF#GF#GABA	D	IV	466/2
CBGF#C#D	D	I	85/2	DAF#DEADAF#DF#A	D	I	249/7
				DAF#DEDEF#DEDED	D	I	16/6
C#DAAF#GAAC#DAA	D	IX	555/3	DAF#DF#ADDEF#F#	D	I	191/1
C#DAAG#AC#C#D	D	I	114/3	DAF#DF#ADEDC#DE	D	I	191/1
C#DC#DAF#DD#ED#	D	IX	566/14	DAF#DF#EDEBDAF#	D	II	342/4
C#DC#DC#D	D	III	373/6	DAF#DF#EDEF#DF#	D	I	16/6
C#DC#DC#DAC#	D	I	78/1	DAF#DGF#F#ED#EE	D	I	85/6
C#DC#DC#DC#DC#D	D	III	430/8	DAF#EC#ADAF#EC#	D	II	339/1
C#DC#DD#EEE	D	I	107/4	DAF#EDC#	D	III	447/1
C#DDDDDC#DEEEE	D	IX	569/5	DAF#EDDC#BADC#B	D	XVII	796/4
C#DDDDEDEDC#DDD	D	XVI	760/5	DAF#EDDC#DAAGF#	D	XV	707/3
C#DDF#AABGAGF#E	D	IX	552/14	DAF#EDGABABC#DE	D	XI	594/2
C#DDF#AABGAGF#E	D	IX	551/2	DAF#EF#DAAAAAF#	D	Ia	281/2
C#DDF#AABGAGF#	D	IX	552/14	DAF#EF#DAAAAAF#	D	Ia	281/4
C#DDF#AABGAGF#	D	IX	551/2	DAF#F#DDF#GE	D	I	34/1
C#DEDF#DBG#AG#A	D	XV	698/6	DAF#F#EC#ADAF#	D	II	339/1
C#DF#AA#BEGC#DE	D	III	415/3	DAF#F#EC#ADEF#G	D	XIII	667/1
C#DF#AC#DF#ADF#	D	XVI	777/2	DAF#F#EEDDC#DC#	D	XI	601/1
				DAF#GEDA	D	I	66/1
DAAABA	D	XI	613/1	DAGAF#EF#DAF#D	D	XIII	667/2
DAAABBGF#GEEDD	D	VI	517/1	DAGAF#EF#DAF#D	D	XII	3/331/1
DAADDDDF#GAGDDD	D	I	246/4	DAGF#ABC#EDC#BB	D	XI	641/8
DAAF#DDAF#ADBAG	D	IX	566/10	DAGF#BAADEF#GF#	D	XI	615/2
DAAGF#ED	D	II	306/2	DAGF#DBC#DEDC#D	D	XI	616/4
DAAGGF#F#BA	D	I	106/4	DAGF#EBC#D	D	III	447/2
DABC#DDDF#E	D	IX	550/9	DAGF#ED	D	II	306/2
DABC#DDEF#GAF#D	D	I	242/4	DAGF#EDAAAABC#D	D	I	38/3
DABC#DF#DB	D	I	251/1	DAGF#EDAAAABC#E	D	I	38/3
DABGDBA	D	IX	567/13	DAGF#EDABC#DAG	D	I	8/1
DADAAAGGF#	D	III	445/2	DAGF#EDC#DEF#GG	D	XI	607/5
DADADADDAF#EGE	D	IX	566/11	DAGF#EDDC#DEF#G	D	XI	607/5
DADADAEAEAEAF#	D	I	241/5	DAGF#EDGABABC#D	D	XI	594/2
DADC#BAGF#BAGF#	D	II	339/2	DAGF#EF#DAAAAAG	D	Ia	281/4
DADEF#DF#GAF#F#	D	I	248/2	DAGF#EF#DAAAAAG	D	Ia	281/2
DADEF#EDEAEF#G	D	I	250/2	DAGF#EF#EDC#D	D	I	34/6
DADF#AGF#EDEF#G	D	I	31/2	DAGF#F#AGF#EEF#	D	II	342/1
DADF#GF#EDEF#GG	D	I	31/2	DAGF#GA	D	IX	550/24
DAF#ABC#DC#BBAD	D	XI	641/8	DAG#GF#F#GEDC#	D	XI	629/3
DAF#AF#D	D	I	107/1				
DAF#AGEF#DADC#A	D	I	191/6	DBADF#AGF#	D	II	342/3
DAF#DAF#AGAGAG	D	IX	568/19	DBAGAGF#EF#DAF#	D	XIII	667/2
DAF#DAF#DC#BAGA	D	I	246/2	DBAGAGF#EF#DAF#	D	XII	3/331/1
DAF#DAF#DC#BBAG	D	I	246/2	DBAGF#EDC#BADDE	D	IX	550/5
DAF#DAF#DEF#GAB	D	I	9/7	DBAGF#F#AAGF#EE	D	II	342/1

Column (1) Incipit, (2) Original Key, (3) Hoboken Group, (4) Hoboken Location

DBC#DF#EDC#	D	XI	635/5	DDAF#DAF#DDDBGD	D	XIII	667/3
DBEAGF#	D	XI	633/2	DDAF#F#DAAF#DC#	D	XI	605/4
DBGAGGF#BAAGGF#	D	V	492/1	DDC#BAAA#BGEDC#	D	VI	511/10
DBGC#AF#	D	III	447/5	DDC#BADBB	D	X	588/3
DBGEC#A	D	XI	617/7	DDC#BAGF#ED	D	II	341/3
DBG#AGF#EC#D	D	I	57/2	DDC#DADF#AF#EF#	D	I	16/4
				DDC#DC#DC#DD	D	IX	553/15
DCACBGBGEGF#D	D	XI	641/5	DDC#DEDF#AF#	D	I	244/2
				DDC#DEF#DEEDEF#	D	IX	578/7
DC#ABAD	D	XI	601/4	DDC#EAF#DDDC#EA	D	III	446/1
DC#BABAGF#GF#ED	D	IV	469/3	DDC#EC#AGGF#AF#	D	Ia	279/3
DC#BABEC#DEF#GA	D	III	364/3	DDC#EC#DC#DEF#G	D	XI	599/3
DC#BADBB	D	X	588/3	DDDAAF#GAADA	D	IX	575/1
DC#BAGF#DBEDC#D	D	I	17/2	DDDABC#DABC#DE	D	I	247/4
DC#BAGF#GGGF#E	D	XI	628/1	DDDABC#DEF#EDAB	D	I	249/2
DC#BBAGF#GGGF#E	D	XI	628/1	DDDAC#	D	I	78/1
DC#CBGF#	D	II	340/2	DDDADDDA	D	I	221/1
DC#DAADEA	D	I	128/3	DDDADE6F#	D	I	243/1
DC#DAAGAF#F#EF#	D	XV	698/4	DDDBBG#FEADDC#B	D	Ia	295/4
DC#DABABEC#BC#A	D	IX	555/7	DDDBG#FEADDC#	D	Ia	295/4
DC#DAF#DABGGF#G	D	IX	557/6	DDDBGEAGGF#D	D	XI	618/2
DC#DBGBA	D	XI	3/327/1	DDDC#BAAA#BGED	D	VI	511/10
DC#DC#6ABAF#F#	D	I	46/3	DDDC#BC#DEF#GGG	D	IX	574/18
DC#DC#BADF#AAG	D	XI	3/330/3	DDDC#DEC#ADDDAG	D	IX	566/1
DC#DD#EF#GG#AB	D	III	401/2	DDDC#DEDC#GGGF#	D	IX	3/317/1
DC#DEAF#BEDC#	D	XI	614/3	DDDDBBGEEEEC#C#	D	XI	641/6
DC#DEC#ABG#AABA	D	XI	629/4	DDDDBGEEEEC#AGG	D	XI	632/1
DC#DEC#AF#EF#GE	D	XI	633/4	DDDDC#BADEEEEF#	D	XI	611/7
DC#DEC#DEGF#E	D	IX	567/15	DDDDC#BAGGGGF#E	D	XV	698/6
DC#DEC#DF#ADF#A	D	XI	640/6	DDDDC#DEAGGGF#E	D	XI	614/1
DC#DEDAABC#DEF#	D	VII	533/1	DDDDC#DEDC#AAA	D	I	34/3
DC#DEDC#BABG#A	D	XI	615/12	DDDDDAABAF#DDED	D	I	153/6
DC#DEDC#GF#E	D	XI	610/10	DDDDDABC#DAF#DA	D	I	244/1
DC#DEDEF#GF#ED	D	XI	618/3	DDDDDAF#GD	D	I	250/1
DC#DEDEF#GF#F#E	D	XI	618/3	DDDDDC#DED	D	XI	624/6
DC#DEDF#GF#EDDE	D	XII	661/4	DDDDDC#EGGF#C#E	D	VII	537/2
DC#DEDGF#E	D	XI	628/3	6D	D	IX	553/15
DC#DEF#DC#DBA	D	XI	616/2	6D12A	D	III	429/9
DC#DEF#GF#EDDC#	D	XI	595/3	6DABCBA	D	I	242/2
DC#DF#EDC#DBC#B	D	XI	626/6	9DAD	D	IX	571/1
DC#DF#GBED#EGE	D	I	179/4	9DADF#	D	IX	555/6
DC#EC#ADEF#GABD	D	XVIII	821/7	12DC#C#C#C#12F#	D	I	19/2
DC#EDDEC#F#AGF#	D	XI	611/5	13DC#DEF#15D	D	I	248/1
DC#EDGF#C#ED	D	X	587/4	15D	D	I	179/5
DC#EF#GGF#AAGF#	D	XI	635/3	19DC#DEDEDC#DE	D	III	429/9
DC#EF#GGF#EC#AB	D	XI	635/3	13DEF#DDDDDEF#D	D	I	78/6
DC#GF#	D	XI	603/8	9DF#DDA	D	IX	550/13
				6DEEEE	D	IX	569/5
DDAAGF#EDC#BDC#	D	XI	619/2	6DEF#GABC#DEF#G	D	VII	525/5
DDAAGF#EDC#BED	D	XI	619/2	DDDDDF#DF#ABAG	D	Ia	3/287/1

Column (1) Incipit, (2) Original Key, (3) Hoboken Group, (4) Hoboken Location

DDDDDF#DGF#DA	D	II	342/2	DDF#EC#DBADGF#	D	XI	624/1
DDDDDF#GABC#	D	IV	469/3	DDF#EF#GAF#D	D	II	339/4
DDDDED	D	IX	549/12	DDF#F#EDC#DAAG	D	III	421/7
DDDDEDC#BABBBB	D	II	338/4	DDF#F#F#ADC#BAD	D	V	484/2
DDDDEDC#BAG#BBB	D	II	338/4	DDGF#EDDBAGF#F#	D	VII	527/1
DDDDEDC#DEEEEF#	D	IX	558/1				
DDDDEDEDDDDDEDE	D	XVI	760/5	DD#EEDC#BAAA	D	I	113/2
DDDDEEEE	D	XI	624/3	DD#EEDDC#BAAA	D	I	113/2
DDDDEF#ED	D	I	242/3				
DDDDEF#GF#DGABA	D	VII	534/1	DEC#BABC#DDDEF#	D	Ia	295/5
DDDDEF#GGF#DDDD	D	XI	605/7	DEC#BABC#DEF#GE	D	I	243/2
DDDDEF#GGGF#DDD	D	XI	605/7	DEC#DAGF#EDABAG	D	I	19/6
DDDDF#ADF#F#F#	D	I	247/3	DEC#DAGF#EDABG	D	I	19/6
DDDDF#DDDADF#A	D	IX	566/18	DEC#DEC#DC#DC#D	D	I	9/6
DDDDF#EDC#DAEEE	D	XI	620/9	DEC#DEF#GGF#	D	XI	614/7
DDDDF#F#AF#D	D	I	78/4	DEC#DGEF#EC#D	D	IX	548/4
DDDDGF#BADBABA	D	III	389/1	DEC#DGG#A	D	XVI	748/3
DDDDGF#BADC#BAB	D	III	389/1	DEC#EAD	D	I	107/5
DDDEBGF#EEEF#DA	D	XII	661/2	DEDC#BAAAGAGF#E	D	Ia	295/2
DDDEC#C#C#DEF#G	D	I	114/2	DEDC#BABC#DEF#G	D	I	243/2
DDDEC#DDDEC#DE	D	Ia	284/1	DEDC#DCCBBAGAGE	D	XVI	737/7
DDDEF#GEC#DD	D	I	245/1	DEDC#DDEDC#DF#	D	I	78/4
DDDEF#GF#GEF#	D	XI	3/327/4	DEDC#DEC#DEF#	D	XI	602/8
DDDF#DAGAGF#GAB	D	I	179/1	DEDC#DEDF#AF#	D	I	244/2
DDDF#DAGGAB	D	I	179/1	DEDC#DF#ADEF#G	D	II	341/1
DDEDAAF#GABGEEG	D	XI	641/2	DEDC#DF#D	D	IX	570/19
DDEDC#DEC#C#DC#	D	I	114/2	DEDDED	D	XI	639/6
DDEDC#EDDEDC#ED	D	I	248/5	DEDEF#ABAEF#EF#	D	IX	550/1
DDEDC#EGF#AGF#E	D	XI	619/8	DEDEF#GADEF#AG	D	VII	534/5
DDEDEEF#D	D	I	92/2	DEDEF#GADEF#GF#	D	VII	534/5
DDEDF#DGDAC#DEE	D	XI	626/8	DEDGF#ED	D	I	78/2
DDEF#AGF#EDAGF#	D	XVIII	815/1	DEF#AA	D	XI	619/3
DDEF#ED	D	IX	568/20	DEF#ABDF#BEDC#	D	IV	473/1
DDEF#EDF#DF#DBB	D	I	83/1	DEF#AF#DDDDD	D	IX	574/11
DDEF#F#ED	D	IX	568/20	DEF#DAF#GF#GBEG	D	XVI	777/1
DDEF#F#F#F#GAAB	D	I	6/1	DEF#DF#GAF#DDC#	D	I	153/5
DDEF#G	D	III	421/6	DEF#DGGEDE	D	IX	550/14
DDEF#GAAAADC#BA	D	I	8/3	DEF#EC#ADEF#G	D	XI	631/6
DDEF#GAF#GEDDE	D	II	338/1	DEF#EDC#BC#DC#B	D	XI	628/4
DDEF#GF#EDAGF#D	D	XVIII	815/1	DEF#EF#G	D	XI	626/7
DDF#ADC#BAGGF#	D	I	85/3	DEF#F#F#GABAGF#	D	IX	560/7
DDF#ADC#C#	D	I	113/1	DEF#G	D	XI	617/12
DDF#ADDC#BAGGF#	D	I	85/3	DEF#G	D	I	19/2
DDF#ADDF#ADDF#A	D	I	247/2	DEF#G	D	XI	648/12
DDF#AGEF#GEAF#B	D	III	395/5	DEF#G	D	XI	622/9
DDF#DABBDAF#	D	XI	602/4	DEF#GAA	D	XI	631/11
DDF#DAF#DDDF#DE	D	VII	537/1	DEF#GAAF#	D	XII	660/4
DDF#DEEGEF#DDBA	D	XI	613/5	DEF#GABAAA	D	XI	615/7
DDF#DEEGEF#DDC#	D	XI	613/5	DEF#GABADDDD	D	X	587/5
DDF#EC#DBADAGF#	D	XI	624/1	DEF#GABC#D	D	XI	625/7

Column (1) Incipit, (2) Original Key, (3) Hoboken Group, (4) Hoboken Location

DEF#GABC#DAGF#A	D	I	10/5	DF#AGF#EDC#BAD	D	XI	641/1
DEF#GABC#DC#BAA	D	IX	578/9	DF#AGF#GA	D	I	19/1
DEF#GABC#DC#BBA	D	IX	578/9	DF#AGF#GAC#DF#	D	X	587/2
DEF#GABC#DDAF#	D	V	488/2	DF#DAAAA	D	II	3/294/2
DEF#GABC#DEEE	D	I	210/5	DF#DAGEDAGF#ED	D	XI	648/9
DEF#GAD	D	XI	641/1	DF#DDC#BADAGF#	D	XI	631/10
DEF#GC#DED	D	I	249/5	DF#DDC#EGF#AC#D	D	XI	614/5
DEF#GEDC#	D	IX	571/6	DF#DEGEC#DF#GC#	D	XI	628/2
DEF#GEDC#D	D	XII	661/7	DF#DGDADEEEC#AD	D	XI	629/2
DEF#GEDEF#	D	IX	566/17	DF#DGEAF#DBGED	D	XI	652/8
DEF#GF#EDA	D	XI	614/2	DF#DGEC#DEDDEF#	D	XII	662/7
DEF#GF#EDC#D	D	XII	661/7	DF#EC#DAF#AAGF#	D	XI	617/8
DEF#GGF#EDC#BAG	D	III	363/2	DF#EC#DAF#AGF#	D	XI	617/8
DEF#GGF#EDC#BBA	D	III	363/2	DF#EC#DAF#DAGF#	D	V	488/3
DEF#GGF#EDC#DBA	D	XI	615/3	DF#EC#DDAGF#	D	XI	621/8
DEF#GG#A	D	XI	614/3	DF#EDAAABDBADE	D	X	587/3
DEGEDC#BABC#DE	D	IX	550/23	DF#EDAAC#BADEF#	D	I	244/3
DEGF#D	D	I	16/8	DF#EDC#BAEC#BAG	D	XII	663/10
				DF#EDC#BC#DEGF#	D	XII	664/3
DF#AAADDF#GGGB	D	I	66/4	DF#EDC#DEEF#F#G	D	XI	610/9
DF#AAAGF#GF#EED	D	II	325/4	DF#EDDBAGAAGF#D	D	IX	3/321/2
DF#AABAABAABA	D	I	247/5	DF#EDDDC#BBDBAA	D	XI	658/3
DF#AABAAG#AADBA	D	I	222/2	DF#EDDF#ED	D	XI	639/6
DF#AABAGF#AGF#E	D	II	325/4	DF#EDF#ADBGEC#D	D	I	242/1
DF#AABC#DF#GBAD	D	XII	664/8	DF#EDF#GABC#DE	D	XI	638/3
DF#AABGGEDC#BAB	D	II	313/2	DF#EDGEC#DADF#A	D	XI	640/7
DF#AABGGEDC#BAB	D	III	373/5	DF#EF#GAF#DAF#D	D	III	364/5
DF#AAGF#EDADF#A	D	XI	609/5	DF#EF#GAF#EF#GA	D	XVI	3/342/2
DF#ABDF#GEAF#	D	XI	641/7	DF#EF#GGF#GA	D	XI	625/7
DF#ABDF#GEAGF#	D	XI	641/7	DF#EGAGF#GADF#	D	I	37/2
DF#ABEGC#DEF#GA	D	III	415/3	DF#EGBDC#BAC#D	D	VII	526/2
DF#ADAF#DAF#	D	I	228/1	DF#EGC#DF#EDDD	D	XVI	744/1
DF#ADAGEEF#DEA	D	IX	548/16	DF#EGC#EDF#A	D	VI	516/3
DF#ADBAEF#GF#	D	XV	724/4	DF#EGF#ABAC#D	D	I	156/2
DF#ADF#AAAAGGF#	D	IX	573/6	DF#EGF#AGBA	D	II	340/2
DF#ADF#ABAADDC#	D	V	492/2	DF#EGF#BADC#BBB	D	XV	707/1
DF#ADF#ADABGBE	D	III	393/4	DF#EGF#EEGF#AG	D	I	19/3
DF#ADF#AGF#EDC#	D	VII	534/3	DF#EGGF#EEGF#AA	D	I	19/3
DF#ADF#AGF#F#ED	D	VII	534/3	DF#F#EDC#DEEF#	D	XI	610/9
DF#ADF#DEGEF#	D	I	46/4	DF#F#EGGF#AAGBB	D	II	312/1
DF#ADF#EF#GAAAG	D	I	22/1	DF#F#EGGF#AAGBB	D	III	373/1
DF#ADGBAAGF#AF#	D	II	3/293/4	DF#F#F#EDC#DF#	D	XI	602/2
DF#AEGA	D	I	107/5	DF#F#F#F#EDC#D	D	XI	602/2
DF#AF#DDC#BAGG	D	XVI	737/6	DF#GAAADAGABF#G	D	II	303/4
DF#AF#DDC#EEE	D	I	83/3	DF#GAAAGF#AGF#	D	I	22/3
DF#AF#DF#AF#DF#	D	I	66/2	DF#GAABC#BC#DGG	D	II	303/5
DF#AF#EC#DABAG	D	XI	617/4	DF#GAAGF#	D	V	484/1
DF#AGF#DF#F#ED	D	I	27/5	DF#GAAGGF#	D	V	484/1
DF#AGF#EDADF#AG	D	XI	609/5	DF#GABC#DC#BAG	D	IX	550/19
DF#AGF#EDC#BAAG	D	III	384/13	DF#GABC#DF#GAB	D	XI	635/4

Column (1) Incipit, (2) Original Key, (3) Hoboken Group, (4) Hoboken Location

Incipit	Key	Group	Location
DF#GABC#DGF#F#E	D	XI	624/8
DF#GADC#BA	D	I	83/4
DF#GAEF#C#DEF#G	D	V	493/1
DF#GAF#GAF#DF#	D	II	303/10
DF#GAGF#EDF#ED	D	XI	597/5
DF#GAGF#EF#GGB	D	XI	601/4
DF#GBC#C#DEF#GE	D	Ia	280/3
DF#GF#DF#ED	D	I	27/5
DF#GF#GAC#DF#C#	D	X	587/2
DGF#AAGABGEDC#D	D	III	368/4
DGF#BGEC#DBA	D	I	10/3
DGF#EDAADC#BADE	D	I	244/3
DGF#EGF#EDC#DC#	D	XI	652/5
DGF#EGF#EDC#ED	D	XI	652/5
DGF#F#ED	D	Ia	281/1
EDC#BAGF#EGBDC#	D	III	404/16
EDC#DABAGAF#GF#	D	XV	698/4
EDDC#DEF#DF#EED	D	IX	578/7
EF#GAADC#BAAGF#	D	IX	570/11
EF#GAEF#GA	D	IV	469/1
F#AAAF#AAA	D	I	250/3
F#ACBAGF#ED#EG	D	I	85/5
F#ADAC#EADF#DA	D	XVI	777/1
F#ADDC#EC#ADF#A	D	I	114/4
F#ADEC#C#DF#ADG	D	VII	532/1
F#.DEC#DF#ADGEE	D	VII	532/1
F#AF#DAF#EF#GG	D	II	323/5
F#AF#DDC#AC#DF#	D	I	66/6
F#AF#DDDEF#GAB	D	Ia	280/1
F#AGEC#DDDDC#BA	D	XVI	781/1
F#AGEDC#DAEGF#	D	I	34/4
F#AGF#EDC#BAGF#	D	I	191/2
F#AGF#EDC#DE	D	XI	616/4
F#AGF#EDGAGF#ED	D	XI	603/8
F#AGF#GADAF#GE	D	XI	611/5
F#AGF#GAF#DDDD	D	I	245/4
F#AGF#GAF#EDEG	D	XI	619/3
F#AGF#GAF#F#EG	D	IX	553/16
F#AGF#GAGF#DF#	D	X	587/2
F#AGF#GDDDGF#	D	XI	613/1
F#BAAGF#EF#BAAG	D	XVIII	816/2
F#C#DC#DDEF#GGG	D	I	46/1
F#DADDE	D	XI	645/7
F#DC#DAAAAGED#E	D	I	246/5
F#DC#DAAAGED#EA	D	I	246/5
F#DDDDD	D	II	338/2
F#DDDDDF#DAAAA	D	IX	572/17
F#DEC#BADEF#GGG	D	I	106/1
F#DEDC#BADEF#GG	D	I	106/1
F#DEDF#ADF#AAG	D	I	249/6
F#DEDF#ADF#AGF#	D	I	249/6
F#DEF#GABC#DE	D	I	249/4
F#DF#ADF#GGF#D	D	I	106/6
F#DGDADBC#DEEF#	D	XI	631/11
F#EDC#DGGF#F#EE	D	I	248/4
F#EDDEF#GF#	D	V	488/1
F#EDEDC#ABC#DE	D	XI	615/7
F#12EDDDD8G	D	I	19/2
F#EEF#DBC#DEF#E	D	III	436/3
F#EF#EDEF#DBC#D	D	III	436/3
F#EF#G6AGF#E	D	III	405/2
F#EF#GEC#DF#AAG	D	I	172/3
F#EF#GF#GAF#DED	D	VII	529/4
F#EGEC#DF#AG#E	D	XV	705/10
F#EGF#BADC#BBBB	D	XV	707/1
F#EGF#EDC#DE	D	III	439/3
F#EGF#EEDC#DE	D	III	439/3
F#F#ADAAAAGF#	D	III	446/4
F#F#AGF#GAF#DD	D	I	246/3
F#F#DBGBADDC#AD	D	V	484/1
F#F#EDAGF#DEF#	D	III	373/6
F#F#EDDEEAA	D	I	102/4
F#F#EDGF#DEF#ED	D	III	373/6
F#F#EGEF#GF#EED	D	XI	599/3
F#F#F#EEE	D	I	128/5
F#F#F#EGGGF#	D	III	389/4
F#F#F#F#C#C#C#	D	XIX	833/3
6F#EF#GGGF#GAD	D	I	247/1
9F#AGE	D	IX	3/322/1
F#F#F#GGGG#G#G#	D	XI	639/7
F#F#GABAGF#F#C#	D	XI	639/8
F#F#GABBAGF#EF#	D	XI	613/4
F#F#GF#EF#	D	I	14/1
F#F#GF#GAF#DDBA	D	I	246/3
F#F#GGAAF#ABDC#	D	VII	529/2
F#F#GGAAF#ABED	D	VII	529/2
F#GAAABBBC#C#DE	D	IX	3/317/3
F#GAABADEGF#D	D	XI	615/6
F#GAABC#DDC#DEG	D	XI	613/3
F#GAAF#GGF#GEEE	D	IX	575/6

Column (1) Incipit, (2) Original Key, (3) Hoboken Group, (4) Hoboken Location

F#GABC#DAF#DD	D	IX	569/20		ABbAG#GAGFGA	Dm	XI	614/6
F#GABC#DC#BA	D	IX	566/12		ABbBbAGFFFE	Dm	XI	650/4
F#GABC#DF#GABC#	D	XI	616/3		ABbDBbAG#AAABbD	Dm	XI	645/3
F#GABGABC#	D	XI	617/7		ABbG#ABbG#ABbG#	Dm	XI	624/4
F#GABGF#EAC#DE	D	XI	651/8		ABbG#AC#DEFE	Dm	IV	467/13
F#GABG#ABC#	D	XI	622/4					
F#GAC#DF#ADGF#E	D	IV	473/1		ABC#DEFGAFE	Dm	II	323/3
F#GADC#BBA	D	XV	718/1		ABC#DEFGAGFE	Dm	II	323/3
F#GADC#EDF#F#GA	D	XI	624/2					
F#GADF#BAGF#EDD	D	VII	531/2		AC#DBbGAGEFEDD	Dm	XVI	735/3
F#GAF#F#EF#GEE	D	IX	553/16		AC#DBbGAGEGFEDD	Dm	XVI	735/3
F#GAF#GABC#DBAD	D	III	415/5		AC#DEbF#	Dm	XI	635/6
F#GAF#GEF#DC#DE	D	XI	648/12					
F#GAGEC#DF#ADF#	D	XI	640/5		ADC#DEC#A	Dm	I	10/4
F#GAGF#EDBC#DED	D	I	210/6		ADC#EDFEGFAGBbG	Dm	III	447/6
F#GAGF#ED#EF#GA	D	XVI	744/4		ADC#EGF	Dm	XI	641/10
F#GBEF#GEF#ADEG	D	III	384/15		ADDDEFGAAG#AA	Dm	IX	569/27
F#GC#D	D	XI	641/5		ADDEC#DFG#ADDE	Dm	III	429/10
F#GEA	D	III	421/10		ADEADC#DEFEADC	Dm	III	429/6
F#GEC#DDDDC#BAA	D	XVI	781/1		ADEADC#DEGFEADC	Dm	III	429/6
F#GEC#DEDF#EDC#	D	I	248/3		ADEFC#DBbADDEFG	Dm	III	389/2
F#GEC#DF#GEC#F#	D	I	245/2		ADEFDBbBbAA	Dm	I	3/282/1
F#GEDDDC#BAAABG	D	IV	466/3		ADEFEDC#AAAA	Dm	I	251/2
F#GEDEF#GAAAABA	D	I	221/2		ADEGFEDC#AAAA	Dm	I	251/2
F#GEF#D#EC#DBA	D	XVI	764/6		ADFEC#D	Dm	IX	569/6
F#GEF#GABEC#DAA	D	I	179/2		ADFEGFBbAG#AGFE	Dm	XV	705/8
F#GF#EDGAGF#EAD	D	III	415/1		ADFGAEFGDEFC	Dm	XI	648/7
F#GF#F#DF#EAAGG	D	III	379/13					
F#GF#GADAF#GEF#	D	XI	611/5		AFDABbAG#AEFGFD	Dm	I	22/2
F#GF#GAF#DDDDC#	D	I	245/4		AFDC#BbGEDC#DA	Dm	XVI	758/2
F#GF#GAF#EDEF#E	D	XI	619/3		AFDDC#	Dm	XI	619/1
F#GF#GAGF#DF#ED	D	X	587/2		AFDDFEDDBbGEEGF	Dm	XV	707/2
					AFEDC#AAGFE	Dm	XI	649/3
GF#F#BAAADAAF#D	D	II	340/1		AFEDC#AEC#A	Dm	I	37/1
GF#GADDDF#EC#DD	D	II	*305/1					
GF#GF#ADDDF#EC#	D	II	*305/1		AGFEDC#AGFEDBb	Dm	XV	722/4
					AGFEDC#AGFEDBb	Dm	III	364/4
					AGFEDC#BbAGFEC#	Dm	III	379/12
					AGFEDC#D	Dm	III	462/2
D minor					AGFEDC#DE	Dm	IX	550/10
					AGFEDEFGFED	Dm	I	8/2
					AGFEDGABbAGFEFG	Dm	V	484/4
					AGFEGBbAGFA	Dm	XI	621/7
AAAAABbAGGGF	Dm	III	401/3		AGGFEEDC#DE	Dm	IX	550/10
AAAABbGFEEEEGFE	Dm	XV	698/5					
AADDBbBbEbEb	Dm	I	29/3		AG#ABCBAAG#ABCB	Dm	IX	578/10
AAGGGFFEDDC#A	Dm	XI	615/4		AG#ABCBBAAG#ABC	Dm	IX	578/10
ABbA	Dm	I	102/5		C#DEFGABbG#AG#A	Dm	III	415/4
ABbAG#AACAF#G	Dm	XI	638/2					

Column (1) Incipit, (2) Original Key, (3) Hoboken Group, (4) Hoboken Location

DAAD	Dm	XI	621/7		DFEDC#DFABbAAG#	Dm	III	379/11
DAAFDBbAADFEbDA	Dm	XVIII	819/5		DFEDC#EGFEFE6AE	Dm	X	582/2
DAFEEDDAAAEAGFF	Dm	III	401/1		DFEDC#EGGFEFEG#	Dm	X	582/2
DAFFAGFGA	Dm	III	401/5		DFEDDADC#EDC#C#	Dm	XVI	751/2
DAFFGFGA	Dm	III	401/5		DFEDDEF#GABbBbA	Dm	XVI	760/6
					DFEGFEDC#DAA	Dm	II	323/4
DC#ABbAF	Dm	III	373/3		DFEGFEDC#DFEGFE	Dm	I	8/2
DC#ABbAF	Dm	II	312/3		DFEGGFEDC#DAA	Dm	II	323/4
DC#BC#EAFEDEG	Dm	I	102/6		DFFEDC#DFABbAA	Dm	III	379/11
DC#DD	Dm	XI	620/2					
DC#DEDC#DEDFEFG	Dm	I	251/4		EFEFEFGABbAGFED	Dm	III	401/5
DC#DEFEFGAG#AC#	Dm	IX	578/8					
					FDDC#EC#C#D	Dm	XII	661/3
DDC#C#DCBbA	Dm	I	10/4					
DDC#DAAABbAGFE	Dm	VI	511/11		FEDC	Dm	XI	648/7
DDC#DDAAG#AADFE	Dm	Ia	286/1		FEDC#	Dm	I	251/3
DDDC#BbAGGFDFE	Dm	XX/1	837/1		FEDDDC#DC#C#	Dm	XI	631/7
6D	Dm	I	102/5		FEEbD	Dm	XI	638/2
6DAGFFED	Dm	I	249/1					
DDDDEAFFFFGC	Dm	I	102/6		FFEDC#	Dm	XI	620/2
DDDDEEEEFFFFGGG	Dm	I	128/1		FFEFEFEGGFEEED	Dm	III	383/8
DDDDFEDDEDC#C#	Dm	III	395/2		FFFFFEDC#EDD	Dm	XI	619/5
DDFAAF#GGBbDEF	Dm	III	439/2		FFGAGFA	Dm	XI	618/4
DEAD	Dm	XI	618/4		FGFEAC#BC#DDDED	Dm	II	312/3
DEAD	Dm	XI	614/6		FGFEAC#BC#DDDED	Dm	III	373/3
DEC#	Dm	I	210/1		FGFEAC#BC#DDDED	Dm	II	312/3
DEDC#D	Dm	XI	614/6		FGFEDC#C#C#DED	Dm	XII	661/5
DEDC#DFAAF#GAG	Dm	III	439/2					
DEDC#DFAGFBbAG#	Dm	XV	686/4		GGGGFED	Dm	XI	641/3
DEFDABbAGFEAFD	Dm	III	462/2					
DEFEDBbBbBbAGFED	Dm	I	102/2					
DEFFGABC#DDEF	Dm	XVI	3/342/3					
DEFFGFEDDEFGAAD	Dm	III	429/8					
DEFG	Dm	III	364/4		**Eb major**			
DEFGABbAC#DG#A	Dm	II	323/3					
DEFGABbAGFEDEFG	Dm	III	430/7					
DEFGABbB	Dm	I	210/1		AbGCBbAbGBbAbGF	Eb	III	360/4
DEFGAEFGABb	Dm	I	251/5		AbGCBbAbGBbGEbD	Eb	III	360/4
DEFGEG#AF#ABbGF	Dm	I	128/1		AbGEb	Eb	I	24/1
					AbGEbDAbGEbDBb	Eb	III	421/16
DFAAAABbAAABC#A	Dm	III	404/17					
DFADDFAD	Dm	I	78/5		ABbCBbBbCBbAGF	Eb	XV	702/6
DFADFEDC#	Dm	XI	641/3		ABbEbEbDEbAbAbC	Eb	I	144/4
DFAGFBbAG#G#BAA	Dm	XV	686/4		ABbEbEbG	Eb	IX	569/26
DFC#DCBbAG#ABbA	Dm	III	423/1					
DFDDDBbDBbBbBbG	Dm	I	251/3		BbAbAbGFEbEbDC	Eb	II	311/2
DFEDABbGFEA	Dm	I	29/1		BbAbAbGFEbEbDC	Eb	III	371/2
DFEDC#DABbA	Dm	XVI	744/3		BbAbAbGGAbAbBb	Eb	VIII	546/5
DFEDC#DEEFEFE	Dm	XI	633/3		BbAbAbGGFFEbEb	Eb	IX	560/5

Column (1) Incipit, (2) Original Key, (3) Hoboken Group, (4) Hoboken Location

Incipit	Original Key	Hoboken Group	Hoboken Location
BbAbGCBbAb	Eb	I	24/5
BbAbGFEbBbCAbC	Eb	V	494/2
BbAbGFEbBbCAbEb	Eb	V	494/3
BbAbGFEbCBbAbGF	Eb	V	478/1
BbAbGFEbD	Eb	V	497/1
BbAbGFEbDEbCBb	Eb	XV	692/2
BbAbGFEbEbDCBb	Eb	III	430/13
BbAbGFEbEbEbEbD	Eb	IV	465/4
BbAbGGEbGGFEbEb	Eb	I	254/1
BbAbGGGGAbBbAb	Eb	II	329/3
BbACBbAbGFEbDD	Eb	III	421/14
BbBbAbGF	Eb	I	38/7
BbBbAbGGCBbBbAb	Eb	II	329/2
BbBbAbBbCFBbEbAb	Eb	I	38/5
BbBbABbEbBbAbAb	Eb	XVI	751/5
BbBbABbEbBbAbGF	Eb	XVI	751/5
BbBbBbAbGEbCAbF	Eb	III	448/2
BbBbBbBbAbGEbDC	Eb	III	448/2
9BbABbACDCEbCA	Eb	III	374/3
BbBbBbBbGGEbDBb	Eb	I	111/4
BbBbBbBCCAbFDEb	Eb	IX	3/321/3
BbBbBbCCAbFDEbF	Eb	IX	3/321/3
BbBbBbCGAbAbAb	Eb	I	42/7
BbBbBbEbDDbDbC	Eb	III	449/1
BbBbCBbAGFEbEbD	Eb	XV	702/6
BbBbCBbBbAbAbFG	Eb	II	328/2
BbBbCBbBbAbGCBb	Eb	II	345/2
BbBbCBbDEbBbBbC	Eb	I	254/3
BbBbCBbEbEbBbBb	Eb	I	254/3
BbBbEbBbBbFBbBb	Eb	VIII	545/2
BbBbEbBbBbGBbG	Eb	VIII	543/1
BbBbEbEbDCBbAbG	Eb	XVI	769/5
BbBbEbEbDFEbGF	Eb	XVII	3/353/1
BbBbEbEbEbEbDFF	Eb	III	404/4
BbBbEbEbEbFFFF	Eb	I	217/4
BbBbEbGAbBbBbEb	Eb	II	343/2
BbBbEbGEbBbBbGF	Eb	VIII	541/1
BbBbEbGEbBbGEb	Eb	I	169/5
BbBbGEbEbEbBbGG	Eb	III	415/9
BbBbGGAbBb	Eb	IX	549/10
BbCAbGAbFEbDCBb	Eb	III	388/1
BbCBbAbGAbAbBb	Eb	V	494/1
BbCBbAbGEbDEbFG	Eb	XVI	3/350/1
BbCBbAbGFAbGEb	Eb	III	388/5
BbCBbAbGFDEbGAb	Eb	I	20/2
BbCBbABbEbEbEbF	Eb	I	217/4
BbCBbBbBbBbEbEb	Eb	III	379/1
BbCBbBbBbBbBbEbEb	Eb	XVII	786/1
BbCBbCBbEbBbBbBb	Eb	II	345/1
BbCBbCDEbEbDCBb	Eb	II	329/1
BbCBbDbCBbCBbAb	Eb	III	379/5
BbCBbEbBbBbAbBb	Eb	I	254/5
BbCBbEbDCBbAbAb	Eb	V	496/4
BbCBbGFEbDCBbC	Eb	XVI	745/5
BbCDDEbBbGAbFDD	Eb	V	496/2
BbCDEbBbGAbFDEb	Eb	V	496/2
BbCDEbCGAbGF#G	Eb	I	15/1
BbCDEbDEbBbDEbF	Eb	II	346/2
BbCEbBbABbABbAb	Eb	IX	558/6
BbCEbBbBbBbBbAbF	Eb	IX	558/6
BbCEbCBbAbGFEbE	Eb	VI	3/312/1
BbCEbDFEbFGFGAb	Eb	I	15/3
BbDCBbBbBbBbBbEb	Eb	III	379/1
BbDCBbBbBbBbEb	Eb	XVII	786/1
BbDEbDEbFGAbBbC	Eb	IX	561/9
BbDEbEbDCBbAbAb	Eb	V	*479/2
BbDEbGEbBbBbAbFBb	Eb	IX	559/15
BbEbBbAbAbGG	Eb	I	24/4
BbEbBbAbGFEbFAb	Eb	V	496/1
BbEbBbBbAbBbCCBb	Eb	III	383/15
BbEbBbBbCBbAbGF	Eb	III	383/11
BbEbBbBbCBbGFEb	Eb	III	383/11
BbEbBbBbEbGFEbDC	Eb	XV	705/7
BbEbBbGAbBbEbBb	Eb	II	343/3
BbEbBbGBbEbBbG	Eb	I	254/4
BbEbBbGBbEbBbG	Eb	III	388/14
BbEbBbGBbEbEbG	Eb	IV	465/5
BbEbBbGBbGCAbGF	Eb	Ia	292/2
BbEbBbGCAbFDEbG	Eb	I	217/5
BbEbBbGEbAbFDEb	Eb	III	362/7
BbEbBbGEbFGAbG	Eb	VI	3/312/1
BbEbCEbDFBbDEb	Eb	VII	536/3
BbEbCFEbEbDFDAb	Eb	XV	711/1
BbEbDbCAbGGFEb	Eb	II	345/5
BbEbDCBbAbGFEbD	Eb	III	379/2
BbEbDEbEbDEbFF	Eb	III	411/12
BbEbDFEbBbAbGEb	Eb	XX/1	837/8
BbEbEbBbAbFEbG	Eb	III	394/1
BbEbEbEbBbAbGF	Eb	III	371/6
BbEbEbEbBbAbGF	Eb	II	311/6
BbEbEbEbBbAbGF	Eb	III	371/6
BbEbEbEbDEbFBbF	Eb	III	404/1
BbEbEbEbDEbFDBb	Eb	I	188/2
BbEbEbEbEbBbCD	Eb	VIII	545/1
Bb6EbBCCEbDEbDC	Eb	III	415/8

Column (1) Incipit, (2) Original Key, (3) Hoboken Group, (4) Hoboken Location

BbEbEbEbFDDDFAb	Eb	XVI	773/3	BbGEbDCBbAbFEDC	Eb	I	169/6
BbEbEbEbFEbDEbF	Eb	I	201/6	BbGEbDCBbCAbAbF	Eb	I	169/6
BbEbEbEbFGEbEb	Eb	I	48/3	BbGEbEbBbGGBbBb	Eb	III	415/9
BbEbEbFEbDEbDF	Eb	I	74/3	BbGEbEbCABbCABb	Eb	VI	511/8
BbEbEbFEbDEbFBb	Eb	III	404/1	BbGEbEbDEbCCBbG	Eb	I	3/283/2
BbEbEbFEbDEbFD	Eb	I	188/2	BbGEbEbEbBbGEb	Eb	II	329/4
BbEbEbFEbDEbFDD	Eb	XVI	773/3	BbGEbEbEbDEbFEb	Eb	I	40/3
BbEbEbFGEbGAbBb	Eb	I	169/4	BbGEbGAbFABbGEb	Eb	XV	712/3
BbEbFDEbFDEbEFG	Eb	XIV	678/4	BbGEbGBbFDFBbEb	Eb	XVI	754/8
BbEbFEbAbAbGGF	Eb	V	495/3	BbGEbGEbBbBbGEb	Eb	V	479/5
BbEbFEbAbGFEbD	Eb	V	495/3	BbGEbGFEbDCBbBb	Eb	I	229/3
BbEbFGEbEbEFGAb	Eb	III	404/5	BbGFEbDCBbCAbGG	Eb	XV	693/1
BbEbFGFBbAbGAbG	Eb	III	371/5	BbGFEbDDEbFEb	Eb	III	388/8
BbEbFGFBbAbGAbG	Eb	II	311/5	BbGFEbEbEbDCBb	Eb	IV	465/4
BbEbFGFBbAbGGFG	Eb	III	371/5	BbGGAbFFGBbGEbF	Eb	II	326/1
BbEbFGFBbAbGGFG	Eb	II	311/5				
BbEbFGFEbFGAbBb	Eb	III	448/1	CBbABb6EbBCCEbD	Eb	III	415/8
BbEbGAbCEbDFEbD	Eb	XIV	670/1				
BbEbGBbAbFDBbAb	Eb	IX	574/17	DEbCEbEbFEbD	Eb	IX	561/14
BbEbGBbABbCBbBb	Eb	III	403/2	DEbEbEbDEbFFBCF	Eb	III	394/2
BbEbGBbEbBbGEbD	Eb	III	374/4	DEbEbEbEbEbDEb	Eb	III	379/5
BbEbGBbEbGBbGEb	Eb	IX	569/25	DEbGAbEbCEbAb	Eb	IX	557/3
BbEbGCAbFEbDCBb	Eb	XVI	760/10				
BbEbGEbBbBbAbGF	Eb	III	416/7	EbAbCBbAbGBbCBb	Eb	XV	705/5
BbEbGEbBbCBbAbG	Eb	III	416/7	EbAbDFCBbAbGBbC	Eb	XV	705/5
BbEbGFABbBbGFEb	Eb	V	481/1	EbAbFDEbBbAbGBb	Eb	III	362/5
BbEbGFAbBbGFF	Eb	V	481/1	EbAbGFEbDDDDEb	Eb	XV	712/1
BbEbGGAbGFEbDF	Eb	III	362/2	EbAbGFEbDEbCBb	Eb	I	15/5
				EbAbGFEbEbDDDD	Eb	XV	712/1
BbFEbDCBb	Eb	III	3/305/2	EbAbGFFEbDEbCBb	Eb	I	15/5
BbFEbDEbDF	Eb	III	421/15				
BbFFEbDEbDF	Eb	III	421/15	EbBbAbAbGAbFCD	Eb	I	255/1
				EbBbAbAbGFEbAbF	Eb	XVI	760/8
BbGAbBbCFGAbBb	Eb	III	430/9	EbBbAbGAbFCDEb	Eb	I	255/1
BbGAbBbEbDC	Eb	IX	572/9	EbBbAbGEbEb	Eb	IX	549/11
BbGAbFDEbBbGBb	Eb	I	123/2	EbBbAbGFEbDCBb	Eb	II	346/5
BbGAbFEbEbFFGAb	Eb	I	144/2	EbBbAbGFEbDEbFG	Eb	II	300/10
BbGAbFGEbFDEbBb	Eb	XVI	754/5	EbBbAbGFEbEbEb	Eb	II	346/4
BbGAbGAbBbCBbEb	Eb	IX	570/7	EbBbBbAbCAbGFD	Eb	II	300/8
BbGBbBbGBbBbGAb	Eb	V	495/1	EbBbBbAbCAbGFEb	Eb	II	300/8
BbGBbEbCBbAbFEF	Eb	I	111/6	EbBbBbAbGAbAbG	Eb	II	345/4
BbGBbEbGFEbDCBb	Eb	XV	693/1	EbBbBbAbGAbGBb	Eb	III	421/15
BbGBbFBbEbAbGCF	Eb	XVI	754/8	EbBbBbAbGAbGBbB	Eb	II	345/4
BbGCFBbAbBbCABb	Eb	III	421/12	EbBbBbBbBbBbAbF	Eb	III	449/3
BbGEbBbCAbCEbC	Eb	V	494/2	Eb6BbAbFAbGBbC	Eb	III	449/3
BbGEbBbCAbEbCBb	Eb	V	494/3	EbBbBbBbBbBbCBb	Eb	XIV	670/4
BbGEbBbFAbFDAbG	Eb	III	360/3	EbBbBbBbCBbEbC	Eb	III	371/7
BbGEbBbGCBbAbGF	Eb	VIII	544/1	EbBbBbBbCBbEbC	Eb	II	311/7
BbGEbBbGEb	Eb	IX	568/6	EbBbBbBbEbBbAbG	Eb	III	384/4
BbGEbBbGEbDDCBb	Eb	I	201/4	EbBbBbEbCCCBbAb	Eb	XVI	745/6

Column (1) Incipit, (2) Original Key, (3) Hoboken Group, (4) Hoboken Location

Incipit	Key	Group	Location	Incipit	Key	Group	Location
EbBbCBbAbGBbEbG	Eb	XV	692/1	EbEbBbGBbEbBbG	Eb	I	118/1
EbBbCBbAbGFEbEb	Eb	VIII	543/2	EbEbBbGFAbFDAbG	Eb	XV	714/2
EbBbCCBbGBbCCBb	Eb	I	253/3	EbEbCAbAbFDFDBb	Eb	V	482/1
EbBbCCBbGBbCCBb	Eb	III	449/2	EbEbCCBbBb	Eb	II	345/3
EbBbCEbDFEbGFAb	Eb	II	325/7	EbEbDbCEFEFGAbC	Eb	V	479/3
EbBbEb	Eb	I	118/1	EbEbDCBbAbAbAb	Eb	III	450/2
EbBbEbBbEbGAbBb	Eb	I	3/283/1	EbEbDCBbBbBbAb	Eb	III	383/12
EbBbEbCFEbEbDFD	Eb	XV	711/1	EbEbDEbFGAbDBb	Eb	XI	3/327/2
EbBbEbEbGEbGGBb	Eb	V	495/2	EbEbDEbGEbBbEbF	Eb	III	376/12
EbBbEbGGFEbCEbC	Eb	I	252/1	EbEbDEbGFEbDCBb	Eb	III	448/3
EbBbGAbGEbEbAbF	Eb	IX	579/5	EbEbDEbGFGBbABb	Eb	III	371/3
EbBbGBbEbBbGEbD	Eb	I	24/1	EbEbDEbGFGBbABb	Eb	·II	311/3
EbBbGEb	Eb	II	346/3	EbEbDEbDEbFFEbDC	Eb	I	255/3
EbBbGEb	Eb	I	252/2	EbEbEbDFFAb	Eb	IX	570/13
EbBbGEbBbBbBbCDEb	Eb	I	270/1	EbEbEbEbBbAbGFF	Eb	III	376/11
EbBbGEbBbBbGEbBbG	Eb	I	256/1	EbEbEbEbBbCDEbD	Eb	Ia	286/3
EbBbGEbEbEbEbDDAb	Eb	II	325/6	EbEbEbEbBbGGFBb	Eb	II	344/2
EbBbGEbEbEbEbBb	Eb	II	328/6	EbEbEbEbDDCCCBb	Eb	IX	567/5
EbBbGEbEbEbEbF	Eb	II	343/4	EbEbEbEbDEbBbC	Eb	I	256/4
EbBbGEbEbEbEbGF	Eb	II	343/4	EbEbEbEbEbAbGEb	Eb	I	256/3
EbBbGEbGFGAbGBb	Eb	V	495/4	EbEbEbEbEbBbAbG	Eb	I	140/1
EbBbGFEbBbGEbBb	Eb	III	450/3	EbEbEbEbEbDAbFF	Eb	IV	470/1
EbBbGFEbEbEbDD	Eb	II	325/6	6EbCCCCEbD	Eb	IX	568/21
EbBbGFEbEbEbEb	Eb	II	346/4	8EbBbGEbEbEbDEb	Eb	XVI	781/2
EbBbGGAbFD	Eb	I	253/1	8EbBbGEbEbFEbD	Eb	XVI	781/2
EbBbGGBbBbAbGF	Eb	V	497/1	9Eb	Eb	I	254/2
EbBbGGFEbFEbBbBbG	Eb	III	450/3	13EbDEbCAbFDBb	Eb	I	217/1
				EbEbEbEbEbGEbBb	Eb	IV	470/2
EbCAFBbDEbCAFBb	Eb	V	494/1	EbEbEbEbFEbEbCC	Eb	I	48/1
				EbEbEbEbFEbGEb	Eb	V	485/1
EbDBbFGEbEbDBb	Eb	IX	571/14	EbEbEbEbGEbBbBbBb	Eb	IX	553/4
EbDCBbAbGFEb	Eb	III	430/12	EbEbEbEbGFAbGG	Eb	I	255/5
EbDCBbAbGFEbDEb	Eb	V	485/2	EbEbEbEbGFEbEbC	Eb	I	48/1
EbDCBbAbGFEbFG	Eb	I	144/5	EbEbEbEbGGAbGFG	Eb	I	74/1
EbDCBABbBCEFG	Eb	V	478/3	EbEbEbEbGGGGGBb	Eb	I	255/2
EbDCBCDEbFCABb	Eb	I	48/4	EbEbEbFBbBbGEbC	Eb	I	228/3
EbDEbBbAbGGbEbG	Eb	II	314/1	EbEbEbFBbBbGEbC	Eb	III	366/2
EbDEbBbGBbEbGG	Eb	II	314/1	EbEbEbFBbBbGEbC	Eb	I	228/3
EbDEbCBbCBbAbG	Eb	I	201/2	EbEbEbFEbDEbGEb	Eb	IX	553/4
EbDEbDCBbCBbBb	Eb	I	201/2	EbEbEbFGGAbBbEb	Eb	V	496/3
EbDEbEbGEFAbCBb	Eb	V	485/4	EbEbEbGbGbAbFAbG	Eb	III	450/1
EbDEbFDBbGGFGAb	Eb	I	118/5	EbEbEbGBbBbAbF	Eb	III	450/1
EbDEbFEbGEbBbEb	Eb	III	430/11	EbEbEbGBbBbDFD	Eb	II	344/3
EbDEbFGAbAbGEbC	Eb	IX	552/12	EbEbEbGFEbBbGGG	Eb	IX	560/4
EbDEbFGAbFDEbBb	Eb	II	328/3	EbEbEbGGGBbBbBb	Eb	II	346/1
EbDEbFGAbGEbCFD	Eb	IX	552/12	EbEbFGAbBbCDEbF	Eb	XVI	3/349/2
EbDEbFGFEFGAbCB	Eb	III	429/17	EbEbFGAbBbEbCBb	Eb	I	40/1
EbDEbFGFFFEbDC	Eb	II	347/1	EbEbGbEbEbEbFGF	Eb	II	328/1
				EbEbGbEbEbEbGCFF	Eb	XVI	754/6
EbEbBbAbGFGAbGF	Eb	XIV	670/2	EbEbGEbBbBbEbBbBb	Eb	IX	575/3

Column (1) Incipit, (2) Original Key, (3) Hoboken Group, (4) Hoboken Location

EbEbGGAbFDBbEbC	Eb	VI	512/1		EbGEbDEbBbEbGEb	Eb	V	497/2
EbEbGGGBbEbEbDF	Eb	III	404/3		EbGFAbAbGEbBbBb	Eb	III	448/4
					EbGFAbGEbBbBbF	Eb	III	448/4
EbFbEbGAbCFGbFA	Eb	III	421/15		EbGFDEbBbCBbAbG	Eb	I	201/1
					EbGFDEbGBbAbG	Eb	II	325/8
EbFDBbGEbCEbBb	Eb	III	415/6		EbGFEbDEbFAbEbG	Eb	I	24/2
EbFDBbGGAbBbAbG	Eb	I	118/5		EbGFFFAbGGBbCBb	Eb	III	362/1
EbFDEbGFAbDFEbG	Eb	II	300/5		EbGGAbGFEbDFBb	Eb	XVI	778/1
EbFEbDCBbAbAbAb	Eb	III	450/2					
EbFEbDEbDCDCBbC	Eb	I	38/7		FEbGEbDEbBbFEbG	Eb	V	497/2
EbFEbDEbFEbDEbE	Eb	VI	517/2					
EbFEbDEbFEbDEbF	Eb	VI	517/2		GAbABbCDbDEb	Eb	I	169/2
EbFEbFGGAbGAbBb	Eb	II	300/4		GAbABbCDbDEb	Eb	I	170/1
EbFGAbBbAbBbCAb	Eb	I	63/2		GAbBbAbFAbGBbEb	Eb	IV	465/5
EbFGAbBbEbBbAbG	Eb	V	480/5		GAbBbAbGEbEbFG	Eb	IX	569/1
EbFGAbFEb	Eb	I	169/1		GAbBbAbGFEbFAb	Eb	IV	470/1
EbFGAbGBbGEbBbG	Eb	I	15/2		GAbBbBbBbAbBbCC	Eb	III	415/10
EbFGBbEbFGAbBbC	Eb	VII	536/1		GAb7BbAbG	Eb	I	74/4
EbFGBbGDEbBbGD	Eb	II	311/1		GAbBbGEbC	Eb	I	118/4
EbFGBbGDEbBbGD	Eb	III	371/1		GAbCBbAbGCEbEbFG	Eb	IX	569/1
EbFGFEb	Eb	I	217/6		GAbGFBbCDEbFEbD	Eb	I	255/4
EbFGFEbEbEbEbEbEb	Eb	I	217/6		GAbGFGAbFBbCDEb	Eb	XV	693/2
EbFGFGAb	Eb	III	360/3		GAbGFGFEbFEbDEb	Eb	II	325/9
EbFGGAbBbCDEbDC	Eb	III	457/2		GAbGGF#F#FDBGFF	Eb	III	362/6
					GAbGGGGFEbDCBbA	Eb	XI	3/327/3
EbGAbBbAbGFEbC	Eb	II	328/4					
EbGAbBbBbBbBbBbBb	Eb	VII	534/2		GBbAbCBbGEbbDFEb	Eb	XVI	773/1
EbGAbCBbAbGFEbC	Eb	II	328/4		GBbBbBbAbGAbBb	Eb	VII	532/3
EbGABbBbBbBbABbC	Eb	XVI	751/4		GBbCBbAbBbFBbG	Eb	III	383/13
EbGBbAbGFF	Eb	IX	568/6		GBbEbBbGFEbDCBb	Eb	XV	711/3
EbGBbAbGFFF	Eb	I	111/2		GBbEbDFAbDEb	Eb	III	416/7
EbGBbBbAbGCBbAb	Eb	V	482/2		GBbEbEbDBbAbFD	Eb	IX	568/22
EbGBbBbAbGFF	Eb	IX	568/6		GBbEbGBbCAbG	Eb	I	169/1
EbGBbBbBbBbBbCA	Eb	I	24/3		GBbEbGBbDFBb	Eb	IX	561/8
EbGBbBbEbDBbBbD	Eb	III	388/2		GBbEbGBbEbBbBb	Eb	I	256/5
EbGBbBbGAbBbAbF	Eb	IX	553/9		GBbEbGFDEbBb	Eb	IX	569/2
EbGBbEb	Eb	VII	532/3		GBbGAbBbGAbBbG	Eb	XVI	769/3
EbGBbEbBbGEbDEb	Eb	XVIII	823/1		GBbGCFBbABbCABb	Eb	III	421/12
EbGBbEbBbGFEbD	Eb	XVIII	823/1		GBbGEb	Eb	II	344/1
EbGBbEbDCBbEbDC	Eb	II	300/9					
EbGBbEbBbBbAbG	Eb	I	98/2		GEbBbBbGEbEbBbG	Eb	I	253/2
EbGBbEbGBbGAbGF	Eb	I	40/7		GEbEbDEbBbG	Eb	IX	570/9
EbGBbEbGBbGEbBb	Eb	III	378/6		G7EbBbGFFF	Eb	I	255/6
EbGBbEbGEbEbDCC	Eb	I	48/5		GEbGBbEbGBbGEbF	Eb	V	494/4
EbGBbEbGFEbDCBb	Eb	I	111/5		GEbGBbEbGBbGEbG	Eb	V	494/4
EbGBbEbGFEbEbEb	Eb	III	451/1					
EbGCAbFDDEbFGAb	Eb	III	435/2		GFEbDCBbCBbAbGF	Eb	IX	559/16
EbGCAbFDDEbFGBb	Eb	III	435/2		GFEbDEbFBbCDEbG	Eb	III	435/4
EbGEbBbBbBbBbCBb	Eb	XV	719/5		GFEbEbAbGFFBbAb	Eb	I	75/1
EbGEbBbGAbFEbDC	Eb	XVI	745/8		GFEbEbDEbBbG	Eb	IX	570/9

Column (1) Incipit, (2) Original Key, (3) Hoboken Group, (4) Hoboken Location

GFGAbFBbEbEbDC	Eb	III	394/14
GFGAbGAbFGFGAbG	Eb	III	374/3
GGAbFBbCDEbFGFG	Eb	XV	693/2
GGAbFFBbGGAbF	Eb	I	118/3
GGAbFGAbBbGEbEb	Eb	III	394/5
GGAbGFEbGBbEbEb	Eb	I	144/6
GGAbGGFEbEbDEbG	Eb	I	217/2
GGBbAbGFEbGBbEb	Eb	I	144/6
GGBbBbBbEbEbDD	Eb	III	394/3
GGBbBbEbEbEb	Eb	II	344/3
GGGFEbFGEbFGAb	Eb	I	147/3
GGGGFEbFGEbFGAb	Eb	I	147/3
6GBbEbDFAbDEbG	Eb	XVI	778/3

Eb minor

BbEbGbBbAbGbFEb	Ebm	XV	714/1
BbGbEbDEbBbGbEb	Ebm	XVI	754/7
CDbEbFGb	Ebm	I	256/2
EbFGbAbBbCbBb	Ebm	I	256/2

E major

AC#AG#EG#	E	X	590/7
BABC#BF#G#AG#C#	E	XV	718/10
BAG#AAAG#F#G#	E	I	257/2
BAG#AAG#F#G#	E	I	257/2
BAG#ED#C#A#BEEE	E	XV	710/7
BAG#F#EC#D#EBA	E	XVI	3/347/1
BAG#F#EC#D#EBA	E	XVI	771/4
BAG#F#ED#C#B	E	I	50/3
BAG#F#ED#EF#G#	E	I	32/3
BAG#F#EF#G#AG#	E	XVI	755/7
BAG#F#G#EEG#AG#	E	XIX	833/5
BAG#G#G#F#AG#A	E	V	487/2
BBAG#G#G#F#EEF#	E	XVI	755/9

BBBAG#BBBAG#C#	E	III	380/4
7BC#AG#G#BG#	E	I	257/3
7BC#BAG#G#BG#	E	I	257/3
BBBBED#D#C#C#AA	E	XVI	743/6
BBC#BAG#F#F#ED#	E	I	50/4
BBC#BBAG#F#F#E	E	I	50/4
BBC#BBC#BBG#AF#	E	III	451/4
BBC#D#EAAAG#	E	IX	573/3
BBG#ABG#G#F#G#A	E	III	375/1
BC#AF#D#EG#B	E	III	370/1
BC#BD#ED#EBEG#	E	V	476/1
BC#BD#F#ED#EBE	E	V	476/1
BD#EBBD#ED#F#E	E	III	389/12
BD#EF#G#BBD#EF#	E	XV	696/2
BEAG#F#G#AF#BG#	E	III	370/1
BEBG#BEBG#BB	E	III	451/3
BEBG#EBF#BAF#G#	E	V	482/3
BEBG#EG#F#BF#D#	E	IX	568/12
BED#EBC#BAAG#	E	III	375/5
BEEED#F#D#AG#B	E	III	410/15
BEEEE	E	IX	569/12
BEEG#BG#AAC#F#	E	III	370/5
BEF#G#AC#F#BAG#	E	IX	559/7
BEF#G#AG#F#G#AE	E	XV	710/4
BEF#G#F#F#G#AG#F#	E	V	497/4
BEG#BAG#F#EC#D#	E	XVI	3/347/1
BEG#BAG#F#EC#D#	E	XVI	771/4
BEG#BAG#F#ED#F#	E	XV	693/4
BEG#BBC#D#EG#BB	E	IX	569/11
BEG#BEG#BBAG#F#	E	IX	555/9
BEG#BF#G#AG#C#A	E	IX	572/3
BEG#EBG#F#AF#C#	E	V	482/3
BEG#F#EEEE	E	V	498/1
BEG#F#G#AF#BG#	E	III	370/1
BEG#F#G#AG#C#F#	E	I	32/1
BG#ABC#D#EF#G#A	E	III	383/5
BG#AF#EBG#AF#E	E	IX	572/11
BG#AF#EF#G#AF#	E	XX/1	837/4
BG#C#AF#BG#EAG#	E	V	482/5
BG#EBF#BG#BD#AB	E	XV	710/4
BG#EG#F#D#F#EC#	E	I	257/3
BG#F#EEC#BAAF#	E	I	266/4
BG#F#G#EEG#AG#A	E	XIX	833/5
C#BAG#F#EEC#C#B	E	XV	693/5

Column (1) Incipit, (2) Original Key, (3) Hoboken Group, (4) Hoboken Location

D#EBBG#ED#EF#E	E	XV	718/7
D#EG#EAF#BG#EEE	E	III	410/14
EBABC#BAG#F#E	E	III	377/2
EBAG#F#GF#GF#GA	E	III	451/2
EBBBAG#G#G#G#F#	E	III	380/4
EBBBG#EC#C#C#C#	E	III	383/2
EBBC#BAG#G#G#A	E	III	380/4
EBBG#ED#EF#ED#E	E	XV	718/7
EBC#BAG#AAG#F#	E	XVI	750/4
EBED#BCBA#BF#	E	I	50/1
EBED#C#BBAG#	E	III	375/2
EBEED#EF#AD#EE	E	I	257/1
EBEF#G#AG#F#EE	E	IX	568/11
EBF#EED#EF#AD#	E	I	257/1
EBG#EBG#ED#C#BA	E	I	32/5
EBG#EED#C#BEC#B	E	V	487/3
EBG#EED#C#BF#E	E	V	487/3
ED#BAF#D#ED#EA	E	III	410/12
ED#EF#ED#EG#EBB	E	XIX	833/4
ED#EF#EG#F#AG#	E	V	476/2
ED#EG#F#ED#EG#E	E	XIX	833/4
ED#F#BBAC#F#ED#	E	XVI	778/2
ED#F#BBAC#F#E	E	XVI	778/2
ED#F#D#EBBBF#D#	E	III	370/2
EEEBG#AF#EF#G#A	E	XX/1	837/4
EEEEED#C#BAG#F#	E	III	377/2
EEEEED#C#C#BAG#	E	III	377/2
EEF#G#	E	X	590/9
EEF#G#ABC#D#EF#	E	IX	558/8
EEG#ABC#BAG#EF#	E	XVI	743/5
EEG#AEEF#G#E	E	X	590/6
EEG#G#AAF#AAG#	E	V	497/3
EEG#G#BBEE	E	XVI	743/8
EF#G#ABBG#AF#BB	E	X	590/1
EF#G#AG#F#EED#	E	IX	568/11
EG#BAF#EG#ABC#E	E	III	383/1
EG#BAG#F#ED#EF#	E	IX	575/8
EG#BBC#EBAAAG#	E	II	324/2
EG#BEBG#EBC#D#E	E	V	482/4
EG#BEG#BAF#D#E	E	V	476/3
EG#BEG#BBG#C#A	E	VI	517/3
EG#BG#AF#F#G#E	E	XV	718/8
EG#BG#EBC#D#EG#	E	II	324/5
EG#BG#G#AF#F#F#	E	XV	718/8
EG#EG#E	E	II	324/1

EG#F#D#EC#BAG#	E	I	16/1
EG#G#BBEF#G#AAA	E	I	16/3
EG#G#F#AAG#C#BA	E	V	487/1
G#ABAG#ABAF#G#A	E	III	370/7
G#ABC#BA	E	III	410/12
G#AG#AF#C#C#C#	E	III	410/16
G#AG#F#G#BED#F#	E	XV	707/5
G#BAG#AF#C#C#C#	E	III	410/16
G#BAG#F#EBEC#B	E	XVI	750/6
G#BAG#F#EBED#C#	E	XVI	750/6
G#F#EAG#F#EC#	E	III	422/13
G#G#BED#F#AG#G#	E	XV	707/5
G#G#F#G#AF#D#D#	E	III	375/3

E minor

BAGF#EDC#D	Em	III	383/3
BBCCD#D#EEGGF#B	Em	I	32/4
BCBBGEED#EF#GAB	Em	I	16/2
BCBGAF#GAGEF#D#	Em	XVI	743/7
BEEEEF#GEEF#GG	Em	IX	559/8
BEEEGEGF#F#EF#	Em	IX	559/8
BEEF#EGEAEBECEB	Em	III	370/6
BEGBAGF#ED#ED#	Em	XIV	677/5
BEGF#EAGBD#E	Em	I	50/2
BEGF#ED#F#ED#EB	Em	XVI	*736/2
BEGGF#BBEGEF#	Em	II	324/3
BEGGGF#BBEGEF#	Em	II	324/3
BGF#ED#F#F#EBBG	Em	XVI	750/5
CBAGF#ED	Em	III	383/3
D#EEEF#ED#ECACD	Em	XV	710/6
EBAGF#ED#ED#D#	Em	III	383/4
EBGD#EF#EBCBBF#	Em	XV	693/3
ED#BDC#A	Em	III	370/3

Column (1) Incipit, (2) Original Key, (3) Hoboken Group, (4) Hoboken Location

EEEED12B	Em	I	32/4
EEEED#ECACCBC	Em	XV	710/6
EEEF#ED#ECACDCB	Em	XV	710/6
EEF#GAGEF#GAG	Em	III	376/8
EF#F#CBAGF#E	Em	XVI	755/8
EF#GEF#GABCBAG	Em	XV	710/5
EF#GF#ED#EF#BBC	Em	II	324/4
EGBEBGD#EF#EBDC	Em	XV	693/3
EGED#EF#AF#AF#E	Em	I	50/5
EGF#EBEGF#EB	Em	XVI	742/5
GD#EBAGGF#ECAF#	Em	XVI	759/1
GF#EAGF#CBA	Em	XV	718/9
GGABED#F#BEEF#	Em	XVI	759/3

F major

AAABbBbBbFC#GA	F	XVII	796/6
AACAFCACA	F	II	307/8
AACFAGFEDCBbAG	F	IX	579/1
AAFGAAAGEEFAA	F	I	95/4
AAGABbCF	F	I	269/4
ABbAAGAGGFFFFGG	F	III	453/1
ABbABb6CDCC	F	XVIII	823/2
ABbCABbGFEFGABb	F	III	404/11
ABbCCBbAABbCCBb	F	II	329/19
ABbCCBbGABbBbA	F	II	347/2
ABbCCCCAAAGGFGA	F	I	161/3
ABbCCCCAAGGFGA	F	I	161/3
ABb6CDEFFFF	F	XI	651/3
ABbCCCCDGGCA	F	II	307/9
ABbCCCCDGGCBbA	F	II	307/9
ABbCCCCFAFFEDC	F	IX	555/14
ABbCCCEEEEFGFBb	F	I	126/4
ABbCCCEFFFFDDDC	F	Ia	286/2
ABbCDCDCBbAGGFE	F	IX	555/2
ABbCDEFGA	F	III	421/2
ABbCFEBbBbAF	F	V	501/2
ABbCGABbABbCACF	F	Ia	286/2
ABbGAFGCDEFG	F	III	383/7
ABbGCADBbGEEFFA	F	I	136/2

ABbGCADBbGEEFFG	F	I	136/2
ACAFDDBbGBbGECC	F	IX	559/12
ACBbAEFGAGBbAFF	F	II	319/4
ACEFCFAFGEFACDE	F	XV	700/1
ACFCFACACBbGEFG	F	XVI	776/2
ACFFFAFFACCCAF	F	I	95/3
ACFFFFBbDEGCAA	F	IX	574/8
AFCAFCFDBbGDCBb	F	IX	562/4
AFCDEFGAFCCCCA	F	III	422/11
AFFFAA	F	II	310/8
AGFCBbAFDCDBbAG	F	I	194/3
AGFEDCBbGFEDCBb	F	I	231/3
AGFEFGFFEF	F	I	42/2
AGFGGF	F	I	29/2
BbAGACAFDDBbAG	F	IX	559/12
BbBbBbBbDCBbA	F	III	367/3
BCDCBCFEEFGBb	F	II	330/3
CABbABbCCCBbAGF	F	VII	540/1
CABbABbCCDEFEDC	F	XVIIa	807/2
CABbABbCCDEGFED	F	XVIIa	807/2
CABbCDBbGFEFAG	F	IX	552/2
CABbGAFFEDCBbAG	F	II	316/6
CABbGAFFFAG	F	I	226/2
CABbGAFFFEDCCBb	F	II	316/6
CACBbABbCCCBbAG	F	VII	540/1
CACEBbADCBbAGFE	F	I	165/3
CACFEFGGABbGEFA	F	III	422/9
CADBbGCBbAGAF	F	II	307/6
CADBCBbAGA	F	XI	634/4
CAFAFEGEFDCFEDC	F	XVI	750/7
CAFAFEGEFDCGFED	F	XVI	750/7
CAFBbGEFF	F	I	105/1
CAFCACBbCECGEBb	F	I	62/5
CAFCACFACBbACAF	F	I	44/2
CAFCAGFFCA	F	V	500/3
CAFCCFEGBbGECA	F	I	161/4
CAFCFACFFE	F	VI	517/5
CAFCFAGGAFCFACA	F	XV	700/2
CAFDCABbGFFFEFG	F	I	126/1
CAFDCABbGFFGFEF	F	I	126/1
CAFEFBbAEFDEFGC	F	III	411/8
CAFFEFGCGCGCAF	F	III	436/1
CAFFEFGCGCGCFGA	F	III	436/1

Column (1) Incipit, (2) Original Key, (3) Hoboken Group, (4) Hoboken Location

CAFFFBbDDFCEbEb	F	IX	570/6	CCBCFEDCBbAGFCC	F	XVI	755/3
CAFFFEFGABbABbC	F	V	481/4	CCCBbAABbBbBbAG	F	V	501/1
CAFGAGFF	F	III	452/5	CCCBbAFFEDCBbAG	F	I	126/6
CAFGAGFFGAGFFGA	F	I	104/3	CCCCACCCCACCC	F	I	261/2
CAFGECGEAFCBbGE	F	IX	551/7	CCCCAFEGFAGABbA	F	XVII	796/5
CAFGECGEAFCBbGF	F	IX	551/7	CCCCBbBbABbGAFF	F	XI	642/4
CAGFDCBbAGAGFFA	F	XVI	771/3	CCCCCBbBbBbAAAG	F	III	411/8
CAGFDDDCFBbABb	F	XII	663/1	CCCCCFCAAAACAFA	F	I	95/1
				CCCCCFCAAAACAFG	F	I	95/1
CBbAACAGGCE	F	III	452/4	CCCCDEDCFBbAAGF	F	IX	567/4
CBbAACAGGCEFFBC	F	I	260/2	CCCDCFCBbAGCAAG	F	III	376/13
CBbAACCFE	F	XIX	828/3	CCCDCFCBbAGCAGF	F	III	376/13
CBbAAGACCBbAGC	F	II	329/17	CCDBCBbGEDC	F	III	404/13
CBbAAGFEDCBbAAG	F	XVIIa	808/2	CCDCBbAABbBbCBb	F	V	501/1
CBbAAGFEFAGG	F	XIX	828/5	CCDCBbAFFFEDCC	F	I	126/6
CBbABbADEFBbA	F	XI	634/1	CCDCCFEFGFAFDCD	F	II	300/2
CBbABbAEFDBbGE	F	II	308/2	CCDCCFEFGFAFEDC	F	II	300/2
CBbABbAGCDDDDC	F	XIX	836/1	CCDCDCBbBb	F	IX	578/4
CBbABbCBbAGFFBb	F	IX	553/14	CCDCFEEDD	F	IX	552/11
CBbABbCDEFGABbA	F	XIX	829/1	CCDDEEDEFGA	F	II	330/4
CBbABbCFEFGFCFA	F	XVIII	819/1	CCDDFEEDEFGA	F	II	330/4
CBbADCBbA	F	Ia	286/2	CCDEFGABbAGAGFC	F	XV	682/3
CBbAGABbABbCBbA	F	I	76/2	CCDEFGABbAGAGFC	F	XIV	671/3
CBbAGFBbCDCBbAG	F	II	313/7	CCDEFGABbCEFGA	F	I	42/4
CBbAGFDBbAAGBbG	F	II	322/2	CCFAGFEDCCDFC	F	IX	563/7
CBbAGFDCBbAAGBb	F	II	322/2	CCFCAFGEFCCCCD	F	I	93/2
CBbAGFDCBbAAGFE	F	VI	511/3	CCFEDCDCEFGABbC	F	XV	686/2
CBbAGFDCCBbAAGF	F	VI	511/3	CCFFCCABbGAGAFG	F	III	376/17
CBbAGFDDCBbAGBb	F	XVI	771/3	CCFFFCCGGG	F	I	126/5
CBbAGFDDDCFCBbA	F	XII	663/1				
CBbAGFEFACEFACE	F	V	477/3	CDBbABbGFEFGAGA	F	II	320/2
CBbAGFFAGFEDCFA	F	III	378/4	CDBbABbGGFEFGBb	F	II	320/2
CBbAGFFEDCBbBbA	F	III	372/2	CDBbCAGFGCEGECF	F	III	452/2
CBbAGFFEDCBbCBb	F	III	372/2	CDCABbGFFFGABbC	F	IX	549/6
CBbAGFGFFGAGFGA	F	XVI	750/2	CDCBbABb	F	II	316/5
CBbBbAACAAGGCEF	F	I	260/2	CDCBbABbABbC	F	I	61/1
CBbBbADBbGEFFAF	F	II	308/4	CDCBbAGEFGABbC	F	III	394/9
CBbGA	F	VII	540/4	CDCBCDBCBbGEDC	F	III	404/13
CBbGFAGCCBbGAGE	F	II	305/3	CDCBCFCAFGEFCCC	F	III	93/2
				CDCBCFEDCDCEFGA	F	XV	686/2
CBCFCAFCFFFFGCA	F	VI	522/1	CDCCBbAGFF	F	I	3/284/1
				CDCCDABbCBbBbBb	F	III	389/9
CCABbCCFEGBbACF	F	I	95/4	CDCDCDCBbCBbCBb	F	I	231/3
CCAFEEDEFFEFAG	F	XIV	671/2	CDCFCBbCBbACDEb	F	III	372/1
CCAFEEDEFFEFAG	F	XV	682/2	CDCFCDCAFGFCDBb	F	I	22/7
CCAFFEEDEGFFEFA	F	XV	682/2	CDCFC#DEbDFDCAG	F	XVIII	3/356/1
CCAFFEEDEGFFEFA	F	XIV	671/2	CDCFEGFFEFGAFED	F	V	481/2
CCAFFFFCAGGGBbG	F	IX	562/3	CDCFFEEFDCFABbA	F	II	313/8
CCBbABbADEFCBbA	F	XI	634/1	CDCFFEEFDCFACBb	F	II	313/8
CCBbABbAEFDBbGF	F	II	308/2	CDEFCAAAGCDEFGC	F	I	261/3

Column (1) Incipit, (2) Original Key, (3) Hoboken Group, (4) Hoboken Location

CDEFFEGBbBbACFA	F	I	29/2	CFCGCAGFEDCDGFE	F	I	262/3
CDEFFFEFAAAG#AC	F	XV	683/1	CFDCCDCCADBbGEE	F	XI	651/1
CDEFGABbCAGFFEC	F	XVI	771/1	CFDCDCCADBbGEEF	F	XI	651/1
CDEFGABbCFGABbC	F	XV	722/5	CFECGFCAFDDDCBb	F	III	383/10
CDEFGAC	F	I	36/9	CFECGFCAFDDDDC	F	III	383/10
CDGABbA	F	II	331/3	CFED	F	IV	471/1
				CFEDCAFFEEGCBbA	F	IX	552/6
CEFCBbAGFEFGABb	F	XI	642/8	CFEDCBbAGABbBbA	F	XI	642/3
CEGFFEDDCCCC#DD	F	V	500/4	CFEDCBbAGBbGEFC	F	II	310/3
				CFEDCBbAGFCFAFG	F	IX	566/9
CFAACBbAGGCEGBb	F	IV	467/3	CFEDCCBbBbBbCDE	F	XIV	679/1
CFAAGABbGEFDCBb	F	III	372/7	CFEDCCBbGBbA	F	I	42/2
CFAAGABbGFEFDDC	F	III	372/7	CFEDCCCAGFFE	F	XI	634/3
CFAAGBbEGFFGAFA	F	II	349/2	CFEDCCCBbBbBbGF	F	VI	518/1
CFAAGGFFFGAFCCC	F	XIX	828/3	CFEDCDCBbBbBbCD	F	XIV	679/1
CFABbGFBbDAG	F	I	80/1	CFEDCFEFAFEFCFE	F	XVIIa	808/1
CFACBbAGFEFACF	F	XVIII	816/3	CFEDDCAFFEEGCBb	F	IX	552/6
CFACBbGEFEDC	F	III	452/3	CFEDDCCBbAGF	F	V	477/2
CFACCBbAGFEFACF	F	XVIII	816/3	CFEFGBbEFCCCFEF	F	III	452/1
CFACCBbBbADCFC	F	II	329/18	CFEFGFEECCCBbAG	F	III	383/6
CFADDFEBbGEBbG	F	XVI	750/9	CFEFGFEFBbBbBbA	F	I	59/2
CFADGCBbACDGFE	F	II	330/5	CFEFGFGEDCF	F	III	372/5
CFAFBbD	F	I	262/4	CFEFGFGFEDCF	F	III	372/5
CFAFCABbGEFACFA	F	IX	566/4	CFEGFAGBbBbBbAGGF	F	IX	576/2
CFAFCAFCABbDGBb	F	I	95/5	CFEGGGGBbGAF	F	I	82/7
CFAFCDFC	F	IX	567/10	CFFECDDC	F	XI	642/5
CFAFFECGBbGGF	F	XV	682/1	CFFEDCCCAGFFE	F	XI	634/3
CFAFFECGBbGGF	F	XIV	671/1	CFFEDDCCCDDCBb	F	V	500/4
CFAFGBbBbBbBbAGFF	F	XV	682/4	CFFEECCCBbAGFED	F	III	383/6
CFAFGBbBbBbBbAGFF	F	XIV	671/4	CFFEFAFEGCFA	F	IX	579/7
CFAGCAGFG	F	XVIIa	807/1	CFFEFGAAGABb	F	IX	567/11
CFAGCBbAGFG	F	XVIIa	807/1	CFFEGABbGEFC	F	II	313/6
CFAGFACCFAG	F	III	453/2	CFFFAGABbGFEFAA	F	V	498/2
CFAGFEFGFCCGBbA	F	XIV	677/2	CFFFAGBb	F	XVII	3/353/2
CFAGFFEGBbABbCD	F	XIV	675/6	CFFFAGBbAAACBb	F	XVII	3/353/3
CFAGFGFACFEDCC	F	II	318/3	CFFFFEFEFF#GBb	F	IX	553/13
CFCABbGCBbACDDG	F	I	80/3	CFFFFFEFGABbAGF	F	XIV	675/5
CFCACFCFDBbDFD	F	IX	570/14	CFFFFFEFGACBbAG	F	XIV	675/5
CFCAFCDCFABbBbA	F	III	453/3	C6FDBbG	F	I	232/4
CFCAFGCCCADDBAB	F	III	415/14	CFFFF#GABbCBbG#	F	II	318/5
CFCAFGCCCADDCBA	F	III	415/14	CFFFGFEFGABbAGG	F	XIX	836/1
CFCBbAFDCBbFAGF	F	XVIII	814/2	CFGABbCDEF	F	VII	525/2
CFCBbAGFDEFCCBb	F	XV	720/1	CFGABbGAFAGFEF	F	XVIII	819/3
CFCCEGEGFCCBbGE	F	XIV	679/2	CFGABbGAFGFEF	F	XVIII	819/3
CFCFBbADCDEFGA	F	XI	651/2	CFGAFCFACBBbCA	F	III	403/7
CFCFCAFAFCBbAGF	F	XVI	741/4	CFGAGAABbAGFGA	F	IX	578/3
CFCFCFCFCF	F	XVII	797/1	CFGFCABbAFCCCA	F	XV	683/3
CFCFEFGAGF#GABb	F	XVII	794/1	CFGFEFAFEGCFA	F	IX	579/7
CFCFEFGGABbGGA	F	XVII	794/1	CFGFEFGAGF#GACA	F	XIX	828/1
CFCGCAGFEDCDGED	F	I	262/3	CFGFGFACFEDCBbA	F	II	318/3

Column (1) Incipit, (2) Original Key, (3) Hoboken Group, (4) Hoboken Location

CGFED	F	IV	471/1	FACFCCCCBbA	F	II	307/8
				FACFFGAGF	F	I	43/5
DCBbAGAFCFFCCAA	F	I	260/3	FADDCBbA	F	I	260/5
DCCBbAGAFCFFCCA	F	I	260/3	FAFBbGCDCBbA	F	II	307/10
				FAFBbGCDCBbBbA	F	II	307/10
DFDAFDEGEBbGEFA	F	IV	470/3	FAFCABbDBbACFCD	F	XVIII	819/4
DFDAGFEDEGEBbAG	F	IV	470/3	FAFCABbDBbADBbG	F	XV	722/2
				FAFCCCCCAFC	F	II	349/1
EbEbEbEbEbDC#	F	I	259/2	FAFEGFEDCDFFGFE	F	V	481/3
				FAFEGGFEDCDFFGF	F	V	481/3
EFDGCE	F	I	226/2	FAFGFEDCACFABbC	F	III	435/6
EFFAGEFAGEFCBbA	F	II	349/3	FAGACBCFFAGACBC	F	II	310/7
EFFAGEFAGEFCCBb	F	II	349/3	FAGBbAFEC	F	XIX	828/2
				FAGEFGABbCBbCDC	F	II	319/4
F6A6CFFAACCBbBb	F	I	99/2	FAGEFGABbCDCBbA	F	II	319/4
FAAACCCFAC	F	II	310/8	FAGFCCDBbBbCAA	F	II	348/2
FAABbABbDABbABb	F	IX	564/12	FAGFCFDCDEFCBbA	F	XVIII	824/1
FAAGFEFCAFEDCFE	F	XVIII	816/5	FAGFEFCAFDCFDCF	F	XVIII	816/5
FAAGFFEFD	F	IX	549/5	FAGFFFFFAF	F	II	310/2
FAAGGGBbBbAA	F	II	347/4	FAGFGAABbCDCFED	F	I	43/4
FABbABbCEFAEFAD	F	II	300/3	FAGGBbAAABbCDC	F	II	308/3
FABbCCBbADCBbA	F	II	313/10				
FABbCCBbADCCBbA	F	II	313/10	FBbAGFCCDCBbBbC	F	II	348/2
FABbCCCFAAACFFE	F	XV	686/1	FBbAGGFEGEC	F	IX	574/3
FABbCDEFGABbCEF	F	I	262/2	FBbGEFACBbACFED	F	XVI	741/2
FACABbBbGGACAFF	F	II	318/1				
FACAFACACAF	F	III	422/6	FCAABbCABbCD	F	I	43/5
FACAFCAAAAGBbAG	F	I	43/3	FCABbDCACA	F	IX	558/4
FACAFCACFCAFBbG	F	I	261/1	FCAFCAFCCCCDEFE	F	II	347/3
FACAFCAFEFGCDEF	F	I	161/1	FCAFCAGCGCBbGAF	F	XVIII	3/357/2
FACAFFFBbDBbFF	F	XIV	675/8	FCAFFFFACF	F	II	308/1
FACAFFGADBbGEF	F	II	307/5	FCAGFEFGABbGDC	F	XVI	759/5
FACAFFGADBbGFEF	F	II	307/5	FCBbAAAA	F	IX	555/1
FACBbAAGBbACBbD	F	I	232/2	FCBbAAACBbAABbC	F	II	329/16
FACBbABbBbACBbG	F	VI	511/1	FCBbAGFEFGABbGE	F	XVI	759/5
FACBbABbCEFAEFA	F	II	300/3	FCBbAGFEFGAFBbD	F	III	436/4
FACBbAGFAGF	F	XI	651/4	FCBbAGFEGFAGCDF	F	XVI	740/5
FACBbBbAAACBbAG	F	II	310/7	FCBbGEFFFGABbCD	F	XI	642/2
FACBbDCFFFGFCAG	F	XVI	741/1	FCCAGFEFC	F	I	258/2
FACCBbAAGBbACBb	F	I	232/2	FCCCCCBbAGFGFEF	F	XV	720/2
FACCBbABbBbACBb	F	VI	511/1	FCCCCCBbBbAGFAG	F	XV	720/2
FACCBbBbAAGBbG	F	II	350/1	FCCCCDCFABbACFF	F	XVI	755/1
FACCCCBCCBCCBCC	F	III	404/15	FCCCCEDCFACBbAC	F	XVI	755/1
FACCCFEDCBbAGGF	F	I	260/4	FCCFEBbGEFCCFE	F	IX	568/1
FACCCFEFGECEFFF	F	III	422/7	FCDCBbAFABbAGFC	F	III	376/15
FACDCBbBbAAGBbG	F	II	350/1	FCDCCC#DDE	F	VI	517/4
FACDCFACACADBbC	F	IX	566/8	FCDCCDDE	F	VI	517/4
FACDECFACDECFAC	F	I	259/4	FCFACACBbGEFFAC	F	XVI	776/2
FACFACCDDC	F	XV	3/339/1	FCFAFGEFACDDEFE	F	XV	700/1
FACFAFEDCFGABbA	F	II	307/11	FCFCFACFAFFEED	F	I	259/3

Column (1) Incipit, (2) Original Key, (3) Hoboken Group, (4) Hoboken Location

FCFFF	F	I	259/2		FFFCAAFC	F	V	500/2
					FFFEEFGEFEFGABC	F	IX	570/16
FDCBbAC	F	XIX	828/5		FFFEFGGGGFGA	F	II	308/6
FDCBbAGBbGFEEF	F	I	43/1		FFFFACDFGACEFFF	F	I	259/1
FDCFBbAFDC	F	I	80/5		FFFFCCDBbGAFGEF	F	XVIII	824/2
FDDCCCDBbBbA	F	II	349/3		FFFFEEFGEFEFGAB	F	IX	570/16
FDGEFEF	F	XI	634/4		FFFFFCCCCCFFFFF	F	II	349/4
					FFFFGABbCDEFFEF	F	I	3/284/2
FEAGFFAGCBbAAGF	F	V	500/1		FFFGFEDCDEFACCD	F	I	121/1
FEBbADCBbAGF	F	II	350/2		FFGABbCCCDBbABb	F	II	322/1
FEDC	F	II	313/10		FFGABbCDCEFGABb	F	XV	722/3
FEDCCACFF#GGGG#	F	III	421/2		FFGABbCDECAF	F	II	322/5
FEDCCBbAGFACFDC	F	XI	634/2		FFGABbGFABbCDBb	F	II	348/1
FEDCCBbAGFACFED	F	XI	634/2		FFGADBbCDCBbA	F	I	260/5
FEDCCDCBbAAFGA	F	IV	471/1		FFGEFGEFAFDDDBb	F	IX	568/17
FEDCDCBbA	F	III	389/8		FFGFEFABbAGACDC	F	II	308/7
FEDCDCDGGCF	F	II	308/5		FFGFEFGFEDCDEFA	F	I	121/1
FEDCDEFGAGBbAGA	F	II	316/5		FFGFGAAGBbBbAGF	F	II	316/8
FEFACFEGFEDCFAG	F	XIX	828/2					
FEFGABbGFEAGABb	F	I	260/1		FF#GFEDCACBbAGF	F	IX	559/11
FEGCFACC	F	I	76/4					
FEGFABbCBbAGFEF	F	IX	578/6		FGAAAACBbA	F	II	313/9
					FGAAABbAGFEFGAG	F	IX	566/5
FFAACCCDED	F	II	348/3		FGABbADDEDEF	F	II	310/6
FFAACDDCCBbBbAA	F	IX	3/320/9		FGABbADDFEDEF	F	II	310/6
FFACADBCCEGECBb	F	I	213/3		FGABbAEFGFGABbA	F	IX	548/11
FFACCFEFGABbBbA	F	I	258/1		FGABbAGGFFEGEC	F	IX	574/3
FFACFACCBbA	F	II	313/11		FGABbBbC	F	IX	549/14
FFAGFGAAGBbBbBb	F	II	316/8		FGABbCBbAGGABbC	F	II	316/3
FFCBbAAAA	F	IX	555/1		FGABbDCBbAGFEF	F	IX	563/8
FFCGGCAFDGFGFEF	F	XVII	796/6		FGABbGFABbCDBbF	F	II	348/1
FFEDCACBbAGABbC	F	V	499/1		FGAFBbAGCC	F	IX	572/16
FFEDCBbA	F	XV	720/3		FGBbA	F	VII	540/4
FFEDCDCDGGCF	F	II	308/5		FGBbABbDCFEG	F	II	313/5
FFEDDC	F	IX	566/20		FGBbBbAGFEFAGFE	F	IX	572/15
FFEDEG	F	XVII	3/353/2		FGEFABbAG	F	I	198/3
FFEEDCACCBbAGA	F	V	499/1		FGEFACBbAG	F	I	198/3
FFEFCFABbABbCAA	F	I	36/4		FGEFGEFABbG	F	IX	550/18
FFEFCFABbABbCBb	F	I	36/4		FGFAFCDCBbABbA	F	V	477/1
FFEFFEFFBbACGFE	F	I	260/6		FGFAFCDCCBbABbA	F	V	477/1
FFEFGAFFEEFF#GG	F	XVIIa	3/355/1		FGFEDCACFABbCBb	F	III	435/6
FFEFGAFFEEFGGG	F	XVIIa	3/355/1		FGFEDCFGABbBbA	F	IX	571/4
FFEFGAFGEDCF	F	IX	573/5		FGFEFACADBCDCBC	F	I	213/3
FFFACCBbGGGABb	F	I	161/5		FGFEFCC#DBbAGFE	F	I	20/6
FFFACCBbGGGABb	F	VII	540/6		FGFEFGAFGFEDCF	F	IX	573/5
FFFAFC	F	III	376/13		FGFEFGFEFFBbACG	F	I	260/6
FFFAFDDDDDCABbC	F	II	330/1		FGFGAABbCDCFEDC	F	I	43/4
FFFAGFEDCDC	F	XVIII	819/6		FGFGABbCFBbGEFE	F	I	20/4
FFFAGFF	F	III	367/3		FGFGABbCFBbGEGF	F	I	20/4
FFFAGGGBbAAACDC	F	VII	540/3					

Column (1) Incipit, (2) Original Key, (3) Hoboken Group, (4) Hoboken Location

GCEDBbCCBbAGGG#	F	II	316/7
GCEDBbCDCBbAGG	F	II	316/7
GFEDCCEDCBbAAFG	F	IV	471/1
GFEFACFEGFEDCFA	F	XIX	828/2
GGGGCC	F	IX	568/18
G#AABCCC#DDC#D	F	III	411/10

F minor

AbAbAbAbAbGFEGF	Fm	I	80/4
BbBbBbBbAbGAbF	Fm	III	389/10
CAbBbCDbBbCDb	Fm	I	61/2
CBbAbGFFFFGFAb	Fm	XVI	771/2
CBbAbGFFFFGFFG	Fm	XVI	771/2
CBbBbCDbE	Fm	VI	511/2
CBbBbCDbFE	Fm	VI	511/2
CBbGFFFFE	Fm	III	389/7
CCCAb1OFGAbBbAb	Fm	XVII	791/1
CCCAb1OFGAbCBb	Fm	XVII	791/1
CCCBbAbAbDbCBb	Fm	XV	720/4
CCDbBCBbGEDbCBb	Fm	III	404/14
CCDbEBbGAbFAbG	Fm	I	60/2
CDbBbAbGFEGEF	Fm	I	60/3
CDbBbCFAbGBbEF	Fm	I	60/1
CDbBCBbAbAbGBb	Fm	II	350/3
CDbCBCDbBCBbGE	Fm	III	404/14
CDbCFGAbCDbCGAb	Fm	XVI	750/8
CFAbBbAbGFEF	Fm	I	20/5
CFAbGFCAbGFFEFF	Fm	XV	724/5
CFAbGFEFCCCCFBBC	Fm	III	411/6
CFAbGFEFCDbDbDb	Fm	II	322/4
CFDbEFGAbBbCDbC	Fm	III	389/10
CFEDbCBbAbBbCBb	Fm	III	372/4
CFFFEDbDbC	Fm	XVIIa	808/3
FAbEFFEGFEGF	Fm	II	350/3
FAbEFGBbDbCAbCE	Fm	III	389/6

FCCDbBBCGGBbAbG	Fm	III	411/7
FCDbCBCDbBCBABC	Fm	III	411/7
FEGDbCGFAbDbC	Fm	III	411/9
FGAbGGAbBbAbCBb	Fm	XX/1	837/5
FGBbAbGGAbCBbAb	Fm	XX/1	837/5

F# major

C#A#BG#A#F#F#E#	F#	I	52/3
C#A#F#F#C#A#G#	F#	IX	576/3
C#B#C#F#C#C#C#	F#	III	404/8
C#F#A#C#A#F#F#	F#	III	430/5
D#C#B#C#F#C#C#	F#	III	404/8
F#F#A#C#A#D#B#	F#	XV	708/2
F#G#A#A#A#A#A#	F#	I	52/4
F#G#F#E#F#A#C#	F#	XV	708/2

F# minor

AF#B#D#C#C#B#C#	F#m	III	404/10
AF#B#D#C#D#C#B#	F#m	III	404/10
BBC#DDE#F#G#AB	F#m	XV	708/3
BC#BA#BC#DDE#F#	F#m	XV	708/3
C#BDG#A	F#m	III	404/9
C#BG#AG#F#GEGF#	F#m	XVI	755/5
C#BG#BAG#F#GF#E	F#m	XVI	755/5
C#C#C#BG#AG#F#G	F#m	XVI	755/5
C#C#C#BG#BAG#F#	F#m	XVI	755/5
C#C#C#F#C#AAAAA	F#m	III	404/6
C#DC#F#E#G#F#A	F#m	XV	708/1

Column (1) Incipit, (2) Original Key, (3) Hoboken Group, (4) Hoboken Location

C#EDC#F#E#G#F#A	F#m	XV	708/1
DC#E#G#F#F#E#F#	F#m	III	404/10
DC#E#G#F#G#F#E#	F#m	III	404/10
F#C#AF#C#ABDDD	F#m	I	52/1
F#C#DC#F#F#E#C#	F#m	I	52/5
F#E#G#C#F#AG#F#	F#m	III	404/9

G major

AAABGF#GAACBABC	G	III	410/10
AAABGGGBBBCAAA	G	I	159/2
AABGF#GAABABC	G	III	410/10
ABDBCDC#DDC#DC#	G	IX	561/10
AGF#EDDDDDEACBE	G	XVI	737/2
AGF#GBGDDDCBCBG	G	I	159/4
AGF#GDBCEDBGABC	G	XV	707/4
AGF#GDDEDC#DBBC	G	I	205/4
AGGF#GBBAAGACCB	G	II	353/1
BABCBAGF#EDGB	G	I	205/5
BABCBCBCB	G	XII	660/6
BABCDGBBDGGABC	G	IX	569/7
BACBBGDCBDCCAF#	G	IX	564/3
BACCCBAGF#EDC#D	G	I	130/5
BACCCBAGGF#EDC#	G	I	130/5
BAGACBAB	G	XI	619/7
BAGAGGGG	G	IX	554/2
BAGBCDEF#GF#E	G	I	172/5
BAGCEDCBADDCBAG	G	I	7/7
BAGDEF#GD	G	I	78/3
BAGF#GABCBCDEG	G	VI	519/2
BBAAG	G	I	172/5
BBAGAGGGG	G	IX	554/2
BBBBAGF#E	G	I	172/1
BBBCADCBAGAB	G	VII	539/9
BBBCADCBBAGAB	G	VII	539/9
BBBDCAF#EDGGGF#	G	III	410/11
BBBDCAGF#EDGGAG	G	III	410/11
BBBDCBAAAGGAABA	G	XVIII	817/3
BBBDCBAAAGGAACB	G	XVIII	817/3

BBBDDC#CBAAGF#G	G	IX	570/12
BBBDF#GADEF#GBD	G	XV	705/3
BBCAF#GBDDDDEF#	G	XI	624/10
BBCBAGABBB	G	IX	555/12
BCAAACDBBB	G	IV	467/1
BCABGAF#G	G	I	12/5
BCADGEF#GABCBAB	G	I	222/1
BCADGEF#GABCCBA	G	I	222/1
BCAF#DA#BG	G	I	265/2
BCAF#GBDBCBCBGE	G	IX	571/13
BCAGDECB	G	IX	569/16
BCAGGG#AADDGDBE	G	III	454/3
BCAGGG#AADEDC#D	G	III	454/3
BCBAGBAGF#AGF#D	G	VI	519/3
BCBAGF#G	G	I	16/7
BCBBAGF#G	G	I	16/7
BCBCDDDDEDCCBA	G	X	584/3
BCBCDDEF#GDDABC	G	Ia	288/6
BCBCDEF#G	G	XI	631/3
BCBDEF#GF#GABCB	G	VI	519/2
BCC#DB	G	I	153/3
BCDBAF#GDDDDCBC	G	I	172/4
BCDBAF#GDDDDDCB	G	I	172/4
BCDBAGGAABCBCD	G	XIV	677/6
BCDBCABGAF#GBDC	G	XV	707/6
BCDBCAGGEEDDCB	G	X	588/7
BCDBCAGGEEDDDCB	G	X	588/7
BCDBCDEABCABCDD	G	III	379/10
BCDBCDEF#GEDGBA	G	XIX	835/2
BCDBGBGDDBGF#F#	G	IX	554/1
BCDCAF#GBDGBD	G	IV	467/5
BCDCAF#GBDGGAG	G	XI	656/2
BCDDD	G	II	304/5
BCDDDDBCDDDDEF#	G	III	376/5
BCDDDDCAGGGG	G	XI	655/2
BC6DGDGDGDGBAG	G	V	487/7
BCDDEDGF#EDCB	G	XI	627/5
BCDEABCCDCB	G	XI	654/3
BCDECBADGF#GAD	G	XI	650/8
BCDEDCBBCDG	G	XIX	832/4
BCDEDGG	G	XI	648/3
BCDEEDBBCDEED	G	IX	558/2
BCDGGAGABGEF#GD	G	XVI	760/12
BCF#G	G	IV	467/7
BDBCF#GBCAGG	G	I	6/2
BDBEGEDBEDB	G	I	73/4
BDCACBGBACBAGG	G	IX	562/9
BDCAG	G	II	352/1

BDCBABDCBA	G	I	11/4		DBDCACBGBAF#DGB	G	I	33/3
BDCBAG	G	II	352/1		DBDCAF#GBGEDF#G	G	XI	644/3
BDCBCDDDDEDCCBA	G	X	584/3		DBDCBAGABG	G	XI	624/9
BDCBCDDEF#GDDAB	G	Ia	288/6		DBDDBDDGGBACCCB	G	I	263/1
BDCBCDEF#G	G	XI	631/3		DBDDDGDD#EF#GGA	G	IV	466/4
BDGBDGGF#GEF#DC	G	III	416/1		DBDDDGDD#EF#GGG	G	IV	466/4
BDGDCDCBA	G	II	352/2		DBEDCBGGF#EDCBA	G	XI	609/1
BDGDF#ADF#ADCBD	G	XV	717/2		DBF#GBBDCACA#BD	G	I	19/5
					DBF#GBCCAC#DABG	G	III	376/9
BEDCBADCBAGG#	G	I	182/2		DBF#GDBGF#ACACC	G	III	416/2
					DBF#GDCG#ADDA#B	G	XV	698/3
BF#GDDC#DGG	G	IX	568/14		DBGBBCAF#F#GBGD	G	XVIII	817/1
					DBGBBDCAF#F#GBG	G	XVIII	817/1
BGDBGDBGEGCEDBC	G	III	416/3		DBGBC#AC#DECA	G	XI	648/2
BGF#DEDBED	G	III	379/8		DBGBDDCBAGF#F#G	G	VII	539/7
					DBGBGEECACF#GB	G	IX	561/4
CBAGF#AGBACBDCB	G	I	172/2		DBGBGF#GAGF#F#	G	III	422/2
					DBGBGGF#F#F#CEC	G	III	422/2
CDDDCBAGGF#GAAG	G	III	395/4		DBGCAF#AF#DEF#	G	III	429/1
					DBGC#DAADBGC#DA	G	XI	638/5
C#DC#DEDCCCDCBD	G	II	352/3		DBGDBBGDCAEECAA	G	IX	568/7
C#DEDCBAGF#DF#	G	I	182/5		DBGDBCCDBCA	G	I	85/4
					DBGDBG	G	I	16/7
DAGF#GADAGF#GAD	G	III	416/5		DBGDBGCAGDDEEF#	G	IX	566/3
					DBGDBGF#GF#GABC	G	IX	560/3
DBABCF#GABCD	G	I	7/6		DBGDCADBGGDBAE	G	XV	717/1
DBAGCDEDBAGCDED	G	XII	664/7		DBGDCBGEGF#	G	II	298/6
DBAGF#EDCABD	G	VI	518/2		DBGDDEEDC#D	G	X	585/3
DBAGF#EDDCABD	G	VI	518/2		DBGF#EDBBCB	G	IX	567/9
DBAGF#F#GGAABBC	G	XI	617/10		DBGF#EDCBABCCCB	G	II	297/5
DBAGF#GF#GGGF#C	G	IX	552/16		DBGF#EDCBABCCDC	G	II	297/5
DBAGF#GF#GGGF#C	G	IX	551/4		DBGF#GAGGGEGGDA	G	XI	642/1
DBBGCAAF#GBAC	G	XI	632/5		DBGF#GBG10DC#D	G	III	410/7
DBCABGADF#G	G	I	10/2		DBGGBAGF#EDECDB	G	I	210/3
DBCABGECDBCA	G	II	317/2		DBGGBDBCAAF#DF#	G	IX	566/13
DBCABGF#EDCB	G	II	304/2		DBGGDCBAGF#GF#E	G	XV	718/3
DBCABGF#EDDCB	G	II	304/2		DBGGDDDCBCDEACC	G	XIV	674/1
DBCAGF#AGBAGDCB	G	I	62/3		DBGGDDDCBCDEACC	G	XVI	738/5
DBCBAGABG	G	XI	624/9		DBGGDDDDCBCDEAC	G	XIV	*674/1
DBCDDEGF#EEDD	G	II	3/295/1		DBGGDDDDCBCDEAC	G	XVI	738/5
DBCDECACBAGF#F#	G	XVIII	825/1		DBGGECGGDBGCBCD	G	XI	607/1
DBCDECACBAGF#GD	G	XVIII	825/1		DBGGGBAGF#EDECD	G	I	210/3
DBCDEDGF#EDGF#G	G	XI	637/4		DBGGGG	G	XI	656/1
DBCDEF#GDCBDBCD	G	XI	623/8		DBGGGGGF#GABCAB	G	I	6/2
DBCDEGF#	G	I	12/3					
DBDADGGF#EDCBCB	G	I	82/3		DCABGF#EF#GABCB	G	XI	612/3
DBDADGGF#EDGACB	G	II	299/1		DCB	G	II	352/1
DBDADGGF#EEDCBD	G	I	82/3		DCBABCDEDEF#GBA	G	VI	519/2
DBDCABCDGBAGF#E	G	III	367/4		DCBABCF#GABCD	G	I	7/6
DBDCACBCDGBAGF#	G	III	367/4		DCBAGAG	G	XI	622/5

Column (1) Incipit, (2) Original Key, (3) Hoboken Group, (4) Hoboken Location

DCBAGBCDCBCB	G	XI	644/4	DDC#DDC#DED#EAC	G	III	394/20
DCBAGBDGF#EC#B	G	I	7/5	DDC#DEAAABBB	G	XI	622/3
DCBAGF#F#GGAABB	G	XI	617/10	DDC#DEDACBA	G	XI	623/6
DCBAGGF#AGF#EDC	G	II	303/6	DDC#DEDACBBA	G	XI	623/6
DCBAGGF#EDCCB	G	IV	471/3	DDDBCDDECB	G	I	12/1
DCBAGGF#EDEDCB	G	XVI	781/3	DDDBGGDBCAB	G	IX	3/316/3
DCBBBBCCBBAAGF#	G	XI	619/6	DDDCBAGACBBEEDD	G	IV	*463/4
DCBBBGCADBCDGBB	G	XI	609/10	DDDC#DCDA	G	I	263/5
DCBCBAF#GGF#EDD	G	Ia	288/2	DDDDCBAEGF#	G	I	172/1
DCBCBAGABABC	G	III	376/7	DDDDDEF#GGD	G	VII	532/5
DCBCDCBAGF#GF#G	G	IX	570/10	DDDDEDDDDBAGF#E	G	XV	705/6
DCBCDEF#GDECACA	G	XI	622/1	DDDEDDCCCDC	G	XII	660/7
DCBDCBAGABABC	G	III	376/7	DDDGF#DDDAG	G	X	585/1
DCBDCBAGF#	G	II	298/3	DDEDCCCDBCAGF#G	G	II	352/3
DCBDDDD#EEF#GE	G	XII	660/3	DDEDC#DDB	G	I	130/4
DCBDDEDCADBG	G	IX	3/320/7	DDEDDCAF#DCBDGB	G	I	34/2
DCBEDDGGF#F#EED	G	III	384/10	DDEDDDEDDGF#GAG	G	XI	609/4
DCBEEDCCBGGF#ED	G	XI	609/1	DDEDGGF#F#F#GBB	G	VI	519/1
DCCBBCABGAF#GA	G	XI	634/5	DDEF#GGGF#EEDCB	G	XVI	740/8
DCDDDEF#GGGGF#E	G	XI	609/2	DDGBBCABGCEA	G	XI	620/5
DCDEBDCACBABCA	G	XVI	738/6	DDGBBCABGCEBA	G	XI	620/5
				DDGBDACAGF#EDE	G	XI	654/2
DC#DA#BEF#GADE	G	III	435/5	DDGBDDDDCBACBGD	G	I	205/6
DC#DBGBCEDBGDD	G	IX	559/6	DDGDBBCAAABGEBA	G	XI	631/2
DC#DC#DGGADDBG	G	I	263/2	DDGDCBAGAB	G	X	585/2
DC#DEDBGF#CBCDC	G	I	231/5	DDGDCCBDDEF#GE	G	IV	464/1
DC#DEDBGGF#CBCD	G	I	231/5	DDGF#EDECBDBF#C	G	XI	622/2
DC#DGD#ECBADCB	G	XV	702/5	DDGF#GAGGF#ACBA	G	XV	683/6
				DDGGF#CCBBC#D	G	XI	617/3
DDBAF#GBGDCABCB	G	X	584/1	DDGGF#EDDCCCC	G	XI	628/6
DDBAGBCDCBABG	G	XI	607/7	DDGGGDDCBAGGGG	G	VIII	3/315/1
DDBBAGF#GDDGGAA	G	I	159/6	DDGGGF#CCBBC#D	G	XI	617/3
DDBBGF#EDCCACCB	G	XI	620/4				
DDBBGF#GDDGGAAD	G	I	159/6	DD#EEDCBAGF#GF#	G	I	16/5
DDBBGGGF#EDCBCD	G	I	263/6	DD#EEEEF#F#F#GB	G	II	323/7
DDBBGGGF#EDDCBC	G	I	263/6				
DDBCDBAAGGAGABA	G	II	317/4	DEBCADEDBCAGF#G	G	XI	625/5
DDBCDECBADCBDD	G	IX	561/7	DECBDCBAGG#AAAB	G	XI	638/7
DDBDCBAGCBAGAF#	G	XII	660/5	DEC#DGCF#BEAF#G	G	III	379/8
DDBDCBAGCBBAGA	G	XII	660/5	DEDBACB	G	XVII	797/5
DDBDDGDDCB	G	XI	612/1	DEDBACCB	G	XVII	797/5
DDBEDDDBGEED	G	II	298/2	DEDCAF#GDDCAF#G	G	XI	620/7
DDBGCGDGECBADCB	G	IX	561/7	DEDCBABCBBGGF#E	G	VI	518/3
DDCBABCABG	G	XI	635/1	DEDCBECBAABABA	G	IX	575/10
DDCBCAGBACABCDD	G	XI	617/2	DEDCCBAGAGAB	G	II	297/1
DDCBCBAF#GGF#ED	G	Ia	288/2	DEDCCBAGBAGAB	G	II	297/1
DDCBGF#EEDC	G	XI	620/8	DEDCDCBCBABBBCB	G	VI	519/3
DDCBGGGF#ED	G	XI	610/1	DEDDBGBDGBCDCB	G	IX	579/4
DDCCBBCABGAF#GC	G	XI	635/2	DEDDEF#GBC#D	G	I	73/5
DDCDEBDCACBBABC	G	XIV	674/3	DEDDGDDECABDCBA	G	XI	631/1

Column (1) Incipit, (2) Original Key, (3) Hoboken Group, (4) Hoboken Location

DEDEF#GDCCB	G	XII	660/6		DGBDDCBAGGF#GEC	G	I	191/3
DEDF#GABABCDEDC	G	VI	519/2		DGBDDCDEBDCACD	G	XIV	674/3
DEFEF#GABCD	G	III	379/7		DGBDDECED	G	XVI	740/9
DEF#GBBCDDDAABC	G	III	394/16		DGBDF#GBDGGGADA	G	III	429/4
DEF#GBBDCBCDDDA	G	III	394/16		DGBDGBDBGDCAF#C	G	IX	559/5
DEF#GDBCADBG	G	XI	627/3		DGBDGGF#DACECCB	G	XVI	754/4
DEF#GDBGDBCAGG	G	XV	683/4		DGBF#GF#EDDEGE	G	VII	527/2
DEF#GDCBAGABCDE	G	XI	623/2		DGBGDBDCAF#DF#G	G	IX	571/7
DEF#GDECB	G	XI	610/3		DGBGDCAAF#GBGDC	G	IX	3/317/7
DEF#GDEDCB	G	XI	610/3		DGBGDDBGGF#F#ED	G	III	455/1
DEF#GEDCBCDBG	G	IX	574/12		DGCBAGDACBDCBAG	G	XI	594/8
DEF#GF#EDCBGCAD	G	Ia	281/3		DGDACBEF#EF#GG	G	XVIII	815/2
DEF#GGF#EDCBGCA	G	Ia	281/3		DGDBAECF#EF#GBD	G	XVII	794/2
DEF#GGGEDCB	G	XII	664/10		DGDBAECF#EF#GBD	G	XIX	834/1
DEF#GGGEDDCCB	G	XII	664/10		DGDBCDEABCDGF#A	G	XI	655/1
DEGDDCBABD	G	I	205/2		DGDBDBDBDG	G	IX	550/2
DEGDEDCBABD	G	I	205/2		DGDBDBGBGDCDED	G	XVI	740/6
					DGDBDBGGF#DCBE	G	XVI	754/2
DF#AAABBBAGGF#G	G	XI	623/4		DGDBGDBBAG	G	XII	662/5
DF#AAABBBGGF#GE	G	XI	623/4		DGDBGDBCBAG	G	XII	662/5
DF#AGF#EDEDCBBA	G	XI	617/9		DGDBGEAF#G	G	IX	573/7
DF#GBGDDCECAGF#	G	IX	564/1		DGDBGGF#EDEF#GG	G	III	376/3
DF#GF#EDDCBBACA	G	XI	617/9		DGDCB	G	IX	568/8
DF#GF#GBGF#DDF#	G	IX	564/8		DGDCBAB	G.	I	205/1
					DGDCBABCBDCBAAB	G	XI	617/1
DGABBGCAD	G	IX	553/3		DGDDCBABCCCAG	G	X	588/5
DGABCC#DD#ED#E	G	I	172/6		DGDDDCCBBACAEF#	G	X	586/5
DGABCDDDDDEF#AG	G	XVI	754/1		DGDDDCCBBACAEF#	G	XI	648/1
DGABCDDDDDEF#G	G	XVI	754/1		DGDDDDDEDF#GABCB	G	XI	648/4
DGACF#AGBDDBBCB	G	III	384/6		DGDEBCBCCDABABG	G	I	21/1
DGACF#AGBDDBBDC	G	III	384/6		DGDEDCBABCCCCAG	G	X	588/5
DGAGF#GABCBAABA	G	I	106/2		DGEDECBGF#GCBAG	G	I	182/2
DGAGF#GAF#DBCBA	G	IX	557/2		DGEDGABCBDDCBAG	G	XI	637/1
DGBADACB	G	IX	567/14		DGEF#GDCBAGGF#E	G	XI	652/1
DGBADDDCBAGF#AA	G	III	410/9		DGEF#GDDCBAGGF#	G	XI	652/1
DGBADDEDCBAGF#A	G	III	410/9		DGF#AGBGF#ECAG	G	XVII	796/3
DGBAF#CBEDCBAG	G	V	487/5		DGF#EDBCDECABG	G	XI	643/2
DGBAGDDD#EGGF#E	G	IV	465/3		DGF#EDCBABCBCDE	G	XIV	677/4
DGBAGF#EDCCDACB	G	V	502/2		DGF#EDCBAGF#GAC	G	XI	623/5
DGBCAGGGBACBDDC	G	I	182/6		DGF#EDCBAGGF#GA	G	XI	623/5
DGBCDECAGF#ABC	G	XII	662/2		DGF#EDCDBABCEBA	G	XI	628/8
DGBDBGACF#G	G	I	22/5		DGF#EDCDCBABCEB	G	XI	628/8
DGBDCADBGAD	G	IV	467/6		DGF#EDC#DEDC#D	G	XI	632/3
DGBDCBGACF#F#G	G	I	22/5		DGF#EDC#DF#EDC#	G	XI	632/3
DGBDCDEBDCACDF#	G	XVI	738/6		DGF#EDDB	G	IX	570/18
DGBDDCBAGAGF#GE	G	I	191/3		DGF#EDDBCBAGG	G	XI	624/12
DGBDDCBAGF#F#F#	G	II	313/1		DGF#EDDCBACEDCB	G	XI	653/9
DGBDDCBAGF#F#F#	G	III	373/4		DGF#EDDCBACEEDC	G	XI	653/9
DGBDDCBAGGF#F#	G	II	313/1		DGF#EDDCCCBBBAA	G	IV	463/5
DGBDDCBAGGF#F#	G	III	373/4		DGF#EDDEDCBGF#G	G	XI	643/4

Incipit			
DGF#GAB	G	IX	552/5
DGF#GABBCBA	G	I	114/1
DGF#GACF#EF#G	G	IV	463/2
DGF#GACGF#EF#G	G	IV	463/2
DGF#GADGF#GADG	G	III	416/5
DGF#GAF#GF#GAF#	G	V	503/3
DGF#GAGBDDCBCB	G	IV	467/5
DGF#GBDBGEDBAG	G	I	7/1
DGF#GBGDBGDBBBA	G	IX	568/13
DGF#GBGDBGDBBCB	G	IX	568/13
DGF#GDBAG#AECE	G	XVII	794/2
DGF#GDBAG#AECE	G	XIX	834/1
DGGABGABGABCBAG	G	XVII	783/1
DGGABGABGABDCBA	G	XVII	783/1
DGGAF#EDA	G	I	263/4
DGGAGABBCDCB	G	VII	539/6
DGGAGF#EDA	G	I	263/4
DGGBACBCD	G	XVII	797/4
DGGBAGABBCDCB	G	VII	539/6
DGGBDGABAGF#EDC	G	IV	465/2
DGGCBBAAGGDGGCB	G	I	14/2
DGGDAADCCA#BB	G	III	429/3
DGGF#EDCBAGABA	G	XI	652/4
DGGF#EDDED	G	IX	550/22
DGGF#EF#DCF#AF#	G	IX	3/320/10
DGGF#F#EEDDBBCC	G	I	19/4
DGGF#GAF#DBBABC	G	IX	557/2
DGGGAGF#GEEF#AC	G	IX	569/15
DGGGAGF#GGF#G	G	II	310/1
DGGGBGF#GACBCBC	G	II	309/6
DGGGGDGBGAAAADA	G	XVI	745/3
DGGGGEEF#ACEDCB	G	IX	569/15
ECAAAAABCEDCBAG	G	XI	656/1
ECAAAAABCEDCCBA	G	XI	656/1
ECADBG#BG#EF#G#	G	III	429/1
EDBBCABG	G	I	159/5
EDBDCACBGBAD	G	I	140/3
EDCBAGF#GDADBDC	G	III	422/14
F#GABCDECBF#GAB	G	I	11/4
F#GABF#GAGF#GBD	G	XV	698/1
F#GABF#GGBDDDAC	G	XV	698/1
F#GDDD#EAADCBAG	G	IX	555/8
F#GF#GF#GF#GF#G	G	I	73/4
F#GF#GGBCEbDCCB	G	III	367/6
GAABGGGABCB	G	II	304/6
GAB	G	III	429/1

Incipit			
GABACBAF#GEDCBA	G	III	429/12
GABBBBABGABCBCD	G	I	140/4
GABBBCBABGABCBC	G	I	140/4
GABBCAAABBC#BC#	G	III	365/5
GABCAABBC#BC#D	G	III	365/5
GABCABCDDCBCBAB	G	XVII	3/353/5
GABCBAG	G	XI	625/8
GABCBCBCD	G	III	455/2
GABCCDCB	G	IX	572/7
GABCDBGGF#DDGB	G	III	435/3
GABCDBGGF#DEDC#	G	III	435/3
GABCDEDCBBCDECG	G	III	453/4
GABCDEF#GGGGBGG	G	II	323/6
GABGDBGGF#DCA	G	I	182/4
GABGGGABCADDD	G	VII	539/4
GABGGGABCB	G	II	304/6
GADF#ADCBDGCDEE	G	XV	717/2
GAF#G	G	I	7/7
GAF#GCCBAGF#ED	G	I	245/6
GAF#GDCCBBAGF#E	G	I	245/6
GAGABCDBDDCCBBA	G	XV	723/1
GAGAG	G	I	73/2
GAGBD	G	I	57/4
GAGF#EDGBA	G	I	57/5
GAGF#GBDCBAG	G	XVIII	821/1
GAGF#GBDGF#GF#E	G	XVI	759/2
GAGF#GDD#EGF#ED	G	III	365/2
GBABCABGF#GAF#G	G	XVIII	821/3
GBADCBEDCB	G	IX	548/5
GBADCBEDDCB	G	IX	548/5
GBAGABCCBEDGF#E	G	XVI	740/7
GBAGAG	G	I	73/2
GBAGAGF#GABCBAB	G	XI	656/4
GBAGDCBEGFEEDEG	G	III	384/14
GBAGDGBAGAG6DED	G	XVI	764/2
GBAGDGBBAGAG6DE	G	XVI	764/2
GBAGF#EDCBAGGBA	G	I	21/3
GBAGF#EDCEAC	G	XV	723/4
GBAGF#EDD	G	IX	554/5
GBAGF#EDDCBAGGB	G	I	21/3
GBAGGF#EDD	G	IX	554/5
GBAGGGABCDCABCD	G	XI	638/4
GBAGGGED#EEF#GE	G	III	379/6
GBBABCCBCDBG	G	IX	575/11
GBBAGAGF#GABCCB	G	XI	656/4
GBBCAGGF#GBBCAG	G	IX	548/13
GBBC#DDDDCCABGA	G	XI	617/11
GBBDCDDF#ACECBA	G	XIV	679/3
GBCAAGGDECCBBDG	G	IV	471/2

Column (1) Incipit, (2) Original Key, (3) Hoboken Group, (4) Hoboken Location

GBCBCDGBAGF#EDB	G	XV	723/2		GBGGF#F#CECCBB	G	II	351/1
GBCDCBAGBAGF#G	G	XI	596/9		GBGGF#F#CECCBB	G	XVII	797/2
GBCDDDDABCCCBAG	G	XII	661/6					
GBCDDDDABCCCBBA	G	XII	661/6		GCBABCABAGF#GA	G	XVIII	821/3
GBCDEF#GGGGBAG	G	IX	567/1		GCBAGGGABCDCABC	G	XI	638/4
GBCEDCBCED	G	I	57/1		GCBAGGGF#ED#EE	G	III	379/6
GBDADCB	G	I	33/1		GCBEDDGDEGEDF#A	G	XVI	738/9
GBDBDCBCBDC	G	XI	625/6		GCBF#	G	IX	3/317/5
GBDBF#GDA#BGC#D	G	III	394/18					
GBDBGEDEDBD	G	Ia	287/4		GC#C#DDEFGA	G	I	264/3
GBDBGF#ADGABDC	G	III	384/7		GC#DDEFGA	G	I	264/3
GBDBGF#EDEDBD	G	Ia	287/4					
GBDC#CAF#D	G	III	410/10		GDABGECBAGGF#	G	XI	654/1
GBDDBEDDBGA	G	IX	550/16		GDBBBAGGF#GGF#G	G	I	201/3
GBDDCACBEF#GBCB	G	III	388/15		GDBDCAEGEDCA	G	III	364/1
GBDDCACBEF#GBDC	G	III	388/15		GDBDCAEGEDCBA	G	III	364/1
GBDDCBAGF#F#GAA	G	VII	539/7		GDBDCBAG	G	II	350/4
GBDDCBAGF#GD	G	I	13/2		GDBDCBAGDGBDGB	G	III	453/5
GBDDCBBAGF#GD	G	I	13/2		GDBECFDBGCC	G	I	130/3
GBDDCCCCCAF#CA	G	I	27/2		GDBEDGF#GCB	G	V	501/3
GB6DEF#GDBGABCB	G	XI	627/4		GDBGABCDDDBABG	G	IX	558/7
GBDDDDF#EF#GBC#	G	XI	650/6		GDBGABCDDDCBABG	G	IX	558/7
GBDDDDGF#EF#GBD	G	XI	650/6		GDBGDBABCD	G	II	3/295/2
GBDDF#GDDCCDCB	G	XI	652/2		GDBGDBGDBGABCBD	G	II	304/1
GBDEC#DACBCBAG	G	XI	628/5		GDBGDBGDGDBDBGD	G	IX	3/317/10
GBDEC#DACBDCBAG	G	XI	628/5		GDBGDGDCBCB	G	I	179/3
GBDF#GDGBDF#GD	G	XI	608/4		GDBGEF#AGF#EED	G	I	265/1
GBDGBDCBCAGF#GB	G	II	323/10		GDBGEF#GF#EEDC#	G	I	265/1
GBDGBDDCBCCBAG	G	II	303/7		GDBGGF#EED#EED#	G	III	435/1
GBDGBF#GAGDBABC	G	V	503/1		GDBGGF#EF#ED#E	G	III	435/1
GBDGBGDGEDBGF#G	G	XVIII	820/2		GDCBAGGF#GF#GF#	G	III	384/14
GBDGDBGF#CCB	G	XI	637/2		GDCBBAGEGEED	G	V	503/4
GBDGDBGF#CCCB	G	XI	637/2		GDCBBAGF#	G	IX	549/3
GBDGEDCBAGF#GCB	G	XI	650/5		GDCBCDEDGF#GCB	G	V	501/3
GBDGF#ADCCACBDG	G	I	33/1		GDCDECABAG	G	I	11/4
GBDGF#AGF#GDBG	G	I	30/1		GDCDECBAG	G	I	11/4
GBDGF#BAGF#GDBG	G	I	30/1		GDDBBBDBDGDD	G	I	262/5
GBDGF#DCAGABCDE	G	XI	643/1		GDDDDDADDDDBDG	G	I	73/1
GBDGGGGBDGG	G	I	73/2		GDDDDDECBCAGABC	G	V.	487/4
GBDGGGGF#G	G	I	153/3		GDDDDDGDDGDDGDD	G	V	502/1
GBF#AGBDED#ECBA	G	Ia	287/1		GDDDEDCBBCDCBAG	G	I	26/1
GBF#AGBDED#ECBA	G	Ia	287/3		GDDEEDDGBADECCB	G	II	351/2
GBGBGBGDBDBGEAG	G	I	264/4		GDEADGCBAF#G	G	XI	632/2
GBGBGBGDBDBGEG	G	I	264/4		GDEADGDCBAGF#G	G	XI	632/2
GBGBGCGDGDGEGG	G	XVI	742/2		GDEBCD	G	XV	703/2
GBGDBBCCBAGF#GD	G	VII	526/4		GDEDGF#EEDGABCE	G	II	298/1
GBGDCBBGDCB	G	II	304/5		GDEDGF#EF#EDGAB	G	II	298/1
GBGDDCBGGG	G	I	159/4		GDEF#GABCB	G	I	7/3
GBGGDDCCBAEDCBA	G	XVIII	824/3		GDEF#GBDBGF#C	G	II	317/1
GBGGF#DDDCAADBG	G	IX	552/9		GDEF#GF#F#GF#ED	G	XVI	737/9

Column (1) Incipit, (2) Original Key, (3) Hoboken Group, (4) Hoboken Location

GDGBF#GF#G	G	I	21/1	GGF#CCBCBGGF#G	G	VII	526/6
GDGBGCCDCBAG	G	I	265/2	GGF#GABGDBGDBG	G	XI	607/3
GDGGGGGF#DEEEG	G	II	300/1	GGF#GABGDBGDBG	G	XVI	742/4
				GGF#GAGGGGCBEDC	G	III	365/7
GFCBDDCB	G	I	130/1	GGF#GBAAGACBBAB	G	II	353/1
GFDFECECACBG	G	IV	467/7	GGGAGGGGAGGGF#G	G	XVI	760/14
		/		GGGBABCDADCAGAB	G	II	297/4
GF#AGBEAG	G	XI	619/9	GGGBCEbDCB	G	III	367/6
GF#CBGDDDCAGDDD	G	III	365/1	GGGBGF#EEDDABCC	G	V	503/2
GF#CCADG	G	I	33/1	GGGCBABCDADCBAG	G	II	297/4
GF#DAGABC	G	I	57/3	GGGCCBCDEF#G	G	IX	572/10
GF#DBAD	G	XI	652/3	GGGF#G	G	II	299/1
GF#DCAF#GBCAF#G	G	I	73/6	GGGF#GDGABCA	G	II	319/1
GF#DCBCEBA	G	Ia	277/2	GGGGBDCAF#GBDGB	G	IX	3/320/3
GF#DDCAF#GBDCA	G	I	73/6	GGGGDBABCB	G	I	30/3
GF#EDCAGF#EDBAG	G	XI	625/8	GGGGDBABCCB	G	I	30/3
GF#EDDC#DEAGF#E	G	IX	575/2	GGGGEECAAAAF#F#	G	IV	467/8
GF#EDDDDDEACBDC	G	XVI	737/2	GGGGGBGCADBE	G	I	265/3
GF#EDEDCBABCBA	G	XI	631/4	GGGGGF#DEF#GAB	G	I	264/1
GF#GAABGBBCACBG	G	III	394/19	6G6A	G	I	57/1
GF#GAF#DGF#GAF#	G	IX	571/12	6GDBADCBEDD	G	I	26/5
GF#GAGABCCCCBC	G	XI	634/6	6GF#GF#GF#GF#GE	G	I	130/3
GF#GBG9DC#DC#DB	G	III	410/7	7GDC#DEADC#DEDA	G	I	73/4
GF#GCBAGF#GCBF#	G	II	304/7	10G	G	I	264/2
GF#GDBABGDEDDDD	G	III	454/2				
GF#GDBCEDBGABCD	G	XV	707/4	G#EAF#DGBE	G	I	182/2
GF#GDBGDBDCBAG	G	I	26/3				
GF#GDDDC#DBBBAG	G	I	205/4				
GF#GEDF#GABCCD	G	II	297/3				
GF#GEDF#GABCD	G	II	297/3				
GF#GF#GBDDEDCBA	G	IX	575/5				

G minor

GGAABBCACCDBBBA	G	I	107/3				
GGAABBCAGF#GBDD	G	I	140/5	AADDC#DC#DGF#GA	Gm	III	388/16
GGABBCBAEDD	G	VII	539/2				
GGABCBABEC#D	G	XI	648/3	BbAGFGABbAGF	Gm	XII	660/8
GGABDCBAF#GACBA	G	IX	3/317/9				
GGADEF#GGGGABAB	G	XVI	764/1	BbGEbEbDCBbBbAA	Gm XVIII		821/2
GGBAACBGABCDEDE	G	XI	594/7				
GGBACBDCEDGF#G	G	IX	548/3	BCCBbAFG	Gm	I	10/1
GGBADEF#GGGGACB	G	XVI	764/1				
GGBBCA	G	I	159/1	BGBEEEECEAAA	Gm	I	257/4
GGBDGBDG	G	XVII	3/353/4				
GGBGCADCBEDCBAG	G	I	21/2	CCDEbDCBCBBbAbG	Gm	IX	548/7
GGBGDBGDBGDBGDB	G	III	454/1				
GGBGDGF#GAG	G	XVII	797/3	DBbAGF#	Gm	III	388/16
GGDBDGABAGBGDGB	G	XV	683/5	DBbAGF#GABbC	Gm	XI	638/6
GGDGBGAADACA	G	II	305/5	DBbAGGABbADEbC	Gm	XVI	742/3
GGECBDGBDGDBCBA	G	I	266/1	DBbAGGGGCCDEbEb	Gm	III	388/13
GGECBDGBDGDBDCB	G	I	266/1	DBbGDBbGDBbGDBb	Gm	XV	681/4

Column (1) Incipit, (2) Original Key, (3) Hoboken Group, (4) Hoboken Location

DCBbABbAGF#	Gm	XI	624/11		F#GBbC#D	Gm	XI	643/3
DCBbAGGABbADEbC	Gm	XVI	742/3					
					GABbADDCEbF#GA	Gm	I	229/4
DC#DABbAGGF#D	Gm	I	42/8		GABbAGEbDC#DAF#	Gm	XI	627/6
DC#DACBbAGGGF#D	Gm	I	42/8		GABbBbBbA	Gm	XI	620/6
					GABbCDGABbCD	Gm	XI	650/7
DDCBbAGBbBbAGF#	Gm	XV	681/1					
DDCDCBbAGGG	Gm	IX	555/13		GBbACBb	Gm	XI	632/4
DDDDCBbBbBbAGF#	Gm	XVI	737/10		GBbACBbBbDCEbD	Gm	XI	609/3
7DEbGEbC#DABCGA	Gm	III	422/15		GBbACGBbA	Gm	I	21/4
DDEbF#G	Gm	XI	628/7		GBbAGDDDDDGGC	Gm	Ia	288/3
DDGGF#DDBbBbADD	Gm	XVI	769/2		GBbAGF#GAD	Gm	Ia	288/7
					GBbAGF#GAD	Gm	Ia	288/5
DEbDBbAGF#GDEb	Gm	XVI	754/3		GBbC#DDDDAAADDD	Gm	I	140/1
DEbDCBbCAG	Gm	XII	660/8		GBbDAF#GBbDAF#G	Gm	XV	721/3
DEbDC#C#D	Gm	XI	643/3		GBbDBbBbBbDGDDGBb	Gm	V	487/6
DEbDC#D	Gm	XI	643/3		GBb6DEbDC#DDDDD	Gm	III	422/16
DEbDC#DEbDFDBCD	Gm	XI	637/3		GBbDEbGB	Gm	Ia	288/4
DEbDDDDDCEbDCBb	Gm	II	323/9		GBbDGBbDGDDCBbA	Gm	XV	681/2
DEbDDDEbDD	Gm	XI	638/6		GBbDGF#F#ACF#G	Gm	X	588/6
DEbDEbDC#DEEFGG	Gm	XIV	674/4		GBbGABbCBbAGF#D	Gm	XI	644/5
DEbDEbDC#DEEFGG	Gm	XVI	738/7		GBbGDBbF#AF#DA	Gm	I	42/10
DEbDEbDDBbGGF#	Gm	XVI	734/6		GBbGEbEbEbGF#	Gm	Ia	288/1
DEbDGDDEbDADDEb	Gm	XVI	746/2					
DEbDGDEbDDEbDC	Gm	III	384/9		GDCBbABbAGF#GDC	Gm	III	365/6
DEbDGFEbDC#DCBb	Gm	XVI	769/1		GDC#DCBbAGF#GF#	Gm	XI	655/3
DEbDGFEbDC#DDC	Gm	XVI	769/1		GDEbDC#DCBbAGCD	Gm	III	388/12
DEbF#G	Gm	XI	612/4		GDGF#D	Gm	II	298/4
DEbF#GBbC	Gm	XI	634/7		GDGF#EbDCBbDGF#	Gm	XI	656/5
DEbGF#GAGGEbEb	Gm	XVIII	821/2		GDGGF#D	Gm	II	298/4
DECBCAGAFECAF#D	Gm	XI	655/4		GEbCDGDBbF#G	Gm	XX/1	837/7
DEF#GABb	Gm	I	10/1					
DEF#GDEF#	Gm	XI	624/11		GF#DEbDBb	Gm	XI	607/4
DEF#GGGGBb	Gm	IX	569/8		GF#GABbCDGF#GA	Gm	III	365/3
					GF#GBbGDCDCEbC	Gm	III	429/5
DFEbDBbAGF#GDF	Gm	XVI	754/3		GF#GDBbGGDGDGDG	Gm	II	304/3
					GF#GF#GBbABbABb	Gm	III	422/12
DGBbADBbGF#EbCD	Gm	I	7/4					
DGBbAGF#GGF#GD	Gm	XIV	674/2		GGBbDBbAGABbAGF	Gm	II	298/7
DGBbAGF#GGF#GD	Gm	XVI	738/8		GGBbGDBbGF#DF#A	Gm	III	455/3
DGBbBbBbBbBbAAGAD	Gm	I	42/6		GGF#EbEbDCCBbAG	Gm	XI	610/2
DGDBbAGF#ADADC	Gm	III	394/17		GGGBbBbBbBbDDDEb	Gm	III	422/12
DGF#DDBbAD	Gm	XI	650/7		GGGF#EbEbEbEbD	Gm	XI	620/6
DGF#GABbCDEbC#D	Gm	XV	702/4		GGGF#GABbG	Gm	I	266/2
DGF#GDCBbGAG	Gm	XI	656/3					
DGF#GDCBbGBbAG	Gm	XI	656/3					
DGGAABbBbBbADGF#G	Gm	XV	702/7					
DGGGGGAGCCCCCDC	Gm	III	384/8					

Column (1) Incipit, (2) Original Key, (3) Hoboken Group, (4) Hoboken Location

Incipits Transposed to C

AbGBDCCBCDDCDEb	F#m	III	404/10		AGF#GCEGAGF#G	C	III	403/9
AbGBDCDCBCDEbDC	F#m	III	404/10		AGF#GCGGGFEDEFA	F#	III	404/8
AbGEbBCCBABF#G	Cm	I	65/3		AGF#6GFGAFFDEFD	C	IV	467/2
AbGFEbDCBb	Em	III	383/3		AGGCCBDCCEED	D	XI	617/12
AbGF#GFEbCDB	Cm	III	384/3		AGGFEDECGCCGGEE	F	I	260/3
AbGF#GFEbCDCB	Cm	III	384/3					
					BbAFEBC	D	I	85/2
AAAABCBCBAAGG	D	I	107/2					
AAAABCBDCBAAGG	D	I	107/2		BbBbBbBbBbAG#	F	I	259/2
AAAEC	D	I	179/5					
AAFD	C	II	319/5		BCACCDCB	Eb	IX	561/14
					BCADGB	F	I	226/2
ABbAADF	D	I	153/2		BCBAFEBCGE	A	II	354/1
ABbCDEb	Ebm	I	256/2		BCBCBC	D	III	373/6
					BCBCBCBCBCBCBCG	G	I	73/4
ACAECABDBFDBCEC	F	IV	470/3		BCBCBCBCBCGFEED	D	III	430/8
ACAEDCBABDBFEDC	F	IV	470/3		BCBCBCECGGBCBCB	Bb	III	430/1
ACBbAADF	D	I	153/2		BCBCBCGB	D	I	78/1
					BCBCCEFAbGFFE	G	III	367/6
AFDDDDDEFAGFEDC	G	XI	656/1		BCBCC#DDD	D	I	107/4
AFDDDDDEFAGFFED	G	XI	656/1		BCBCECCBC#DC#DF	C	II	336/2
AFDGEC#EC#ABC#D	G	III	429/1		BCBCGECC#DC#DGF	D	IX	566/14
					BCCCBCDDG#ADDDD	Eb	III	394/2
AGEAGEAGEAG	D	IX	564/14		BCCCCCBCCCCCBCC	Eb	III	379/5
AGEDCFEDCBC	C	I	65/4		BCCCCCBCDDDD	D	IX	569/5
AGEDCFEEDCBC	C	I	65/4		BCCCCCBCDE	Bb	IX	549/4
AGEEFDEC	G	I	159/5		BCCCCDCDCBCCCCD	D	XVI	760/5
AGEGFDFECEDG	G	I	140/3		BCCCDCBAGCDEDEF	A	III	368/2
AGFEDCBCGDGEGF	G	III	422/14		BCCCDCBCABFAbBb	Em	XV	710/6
AGFEDCCAAGFEDCB	E	XV	693/5		BCCDBCC#DEbEFE	C	III	422/1
AGFEDCCBAGAG	B	XVI	755/11		BCCDBCC#DEbEGFE	C	III	422/1
AGFEDECGCCGGEEC	F	I	260/3		BCCEDBCEDBCGFE	F	II	349/3
AGF#GACEF#ED#E	C	III	403/9		BCCEDBCEDBCGGFE	F	II	349/3
AGF#G6CG#AACBCB	Eb	III	415/8		BCCEFCACFGECEGA	Eb	IX	557/3

Column (1) Incipit, (2) Original Key, (3) Hoboken Group, (4) Hoboken Location

BCCEGGAFGFED	D	IX	552/14	CAGFEDFDCBBC	F	I	43/1
BCCEGGAFGFEED	D	IX	552/14	CAGFEEGGFEDDEFG	D	II	342/1
BCCEGGAFGFEED	D	IX	551/2	CAGFEG	F	XIX	828/5
BCDCECAF#GF#GAG	D	XV	698/6	CAGFFEDC	C	I	28/1
BCDEbFGAbF#GF#G	Dm	III	415/4	CAGFFEFEDEDCBCD	Ab	XVI	769/6
BCDEBCCEGGGDFGG	G	XV	698/1	CAGFGAFFEDCBCC	C	II	322/7
BCDEBCDCBCEGGGE	G	XV	698/1	CAGFGFEDECGECE	D	XIII	667/2
BCDEFGAFEBCDEFG	G	I	11/4	CAGFGFEDECGECED	D	XII	3/331/1
BCEbF#G	Gm	XI	643/3	CAGF#GCBAG#AGBC	C	XIX	830/1
BCEbGBCEbDCCB	Cm	III	379/3				
BCECFDGECCCCBAG	E	III	410/14	CBbFEGGFE	G	I	130/1
BCECGCGEGE6C	C	VIII	546/1	CBbGBbAFAFDFEC	G	IV	467/7
BCED#EGF#GCAF#G	Bb	IX	553/8	CBbGBbAFAFDFEC	D	XI	641/5
BCEGBCEGCECGGGF	D	XVI	777/2				
BCEGFEDCGGEEFD	A	IX	550/3	CB	C	XIX	832/5
BCEGG#ADFBCDEFG	D	III	415/3	CBAAGFEFFFEDCBA	D	XI	628/1
BCGBCGEDCBAGGEF	Bb	III	416/8	CBABDGEbDCDF	Dm	I	102/6
BCGEAF#DGGGG	A	IX	555/5	CBACAGGFAFEEDFD	Bb	IX	563/4
BCGGBCAAEFDDF#G	C	IX	561/2	CBAFFEDGGFEDCDC	A	XI	627/10
BCGGECBCDCBCDCA	E	XV	718/7	CBAG	A	XI	597/3
BCGGEFGGBCGGEDE	D	IX	555/3	CBAG	F	II	313/10
BCGGFEDCBGCGEFE	C	XVI	760/13	CBAGAAGAGCCCBCD	C	V	491/1
BCGGFEDCBGCGEGF	C	XVI	760/13	CBAGABCDEDFEDED	F	II	316/5
BCGGF#GBBC	D	I	114/3	CBAGADBCDEFGG#	D	III	364/3
BCGGG#ADDGFEDCB	G	IX	555/8	CBAGAGADDGC	F	II	308/5
				CBAGAGFE	F	III	389/8
BDFGBC	Cm	III	415/13	CBAGAGFEDEFED	G	XI	631/4
				CBAGAGFEFEDC	D	IV	469/3
CAbEFGAbCBCDC	Am	X	583/1	CBAGCAA	D	X	588/3
CAbFGCGEbBC	Gm	XX/1	837/7	CBAGCDEFGGGGGCD	C	I	239/3
CAbGFEbDEbD	Am	VI	511/5	CBAGEFDECDBC	Bb	XV	721/4
				CBAGFAGFEDGCEGC	A	VII	526/3
CAABCG	C	I	194/1	CBAGFDCBAGEDCBA	G	XI	625/8
CAAGGGAFFE	F	II	349/3	CBAGFDE	C	I	44/5
CABAG#ABCG	C	I	194/1	CBAGFEAGFEDCFED	Bb	III	411/15
CABCDEFGBCDDEFE	D	XI	622/9	CBAGFECADCBC	C	XVI	745/4
CABCDEFGBCDDEFF	D	XI	622/9	CBAGFECADCBC	D	I	17/2
CABCEDCB	D	XI	635/5	CBAGFECADCBC	C	II	305/6
CADBCBC	F	XI	634/4	CBAGFECAGFE	A	XI	598/2
CADGFE	D	XI	633/2	CBAGFECAGGFE	A	XI	598/2
CAFBGE	D	III	447/5	CBAGFED	Bb	I	147/2
CAFDBG	D	XI	617/7	CBAGFEDC	A	I	17/5
CAFEBCGE	A	II	354/1	CBAGFEDC	Eb	III	430/12
CAFGFFEAGGFFEED	D	V	492/1	CBAGFEDCBAGCBAB	A	XVI	751/9
CAF#DGBCAF#DGB	Eb	V	494/1	CBAGFEDCBC	Eb	V	485/2
CAF#GFEDBC	D	I	57/2	CBAGFEDCDEFGED	Eb	I	144/5
CAGCEGFE	D	II	342/3	CBAGFEDDEFEFGFG	Bb	XVI	764/3
CAGCFECAG	F	I	80/5	CBAGFEFFFEDBAG	D	XI	628/1
CAGFE	Bb	I	40/4	CBAGF#GG#AC#DEF	Eb	V	478/3
CAGFEDCBAGCCDCD	D	IX	550/5	CBAGGAF	A	XV	690/1

Column (1) Incipit, (2) Original Key, (3) Hoboken Group, (4) Hoboken Location

CBAGGEGCC#DDDD#	F	III	421/2		CBCDCBC	C	II	318/4
CBAGGFEDCEGCAG	F	XI	634/2		CBCDCBCDCEbDEbF	Dm	I	251/4
CBAGGFEDCEGCBAG	F	XI	634/2		CBCDCBCECGG	E	XIX	833/4
CBAGGF#GADCBABG	G	IX	575/2		CBCDCBCGCBCACBC	A	XV	719/1
CBAGGG	C	I	231/7		CBCDCBFED	D	XI	610/10
CBAGGGGFEDCCCC	Bb	IX	3/321/1		CBCDCDEbDEbFEbF	Am	I	81/4
CBAGGGGGADFEGFE	G	XVI	737/2		CBCDCDEFEDC	D	XI	618/3
CBAG#AABAAGGFFE	C	I	165/4		CBCDCDEFEEDC	D	XI	618/3
CBAG#ABCDAF#G	Eb	I	48/4		CBCDCDEFFFFEF	G	XI	634/6
CBBbAFE	D	II	340/2		CBCDCECGCCC	Eb	III	430/11
CBCAbAbAbBbAbBb	Cm	III	388/10		CBCDCEDDD#EDEFD	C	XVIII	3/358/1
CBCAFAG	D	XI	3/327/1		CBCDCEDEFEG	C	XIV	672/1
CBCAGAGFEFE	Eb	I	201/2		CBCDCEDEFEGGABC	C	XIV	671/5
CBCAGBCDEFFG	G	II	297/3		CBCDCEDEFEGGCGF	C	V	491/4
CBCAGBCDEFG	G	II	297/3		CBCDCEDFEEDCBCD	E	V	476/2
CBCAGFEDBAGGED	C	IX	3/317/6		CBCDCEEGFE	A	III	389/13
CBCB	C	I	238/2		CBCDCEFEDCCDEFD	D	XII	661/4
CBCBAGAGGFEFE	Eb	I	201/2		CBCDCFDEDEFEAB	C	I	82/4
CBCBAGCEGGFE	D	XI	3/330/3		CBCDCFED	D	XI	628/3
CBCBAGCEGGFE	A	XI	599/4		CBCDCGECCBCDCAF	A	IX	552/3
CBCBAGFEDCBAGGE	C	IX	3/317/6		CBCDCGGABCDEDEF	D	VII	533/1
CBCBCBCGE	C	IX	570/5		CBCDCGGGFFFE	C	V	489/3
CBCBCEbDEbDEbG	Gm	III	422/12		CBCDDECEEFDFECD	G	III	394/19
CBCBCEFGFDFE	C	II	334/2		CBCDEbDEbFGF#GB	Dm	IX	578/8
CBCBCEFGGFDFFE	C	II	334/2		CBCDEbFGCBCDEbF	Gm	III	365/3
CBCBCEGGAGFEDCB	G	IX	575/5		CBCDECBCAG	D	XI	616/2
CBCBCGCGEDC	C	I	234/1		CBCDEDC#DEFAG#A	Eb	III	429/17
CBCBECBAD	C	XIX	831/3		CBCDEDDDCBAG	Eb	II	347/1
CBCB6GAGEE	D	I	46/3		CBCDEFDBCGFEDEF	Eb	II	328/3
CBCC	Dm	XI	620/2		CBCDEFDCBEDEFGA	F	I	260/1
CBCCBb	Em	XVI	755/8		CBCDEFEAGFEDDE	C	I	41/3
CBCCCBBAAGCBCAA	A	IX	3/320/6		CBCDEFECADBG	Eb	IX	552/12
CBCCDDFEEFFGGA	B	I	56/3		CBCDEFEDCCBDBG	D	XI	595/3
CBCCDEFGAGCBCDE	C	I	237/1		CBCDEFEEDCCB	B	III	430/10
CBCCEC#DFAGFEDC	Eb	V	485/4		CBCDEFFECADCBG	Eb	IX	552/12
CBCC#DC#DFEDEAG	C	III	403/6		CBCDFEDCGFEDCBE	C	III	422/5
CBCC#DC#DFEDEFG	C	III	403/6		CBCDGEADCB	D	XI	614/3
CBCC#DDDCDD#EE	Bb	II	329/15		CBCEbCGFEbDC	Cm	II	328/5
CBCC#DDEDCDD#EE	Bb	II	329/15		CBCEbCGFGFAbFBG	Gm	III	429/5
CBCC#DEFF#GABCC	D	III	401/2		CBCECGEGFEFDFEC	C	I	28/3
CBCDBCDFED	D	IX	567/15		CBCECGEGFEFDFFE	C	I	28/3
CBCDBCEGCEGFEDD	D	XI	640/6		CBCEC9GF#GF#GEF	G	III	410/7
CBCDBGAF#GGAGGG	D	XI	629/4		CBCEDCBC	C	II	318/4
CBCDBGBCE	Bb	I	93/4		CBCEDCBCABAG	D	XI	626/6
CBCDBGCBCDBG	G	IX	571/12		CBCEDCBCECGG	E	XIX	833/4
CBCDBGEDEFDBGFG	D	XI	633/4		CBCEFADC#DFDBGC	D	I	179/4
CBCDBGEEDEFEFGD	Eb	I	118/5		CBCEGCBDCBAGCED	F	XIX	828/2
CBCDBGFEDCBCDEF	A	IX	557/5		CBCEGCDAGAGFFE	C	III	429/13
CBCDBGGFEDCB	C	III	403/10		CBCFE	A	VII	534/4
CBCDCBAGAF#G	D	XI	615/12		CBCFEDCBCDED	A	I	83/2

Column (1) Incipit, (2) Original Key, (3) Hoboken Group, (4) Hoboken Location

CBCFGCCEGC	Db	XVI	769/7		CBGEDG	G	XI	652/3
CBCF#G	A	XI	622/7		CBGF	Bb	I	147/2
CBCGAGADBABGE	D	IX	555/7		CBGFDBCBCFED	E	III	410/12
CBCGCBCEEDEGGFE	C	I	233/1		CBGFDBCEFDBCEF	G	I	73/6
CBCGEbCCGCGCGCB	Gm	II	304/3		CBGFEFAED	G	Ia	277/2
CBCGECFAGECG	C	I	188/4		CBGF#GABbA	Cm	II	300/6
CBCGECGAFFEFDBG	D	IX	557/6		CBGGFDBCEGFDBCE	G	I	73/6
CBCGECGEAABCE	A	IX	573/1					
CBCGECGEGFEDCBC	G	I	26/3		CCAAGED	C	XIX	829/4
CBCGEDECGAGGGGG	G	III	454/2		CCAAGG	Eb	II	345/3
CBCGEFAGECDEFGF	G	XV	707/4		CCAFEFGFE	C	III	378/2
CBCGEGCEEGGCFE	Eb	II	314/1		CCAFEGCEGCGEFED	G	I	266/1
CBCGFEGCEEGGCGF	Eb	II	314/1		CCAFEGCEGCGEGFE	G	I	266/1
CBCGF#GCDEbCGGG	Bm	XVI	755/10		CCAFFDBDBGFFE	Eb	V	482/1
CBCGGAGCEGCBCGG	C	IX	559/10		CCAGFEFFEFGBCBC	Bb	III	362/3
CBCGGCDG	D	I	128/3		CCAGGGCAFEEE	A	IX	575/7
CBCGGFGEEDECECA	D	XV	698/4		CCBbAbGEbDEb	Cm	I	36/7
CBCGGGF#GEEEDCB	G	I	205/4		CCBbAC#DC#DEFAB	Eb	V	479/3
CBDAbGDCEbAbG	Fm	III	411/9		CCBbAC#DC#DEFAC	Eb	V	479/3
CBDBCGGGDBC	E	III	370/2		CCBAbAbGFFEbDC	Gm	XI	610/2
CBDBGCDEFGACAFG	D	XVIII	821/7		CCBAAG	F	IX	566/20
CBDCCDBEGFEFGCG	D	XI	611/5		CCBAAGFFEDDCBBD	Bb	IX	579/2
CBDCEADC	G	XI	619/9		CCBABD	F	XVII	3/353/2
CBDCEFGFEDCBCCB	F	IX	578/6		CCBAGAGADDGC	F	II	308/5
CBDCFEBDC	D	X	587/4		CCBAGCAA	D	X	588/3
CBDEFFEDBGABCDD	D	XI	635/3		CCBAGEACAGFAFE	Bb	IX	578/5
CBDEFFEGGFED	D	XI	635/3		CCBAGEGFEDEFGAG	F	V	499/1
CBDGCEbDCBb	F#m	III	404/9		CCBAGEG#ACAGGFA	Bb	IX	578/5
CBDGCEGG	F	I	76/4		CCBAGFE	F	XV	720/3
CBDGGEbDCB	Cm	I	65/5		CCBAGFEDC	D	II	341/3
CBDGGFADCBFEAGF	E	XVI	778/2		CCBAGFEDCEAFE	C	I	44/3
CBDGGGFADCBFEAA	E	XVI	778/2		CCBAGFEDCEAGFE	C	I	44/3
CBECBAD	C	XIX	831/3		CCBAGFEDGFFFEFF	A	XVI	743/1
CBEDCCEDGFEEDCB	F	V	500/1		CCBAGFEFGFE	C	III	378/2
CBFEbDCCCCC	Cm	I	36/3		CCBAGFFEFFEFGBC	Bb	III	362/3
CBFE	D	XI	603/8		CCBAGFFFFE	Eb	III	450/2
CBFEAGFEDC	F	II	350/2		CCBAGFGAGFFE	C	XIX	830/2
CBFEAGF#BGFEDEC	Bb	III	411/11		CCBAGGFEACAGFGC	C	XIV	676/4
CBFEAGF#FEDECBC	Bb	III	411/11		CCBAGGGFFEDCDDF	Eb	III	383/12
CBFECGGGFDCGGGF	G	III	365/1		CCBA6GECDEFEDE	C	I	238/5
CBFFDGC	G	I	33/1		CCBA6GECDEGFEDE	C	I	238/5
CBGAbGEb	Dm	III	373/3		CCBAGGG#AFDCBC	D	VI	511/10
CBGAbGEb	Dm	II	312/3		CCBAG#AABAAGGFF	C	I	165/4
CBGAbGEb	Gm	XI	607/4		CCBB	C	XIX	831/4
CBGAGC	D	XI	601/4		CCBBAGEGGFEDEFG	F	V	499/1
CBGBbAF	Em	III	370/3		CCBBCBbAbG	Dm	I	10/4
CBGCDGEFDBG	A	IX	569/9		CCBC	Cm	II	328/5
CBGDCDEF	A	XVI	751/7		CCBCACGBCEDFEGC	A	I	23/2
CBGDCDEF	G	I	57/3		CCBCBCBCC	D	IX	553/15
CBGDECCBGG	Eb	IX	571/14		CCBCCBCCFEGDCBC	F	I	260/6

Column (1) Incipit, (2) Original Key, (3) Hoboken Group, (4) Hoboken Location

CCBCCGGF#GGCEbD	Dm	Ia	286/1	CCCAAFGEC	A	IX	572/14
CCBCDBAGCEEGGCG	C	I	11/5	CCCAAF#EbDGCCBA	D	Ia	295/4
CCBCDCBAGCEEGGC	C	I	11/5	CCCAAF#EbDGCCBB	D	Ia	295/4
CCBCDCBCCCCCDEF	A	I	267/2	CCCACCC	Bb	II	330/2
CCBCDCCCCFEAGFE	G	III	365/7	CCCAFDGFFEC	D	XI	618/2
CCBCDCEEDEFE	Bb	III	459/2	CCCBAbAbAbG	Gm	XI	620/6
CCBCDCEGE	D	I	244/2	CCCBAbGFFEbCEbD	Dm	XX/1	837/1
CCBCDD#EEDEFF#G	Bb	I	275/2	CCCBABCDEFFFEDC	D	IX	574/18
CCBCDEbDCGCEbC	C#m	XVI	760/1	CCCBAGGFEDCCDEF	C	XIX	830/3
CCBCDECCBBCC#DD	F	XVIIa	3/355/1	CCCBAGGG#AFDCBC	D	VI	511/10
CCBCDECCBBCDDDF	F	XVIIa	3/355/1	CCCBBAAGGFEDDEF	A	IX	551/8
CCBCDECDBAGC	F	IX	573/5	CCCBBAAGGFEEDDE	A	IX	551/8
CCBCDECDDCDEFDE	D	IX	578/7	CCCBBAAGGFFEEDG	C	II	323/8
CCBCDECGE7C	Bb	Ia	290/1	CCCBBAAGGG#ACAF	Bb	III	360/2
CCBCDECGECGEC	G	XI	607/3	CCCBBCDBCBCDEF#	F	IX	570/16
CCBCDECGECGEC	G	XVI	742/4	CCCBC	G	II	299/1
CCBCDECGECGFEAF	C	V	491/3	CCCBCCCDGDCDDEbG	Bm	VII	531/3
CCBCDECGECGGFEA	C	V	491/3	CCCBCDbCBCCBBCC	Cm	XX/1	837/9
CCBCDEFBGFEDDEC	Eb	XI	3/327/2	CCCBCDBGCCCGFD	D	IX	566/1
CCBCDEFBGFEDEC	Eb	XI	3/327/2	CCCBCDCBFFFEFGF	D	IX	3/317/1
CCBCD#EG#A	Bb	I	147/1	CCCBCDDCBAG	Eb	I	255/3
CCBCEbCBDGBbAb	Cm	V	485/3	CCCBCDDCDEbCGG	Cm	IX	548/2
CCBCECEFCBCFCF#	C	II	309/5	CCCBCDDDDCDE	F	II	308/6
CCBCECGCDDC#DFD	Eb	III	376/12	CCCBCDEbC	Gm	I	266/2
CCBCECGGCGEEGEC	Bb	IX	570/1	CCCBCDGDCDEbGEb	Bm	VII	531/3
CCBCEDCBAGFEFD	Eb	III	448/3	CCCBCEGCEGCEGE	Bb	I	271/1
CCBCEDDCD	C	II	337/2	CCCBCGCDEFD	G	II	319/1
CCBCEDDCDFEEDEG	G	II	353/1	CCCBCGG#AAAG#AE	Bb	I	226/3
CCBCEDEGF#GCCBb	Eb	II	311/3	CCCBDDF	Eb	IX	570/13
CCBCEDEGF#GCCBb	Eb	III	371/3	CCCBDFEbDEbDCBC	Bm	X	581/2
CCBCEEDEGGF#GCE	C	XVI	742/1	CCCBFEED	A	XI	616/8
CCBCEGFFEFADEEF	A	XII	664/2	CCCCAAFDDDDBBG	G	IV	467/8
CCBCEG#AAG#AC	C	I	11/2	CCCCAAFDDDDBBG	D	XI	641/6
CCBCGCEFEFGEE	F	I	36/4	CCCCAFDDDDBGFFF	D	XI	632/1
CCBCGCEFEFGFEE	F	I	36/4	CCCCAFFF	A	I	17/1
CCBCGCEGEDECEGC	D	I	16/4	CCCCBb12G	Em	I	32/4
CCBCGCGCDEbDCGG	Cm	XV	719/6	CCCCBAGCDDDDEFD	D	XI	611/7
CCBCGEGCCBCGEGC	C	I	235/1	CCCCBAGFFFFEDC	D	XV	698/6
CCBCGGECCBCGECA	Bb	I	20/3	CCCCBAGF#GFAAAG	A	IX	548/10
CCBCGGECCBCGGEC	C	I	240/1	CCCCBBbBbBbBbA	Bb	I	20/1
CCBCGGGAbGFEbD	Dm	VI	511/11	CCCCBBAAAGG	Eb	IX	567/5
CCBDBCBCDEFFE	D	XI	599/3	CCCCBDCBCBCDE	F	IX	570/16
CCBDBGFFEGEC	D	Ia	279/3	CCCCBCAbFAbAbG	Em	XV	710/6
CCBDCEGAFEEFD	C	III	445/1	CCCCBCDCBGGG	D	I	34/3
CCBDCEGAGFEEFED	C	III	445/1	CCCCBCDGFFFEDCC	D	XI	614/1
CCBDGECCCBDGEC	D	III	446/1	CCCCBCGACGD	Eb	I	256/4
CCBFFEFECCBCBFF	G	VII	526/6	CCCCC	Cm	I	241/4
CCBGAF#GBbBbAFG	A	XI	635/8	CCCCCBAAGFEDEGG	E	III	377/2
CCBGCCCBAGFE	A	I	23/5	CCCCCBAGFEDEGGF	E	III	377/2
CCC	Bb	IX	567/3	CCCCCBAGFEFGABb	A	I	81/1

Column (1) Incipit, (2) Original Key, (3) Hoboken Group, (4) Hoboken Location

CCCCCBCDECCCCBC	A	I	268/4		CCCCCECFDGEA	G	I	265/3
CCCCCBCDEDDDDD	Bb	I	63/3		CCCCCECFECG	D	II	342/2
CCCCCBDFFEBDFFE	D	VII	537/2		CCCCCECGGGGGBG	Eb	IV	470/2
CCCCCBFDDBC	Eb	IV	470/1		CCCCCEDCDCEEFG	C	I	59/1
CCCCCBGABCDE	G	I	264/1		CCCCCEFGAB	D	IV	469/3
6C	Dm	I	102/5		CCCCCEGCEDBDGBD	C	I	237/3
6C	D	IX	553/15		CCCCCFECCCCFE	Eb	I	256/3
6CAAAACB	Eb	IX	568/21		CCCCCGABCGECGAG	D	I	244/1
6CBCBCBCBCAF	G	I	130/3		CCCCCGEFC	D	I	250/1
7CBAGFFEDFACB	C	III	415/15		CCCCCGFEDE6DAGF	Eb	I	140/2
8CBAG6C	C	I	237/2		CCCCCGGAGECCDCE	D	I	153/6
8CBBBBCCCCEEEE	C	I	11/2		CCCCCGGGGGCCCCC	F	II	349/4
9C	Eb	I	254/2		CCCCDC	D	IX	549/12
9CACCGCC	C	I	82/8		CCCCDCBAGAAAAF#	D	II	338/4
10C	G	I	264/2		CCCCDCBAGF#AAAA	D	II	338/4
12CBBBB12EDDDD	D	I	19/2		CCCCDCBCDDDDEDC	D	IX	558/1
13CBBBGFECCCCC	C	I	44/5		CCCCDCBCDEDDDDE	Bb	I	63/3
13CBCAFDBGFECA	Eb	I	217/1		CCCCDCCAAGG	Eb	I	48/1
13CBCDE15C	D	I	248/1		CCCCDCDCCCCCDCD	D	XVI	760/5
15C	D	I	179/5		CCCCDCDECCC	Bb	Ia	292/1
19CBCDCDCBCDEFG	D	III	429/9		CCCCDCECFCGCACG	Eb	V	485/1
13CDECCCCCDECCC	D	I	78/6		CCCCDDDCBBABG	A	XI	639/2
13CGGCC	C	I	35/1		CCCCDDDD	D	XI	624/3
9CECCG	D	IX	550/13		CCCCDDDDEbEbEb	Dm	I	128/1
9CGC	D	IX	571/1		CCCCDEDC	D	I	242/3
9CGCE	D	IX	555/6		CCCCDEFECFGAGCB	D	VII	534/1
8CGECCCBCD	Eb	XVI	781/2		CCCCDEFFECCCCDC	D	XI	605/7
8CGECCDCBCD	Eb	XVI	781/2		CCCCDEFFFECCCCE	D	XI	605/7
7CDECGECGECGFE	C	I	230/1		CCCCDEFGABCCBCG	F	I	3/284/2
7CEbEbEb	Cm	I	241/3		CCCCDEFGABCEG	C	I	82/1
7CEGEDCBAGCCCC	A	I	156/1		CCCCDGEbEbEbEbF	Dm	I	102/6
7CEGEDCCBAGCCCC	A	I	156/1		CCCCEbDCCDCBBBC	Dm	III	395/2
7CGF#GADGF#GAGD	G	I	73/4		CCCCECCCGCEGEC	D	IX	566/18
6CDCDEFGFEDC	C	I	99/1		CCCCECGEFFDFBDG	C	III	376/4
6CDDDD	D	IX	569/5		CCCCECGGGGDC#DE	Eb	IX	553/4
6C6D	G	I	57/1		CCCCEDCBCGAGFFE	A	XI	603/1
6CDEFGABCDEFGAB	D	VII	525/5		CCCCEDCBCGDDDFD	D	XI	620/9
6CEDCDEDCBAGFG	Bb	I	275/3		CCCCEDCCAAGG	Eb	I	48/1
6CEDCDEFGFEDC	C	I	99/1		CCCCEDCGGGG	Bb	IX	567/6
6CEFFEGAAGCEFAA	C	I	238/6		CCCCEDFEE	Eb	I	255/5
6CEFFEGAAGCEFAB	C	I	238/6		CCCCEECCGGGGFFF	C	III	444/2
6CGABbAG	D	I	242/2		CCCCEEEEEGEFED	Eb	I	255/2
6CGEDGFEAGG	G	I	26/5		CCCCEEEEEGEGFED	Eb	I	255/2
6CGFEbEbDC	Dm	I	249/1		CCCCEEEEGGGGCCC	C	I	136/1
6C12G	D	III	429/9		CCCCEEFEDEFGFE	Eb	I	74/1
CCCCCDCDCEEFG	C	I	59/1		CCCCEEGEC	D	I	78/4
CCCCCDEDCBCGAGF	A	XI	603/1		CCCCEGACDEGBCCC	F	I	259/1
CCCCCEbDCAbGF#G	Bm	XVI	755/13		CCCCEGCEEEEGGG	D	I	247/3
CCCCCECEGAGFEDC	D	Ia	3/287/1		CCCCEGFDBCEGCEC	G	IX	3/320/3
CCCCCECEGAGFEDC	D	I	107/6		CCCCEGGABCEG	C	I	62/1

Column (1) Incipit, (2) Original Key, (3) Hoboken Group, (4) Hoboken Location

CCCCFEAGCBAGAG	D	III	389/1	CCCEGGBDBFDEC	Eb	II	344/3
CCCCGABCBCDEBC	Eb	Ia	286/3	CCCEGGFDBC	A	III	411/1
CCCCGEDEFE	G	I	30/3	CCCEGGFDDDEFFE	F	VII	540/6
CCCCGEDEFFE	G	I	30/3	CCCEGGFDDDEFFE	F	I	161/5
CCCCGEEDGGGGAFF	Eb	II	344/2	CCCEGGFDFFE	Eb	III	450/1
CCCCGFEDDDD	Eb	III	376/11	CCCFEAGGFDFE	A	XI	601/2
CCCCGGAFDECDBCC	F	XVIII	824/2	CCCFEDCBCAGFEDE	C	I	236/2
CCCDAFEDDDECGF	D	XII	661/2	CCCFEDEFGDGFEDC	G	II	297/4
CCCDBBBCDEFEEDB	D	I	114/2	CCCFFEFGABC	G	IX	572/10
CCCDBCCCDBCDEFE	D	Ia	284/1	CCCGABCBCDEDCBC	C	I	13/1
CCCDCBAGABCEGGA	F	I	121/1	CCCGABCDEDCGABC	D	I	249/2
CCCDCBAGCDEDEFE	A	III	368/2	CCCGABCDEDCGE	Bb	Ia	293/1
CCCDCBCAbFAbBb	Em	XV	710/6	CCCGABCGABCDEF	D	I	247/4
CCCDCBCECGGGGED	Eb	IX	553/4	CCCGB	D	I	78/1
CCCDCCCCDCCCBCE	G	XVI	760/14	CCCGCCCDEFGAFE	A	XI	603/4
CCCDDDEEEFFFGCD	Bb	V	480/6	CCCGCCCDEFGAGFE	A	XI	603/4
CCCDEbFGABCCCCC	Bbm	Ia	290/3	CCCGCCCG	D	I	221/1
CCCDEbFGCCDEbCG	Cm	I	240/2	CCCGCD6E	D	I	243/1
CCCDEEFGCBAAGFG	Eb	V	496/3	CCCGCECEGFEDCAG	C	IX	559/9
CCCDEEFGCBAGFFE	Eb	V	496/3	CCCGECAAAFCAGCC	A	XI	608/8
CCCDEFDBCC	D	I	245/1	CCCGECEEECGE	Bb	I	271/3
CCCDEFEFDE	D	XI	3/327/4	CCCGECGGFED	C	I	235/4
CCCDEFEFGAGGFDF	A	XI	601/2	CCCGECGGGFED	C	I	235/4
CCCDGGECAFDBGG	Eb	III	366/2	CCCGEECG	F	V	500/2
CCCDGGECAFDBGG	Eb	I	228/3	CCCGEFDCDEFDBC	E	XX/1	837/4
CCCDGGECAFDCBGG	Eb	I	228/3	CCCGGEFGGCG	D	IX	575/1
CCCDGGECAFDCBGG	Eb	III	366/2	CCDBCDBCECAAAFD	F	IX	568/17
CCCEbEbEbGGGAb	Gm	III	422/12	CCDCBCDBBCBABCD	D	I	114/2
CCCEbGGGCCCFAb	Bm	III	393/5	CCDCBCDCBAGABCE	F	I	121/1
CCCEBDGFCECCBAG	A	I	23/5	CCDCBCDEFFE	C	III	394/7
CCCECAAAAAGEFGF	F	II	330/1	CCDCBCEFEDEGAG	F	II	308/7
CCCECBAAGGDEFFE	G	V	503/2	CCDCBCGG#AABAG#	Bb	I	226/3
CCCECEFCCECF#	A	I	9/2	CCDCBDCCDCBDCEF	D	I	248/5
CCCECG	F	III	376/13	CCDCBDFEGFEDC	D	XI	619/8
CCCECGFFGA	D	I	179/1	CCDCDCCDEFGABCC	A	IX	553/12
CCCECGFGFEFGA	D	I	179/1	CCDCDCEFEFE	C	VII	539/1
CCCEDCBAGAG	F	XVIII	819/6	CCDCDDEC	D	I	92/2
CCCEDCC	F	III	367/3	CCDCDEEDFFEDCBD	F	II	316/8
CCCEDCCABCABCCG	A	XI	597/1	CCDCECFCGBCDDEF	D	XI	626/8
CCCEDCDDDDEFAGF	Bb	II	329/5	CCDCEEFEGABCBA	C	III	442/3
CCCEDCGEEEGFED	Eb	IX	560/4	CCDCEEFEGABDCBA	C	III	442/3
CCCEDDFEEEGAGF	F	VII	540/3	CCDCGGEFGAFDDFE	D	XI	641/2
CCCEDEFGDGFDCDE	G	II	297/4	CCDD	C	XIX	831/4
CCCEEEGAFEDCCD	Bb	I	272/1	CCDDEEFDCBCEGGF	G	I	140/5
CCCEEEGGGECGCCC	Eb	II	346/1	CCDDEEFDFFGEEED	G	I	107/3
CCCEEGGCGECCCCE	C	XVIIa	809/1	CCDDFEFFFEEG	C	II	298/5
CCCEFAbGFE	G	III	367/6	CCDEbFEbCDEbFEb	Em	III	376/8
CCCEFEDCAAAGAGF	Bb	IX	564/10	CCDE	E	X	590/9
CCCEGFDFE	Eb	III	450/1	CCDEAFGAGFE	F	I	260/5
CCCEGGBDBFDDEC	Eb	II	344/3	CCDECEF#GGCCCDE	Bb	II	330/6

Column (1) Incipit, (2) Original Key, (3) Hoboken Group, (4) Hoboken Location

CCDEDCCGECGAGAB	A	I	267/1		CCECEGECECCGFED	Bb	I	272/3
CCDEDCECECAAGGF	D	I	83/1		CCECEGFEFG	C	I	235/5
CCDEDCECECAAGGG	D	I	83/1		CCECFDGFEAGFEDC	G	I	21/2
CCDEEDC	D	IX	568/20		CCECGAACGE	D	XI	602/4
CCDEEEEFGGAGABb	D	I	6/1		CCECGCBCDC	G	XVII	797/3
CCDEEFEDAGG	G	VII	539/2		CCECGECCCECDDDF	D	VII	537/1
CCDEEFGCDEEFG	Bb	III	458/1		CCECGECGECGECGE	G	III	454/1
CCDEEFGFE	Bb	II	330/9		CCECGGCGEECEG	Eb	IX	575/3
CCDEEFGGABCG	C	I	238/3		CCEDAF#GGFEDC	C	I	230/2
CCDEEF8GFFEDCDD	A	III	377/5		CCEDBCAGCFE	D	XI	624/1
CCDEEF8GFFFEDCD	A	III	377/5		CCEDBCAGCGFE	D	XI	624/1
CCDEF	D	III	421/6		CCEDCB	C	I	165/1
CCDEFAGFFEFE	Bb	III	379/18		CCEDCBCDEDFEDCD	A	XII	663/8
CCDEFAGGFFEFE	Bb	III	379/18		CCEDCBCDEFFE	C	III	394/7
CCDEFDCEFGAFC	F	II	348/1		CCEDCBCEG	Eb	I	144/1
CCDEFEBCFAGGFE	C	VII	525/3		CCEDCDCCDEFGABC	A	IX	553/12
CCDEFECGAGFEDD#	Bb	II	354/2		CCEDCDCEGFEFE	C	VII	539/1
CCDEFEDCGFECCDE	D	XVIII	815/1		CCEDCDEEDFFFEDC	F	II	316/8
CCDEFEDEAF#G	G	XI	648/3		CCEDDCDEF	C	I	22/4
CCDEFFFFFEDCAAG	Bb	I	274/2		CCEDDDDFEE	C	IX	572/12
CCDEFFFFFEDCAGF	Bb	I	274/2		CCEDDFECDEFGAGA	G	XI	594/7
CCDEFGABCC	C	XVI	736/3		CCEDDGGFEC	C	I	234/4
CCDEFGABCCDEFGC	C	I	6/4		CCEDEFGEC	D	II	339/4
CCDEFGABCDEFDEC	E	IX	558/8		CCEDEFGFEGGFE	Bb	V	480/3
CCDEFGABCDEFGFE	Eb	XVI	3/349/2		CCEDFECBAGFE	A	I	23/5
CCDEFGABGEC	F	II	322/5		CCEDFEGCGE	Bb	Ia	292/5
CCDEFGAGBCDEFFF	F	XV	722/3		CCEDFEGCGE	Bb	Ia	292/3
CCDEFGCAGAGGFED	Eb	I	40/1		CCEDFEGFAGCBC	G	IX	548/3
CCDEFGEFDCCDEFG	D	II	338/1		CCEDGABCCCCDFED	G	XVI	764/1
CCDEFGGABCCCCCB	C	I	235/2		CCEEDCBCGGFEGFE	D	III	421/7
CCDEFGGGAFEFGFE	F	II	322/1		CCEEEGCBAGCBCDE	D	V	484/2
CCDEFGGGGCBAG	D	I	8/3		CCEEEGCCBDD	Eb	III	404/3
CCDEGFE	Bb	I	269/5		CCEEFD	G	I	159/1
CCDEGFECGAGFED	Bb	II	354/2		CCEEFDBGCAGFE	Eb	VI	512/1
CCDEGFED	A	I	81/5		CCEEFDBGCAGGFE	Eb	VI	512/1
CCDEGFEDBCDFED	G	IX	3/317/9		CCEEFFDFFE	E	V	497/3
CCDEGFEDCGFECCD	D	XVIII	815/1		CCEEGAAGGFFEE	F	IX	3/320/9
CCDGABCCCCDEDEG	G	XVI	764/1		CCEEGGCBAAGGAFG	Bb	XVI	747/1
CCEbCGEbCBGBDGB	Gm	III	455/3		CCEEGGCC	E	XVI	743/8
CCEbDFEbAbGC	Am	XI	601/3		CCEEGGCCGGCAG	Bb	III	360/1
CCEbEbFFGG	Am	XIV	676/5		CCEEGGEFFDDBBG	C	I	182/3
CCEbGEbDCDEbDC	Gm	II	298/7		CCEEGGFGAGFGAGC	Bb	XVI	734/5
CCEbGGEFFAbCDEb	Dm	III	439/2		CCEEGGGABA	F	II	348/3
CCEAABFE	Bb	IX	562/6		CCEFCCDEC	E	X	590/6
CCECAC#DDGBCCFF	A	I	9/5		CCEFGAGFECDBCDE	E	XVI	743/5
CCECCBDDFDDC	C	II	336/2		CCEFGGFGGDEFFE	C	IX	573/8
CCECDDFDECCAGFE	D	XI	613/5		CCEGAGFEAAFDBDC	Bb	III	362/4
CCECDDFDECCBAGG	D	XI	613/5		CCEGAGFEAAFDCBD	Bb	III	362/4
CCECEFEFG	C	I	235/5		CCEGCBAGFFE	D	I	85/3
CCECEGECECCFEDC	Bb	I	272/3		CCEGCBB	D	I	113/1

Column (1) Incipit, (2) Original Key, (3) Hoboken Group, (4) Hoboken Location

CCEGCCDEDCEEGCE	Eb	II	328/1	CCGGFEDCBACBAGA	D	XI	619/2
CCEGCCEADDFAGFE	Eb	XVI	754/6	CCGGFEDCBADCBAG	D	XI	619/2
CCEGCCEGC	C	XVII	3/352/1	CCGGFEDEFGG	C	I	231/6
CCEGCCEGCCEGCCE	D	I	247/2	CCGGFEDEFGGCCGG	C	XIX	833/1
CCEGCEGC	G	XVII	3/353/4				
CCEGCEGCBAG	B	V	479/1	CC#DBGDD#ECGCEF	Bb	IX	568/15
CCEGCEGGFE	F	II	313/11	CC#DCBAGEGFEDCB	F	IX	559/11
CCEGEAF#GGBDBGF	F#	XV	708/2	CC#DDCBAGGG	D	I	113/2
CCEGEAF#GGBDBGF	F	I	213/3	CC#DDCCBAGGG	D	I	113/2
CCEGECGAGCEGEC	C	I	62/4	CC#DEDFEDDDD	Bb	VI	521/1
CCEGEFGFED	C	I	230/3				
CCEGEGEGFEACACA	A	XX/1	837/6	CDbCEFADEbDF#GB	Eb	III	421/15
CCEGFDDFECADB	C	XVI	740/2				
CCEGFDDFECADCB	C	XVI	740/2	CDAbFDDCDEbGGC	Am	XV	702/2
CCEGFDEFDGEAGF#	D	III	395/5	CDAbFDEbDCDEbGG	Am	XV	702/2
CCEGFFDBCCEGFFD	Bb	II	355/4	CDB	Dm	I	210/1
CCEGFFFFFEAFGAB	A	III	368/1	CDBABCCCG	C	I	136/3
CCEGGBCGBCG	Bb	I	147/4	CDBAGABCCCDEFD	D	Ia	295/5
CCEGGCBCDEFFE	F	I	258/1	CDBAGABCDEFD	D	I	243/2
CCEGGCGCECEGFED	Bb	II	329/11	CDBBABCDE	Bb	II	329/7
CCEGGGGAGFEDDCB	A	XI	621/1	CDBC	G	I	7/7
CCEGGGGAGGFEDDC	A	XI	621/1	CDBCAGFE	C	I	62/2
CCFEAGGEC	C	IX	549/15	CDBCCEGGF	C	II	337/3
CCFEDCCAGFEECBA	D	VII	527/1	CDBCC#DEbEFE	C	III	422/1
CCFEDCCCAGFE	A	XI	626/2	CDBCC#DEbEGFE	C	III	422/1
CCFEGFAGBACBDCA	A	I	266/6	CDBCDBCBCBCD	D	I	9/6
CCGAGCCEGFE	Bb	XVI	781/4	CDBCDBCEFD	F	IX	550/18
CCGCEbEbCEbGGEb	Cm	III	410/4	CDBCDEFFE	D	XI	614/7
CCGCECDDGDFD	G	II	305/5	CDBCEDFBDCED	Eb	II	300/5
CCGCEFFBDFEE	C	I	234/3	CDBCEEEFDCGG	C	I	30/2
CCGCEGFFBDFFEE	C	I	234/3	CDBCEFED	F	I	198/3
CCGDDGECADCDCBC	F	XVII	796/6	CDBCEGAGFEDCC	C	II	309/2
CCGECBFE	C	III	443/1	CDBCEGAGGFEDCC	C	II	309/2
CCGECGECCCAFCAF	D	XIII	667/3	CDBCEGFED	F	I	198/3
CCGECGEFDBGCE	Bb	IX	552/7	CDBCFDEDBC	D	IX	548/4
CCGEDFDBFEGCCCC	Eb	XV	714/2	CDBCFFEDCBAG	G	I	245/6
CCGEEC	A	I	269/1	CDBCFF#G	D	XVI	748/3
CCGEECGGECBAGF#	A	III	461/1	CDBCGCCBCEDEGF#	C	II	309/7
CCGEECGGECBCBC	D	XI	605/4	CDBCGFEDCGAFEDG	D	I	19/6
CCGEECGGECG	C	XV	682/5	CDBCGFEDCGAGFED	D	I	19/6
CCGEGCDEDCECGCE	G	XV	683/5	CDBCGFEDGGCEG	C	XIX	834/2
CCGEGCGEGCGGGEE	Eb	I	118/1	CDBCGFFEEDCBAG	G	I	245/6
CCGEGDGBGGAGFEE	A	I	52/2	CDBDGC	D	I	107/5
CCGFEAGFEGAFEDC	C	III	367/1	CDBECCCBCDCDEC	Bb	I	104/1
CCGFEDEFEDDFEDA	Eb	XIV	670/2	CDBGECACGCDEFED	Eb	III	415/6
CCGFEEEE	F	IX	555/1	CDBGEEFGFEEDBCA	Eb	I	118/5
CCGGAGCCCBCBC	C	I	36/10	CDCBABCCCG	C	I	136/3
CCGGCEGCG	C	XIX	829/2	CDCBAGABCDEFD	D	I	243/2
CCGGEDEFGG	C	I	231/6	CDCBAGCDEFFE	F	IX	571/4
CCGGEDEFGGCCGGE	C	XIX	833/1	CDCBAGCED	G	I	57/5

CDCBAGFFFFE	Eb	III	450/2		CDCECGAGGFEFE	F	V	477/1
CDCBAGFGBAGFFE	C	XIX	830/2		CDCEG	A	XVI	751/8
CDCBAGGGFGFEDCC	D	Ia	295/2		CDCEG	G	I	57/4
CDCBBABCDE	Bb	II	329/7		CDCFEAGGF#GAGAB	C	III	376/6
CDCBC	Dm	XI	614/6		CDCFEDC	D	I	78/2
CDCBCBBbBbAAGFGF	D	XVI	737/7		CDCGAGCDCEDCBAG	C	XV	710/3
CDCBCBABAGAGFGF	Eb	I	38/7		CDDAbGFEbDC	Em	XVI	755/8
CDCBCCDCBCEEGEC	D	I	78/4		CDDDCBCGEG	Bb	I	272/2
CDCBCDBCDE	D	XI	602/8		CDDDDEEEGCAAGG	C	II	320/1
CDCBCDCBCCFEGDC	F	I	260/6		CDDECCCDEFE	G	II	304/6
CDCBCDCBCC#DD	Eb	VI	517/2		CDDEDCBCGEG	Bb	I	272/2
CDCBCDCBCDD	Eb	VI	517/2		CDEbCDEbFGAbGF	Em	XV	710/5
CDCBCDCEGE	D	I	244/2		CDEbCGAbGFEbDG	Dm	III	462/2
CDCBCDEbDCGCEbC	C#m	XVI	760/1		CDEbDCAbAbGFEbD	Dm	I	102/2
CDCBCDEbFGGGF#G	C#m	XVI	760/3		CDEbDCAbGF#GDBG	Gm	XI	627/6
CDCBCDECDCBAGC	F	IX	573/5		CDEbDCBCDGGAbBC	Em	II	324/4
CDCBCDECGE7C	Bb	Ia	290/1		CDEbDCBCBDEbFEbDC	Am	XI	604/4
CDCBCDEDCDEDEFD	C	XIX	832/6		CDEbDCEbFGFEb	Cm	IX	578/2
CDCBCDEFFEDEFEB	C	VII	529/1		CDEbDCGGEbDCDB	Cm	II	322/9
CDCBCEbGFEbAbG	Dm	XV	686/4		CDEbDCGGFEbDCDC	Cm	II	322/9
CDCBCEbGGEFGFEF	Dm	III	439/2		CDEbDDEbFEbGFEb	Fm	XX/1	837/5
CDCBCEC	D	IX	570/19		CDEbDFEbGEbCDEb	Cm	I	82/6
CDCBCEFEDEGAGF#	C	XVI	742/1		CDEbDGGFAbBCDEb	Gm	I	229/4
CDCBCEGCBCBABDC	G	XVI	759/2		CDEbEbDEbD	Am	XI	598/7
CDCBCEGCDEFE	D	II	341/1		CDEbEbEbEbD	Gm	XI	620/6
CDCBCEGEAF#GAG	F#	XV	708/2		CDEbEbFEbDCCDEb	Dm	III	429/8
CDCBCEGEAF#GAG	F	I	213/3		CDEbEbFGABCCDEb	Dm	XVI	3/342/3
CDCBCEGFEDC	G	XVIII	821/1		CDEbF	Dm	III	364/4
CDCBCGG#ACBAG	G	III	365/2		CDEbFDF#GEGAbF	Dm	I	128/1
CDCBCGG#AFEDCBA	F	I	20/6		CDEbFEbDEbD	Am	XI	598/7
CDCCCCCDCDC	C	I	236/1		CDEbFGAbA	Dm	I	210/1
CDCCCCCEDCDC	C	I	236/1		CDEbFGAbG	Ebm	I	256/2
CDCCDC	D	XI	639/6		CDEbFGAbGBCF#G	Dm	II	323/3
CDCDC	G	I	73/2		CDEbFGAbGFEbDCD	Dm	III	430/7
CDCDECEEFEFGE	C	I	205/3		CDEbFGCDEbFG	Gm	XI	650/7
CDCDECEEFEFGE	C	VII	539/8		CDEbFGDEbFGAb	Dm	I	251/5
CDCDECEEGFEFGE	C	VII	539/8		CDEbFGGF#F#CDGF	Cm	II	309/10
CDCDECGCGEFEDC	A	X	586/1		CDEbFGGGF#GD	Am	XI	611/4
CDCDEEFEFG	Eb	II	300/4		CDEbF#GBbCDbEF	Cm	II	300/6
CDCDEEFGAGCBAG	F	I	43/4		CDE	G	III	429/1
CDCDEFEFGGCBAFE	Bb	V	480/4		CDECAGAGFEDCDC	Bb	I	38/8
CDCDEFGCDEFED	D	VII	534/5		CDECBAGAGFEEDCD	Bb	I	38/8
CDCDEFGCDEGFED	D	VII	534/5		CDECCCDEFDGGG	G	VII	539/4
CDCDEFGCFDBCBAG	F	I	20/4		CDECCCDEFE	G	II	304/6
CDCDEFGCFDBDCBA	F	I	20/4		CDECCDE	C	IX	549/13
CDCDEFGEGGFFEED	G	XV	723/1		CDECCDEGFE	Bb	I	269/5
CDCDEGAGDEDEFFG	D	IX	550/1		CDECCEGFEDCEGCB	Bb	I	95/2
CDCDEGCGFDBCE	Bb	IX	550/7		CDECDEFGCBAGFE	C	XVI	740/1
CDCEbDCBCDCBAGD	Bm	I	56/2		CDECDEGCGECFACA	C	XIX	832/1
CDCECGAGFEFE	F	V	477/1		CDECEFGECCBCE	D	I	153/5

Column (1) Incipit, (2) Original Key, (3) Hoboken Group, (4) Hoboken Location

CDECFDGEC	C	III	441/1	CDEFDC	Eb	I	169/1
CDECFDGGEAFGGEA	C	II	331/4	CDEFDCB	D	IX	571/6
CDECFEDGG	F	IX	572/16	CDEFDCBAGCDE	Bb	I	126/2
CDECFFDCD	D	IX	550/14	CDEFDCBC	D	XII	661/7
CDECGECCBGFD	G	I	182/4	CDEFDCDE	D	IX	566/17
CDECGEFDCBAGCEG	A	III	411/4	CDEFDCEFGAFC	F	II	348/1
CDECGEFEFADFEGF	D	XVI	777/1	CDEFDDEEF#EF#G	G	III	365/5
CDECGGABA	A	X	590/2	CDEFDECDG	A	I	23/3
CDEDBGCDEF	D	XI	631/6	CDEFDEFGGFEFEDE	G	XVII	3/353/5
CDEDC	Eb	I	217/6	CDEFDGECFEDCCBA	A	XI	595/2
CDEDCAGGGABCDEF	A	XI	600/2	CDEFEAABABC	F	II	310/6
CDEDCBABCBAGFGA	D	XI	628/4	CDEFEAACBABC	F	II	310/6
CDEDCCCCCBAGABC	Eb	I	217/6	CDEFEBCDCDEFE	F	IX	548/11
CDEDCGGGGGABCBA	A	XV	719/4	CDEFEDC	G	XI	625/8
CDEDDEFECDEFD	C	XV	724/1	CDEFEDCBC	D	XII	661/7
CDEDDEFEEFGFED	C	XV	723/6	CDEFEDCBCDCDCDC	C	XI	637/8
CDEDE	A	I	81/5	CDEFEDCCB	E	IX	568/11
CDEDEDEFE	A	IX	574/10	CDEFEDCG	D	XI	614/2
CDEDEF	D	XI	626/7	CDEFEDC#DED	Bb	IX	569/17
CDEDEF	Eb	III	360/3	CDEFEDDCCBDBG	F	IX	574/3
CDEDEF	C	IX	574/14	CDEFEEDCBCGG	C	XI	638/9
CDEDEFEFGG	C	XI	638/11	CDEFEEDC#DED	Bb	IX	569/17
CDEDFBCEGGGFEDC	Ab	VII	536/2	CDEFEEGGFDBGFE	A	XI	618/5
CDEDFEDBCAGFEDE	G	III	429/12	CDEFEFEFG	G	III	455/2
CDEDFEDEFE	A	IX	574/10	CDEFEFGAG	A	XI	597/4
CDEEEDDEFFFE	A	IX	567/12	CDEFEGECGE	Eb	I	15/2
CDEEEEDD	Bb	III	457/3	CDEFEGFEDCFFFFE	C	XIV	676/6
CDEEEEDECDEFEFG	G	I	140/4	CDEFEGGAFD#E	C	I	41/5
CDEEEEEGFED	F#	I	52/4	CDEFEGGGG#AFEDC	C	IX	548/6
CDEEEEGFE	F	II	313/9	CDEFFEAGGCBAGFE	C	III	367/2
CDEEEFEDCBCDED	F	IX	566/5	CDEFFEAGGCBAGGF	C	III	367/2
CDEEEFEDECDEFEF	G	I	140/4	CDEFFEDCBAAGGFF	D	III	363/2
CDEEEFGAGFEDDD	D	IX	560/7	CDEFFEDCBAGFEDE	D	III	363/2
CDEEEFGEDCCCEDG	C	Ia	277/3	CDEFFEDCBCAGCFE	D	XI	615/3
CDEEFDDDEEF#EF#	G	III	365/5	CDEFFEDCBCAGCGF	D	XI	615/3
CDEEFGABCBAG	Eb	III	457/2	CDEFFEDCDEFFED	C	II	302/3
CDEEFGAFDCBCG	C	II	302/4	CDEFFFFFFEAABCBA	C	XVIII	814/1
CDEEFGCBCGEC	Bb	III	372/6	CDEFFG	F	IX	549/14
CDEEFGGAEFGADEF	Bb	II	356/2	CDEFFGFE	G	IX	572/7
CDEF	D	XI	648/12	CDEFF#G	D	XI	614/3
CDEF	A	XVI	743/4	CDEFGABC	D	XI	633/4
CDEF	D	XI	617/12	CDEFGABC	D	XI	625/7
CDEF	D	XI	622/9	CDEFGABCAGCBCDF	A	XVI	738/1
CDEF	D	I	19/2	CDEFGABCBAAGGFE	D	IX	578/9
CDEFAGFE	Bb	III	421/3	CDEFGABCBAGGFEF	D	IX	578/9
CDEFAGFEDCBC	F	IX	563/8	CDEFGABCCCCECCC	G	II	323/6
CDEFAGFGACBABC	A	XI	594/5	CDEFGABCCGEBCAC	D	V	488/2
CDEFAGGFEFE	Bb	III	421/3	CDEFGABCDDD	D	I	210/5
CDEFBCDC	D	I	249/5	CDEFGABCECECEEE	C	II	335/4
CDEFDBAGCDE	Bb	I	126/2	CDEFGABCGABCDEF	C	XVII	796/1

Column (1) Incipit, (2) Original Key, (3) Hoboken Group, (4) Hoboken Location

Incipit	Original Key	Hoboken Group	Hoboken Location		Incipit	Original Key	Hoboken Group	Hoboken Location
CDEFGABCGGFECBA	C	XIV	675/4		CEbBCCBDCBDC	Fm	II	350/3
CDEFGAGCCCC	D	X	587/5		CEbBCDFAbGEbGBC	Fm	III	389/6
CDEFGAGECEGCACG	Bb	IX	561/6		CEbBCGBAbBDBFF	Cm	I	65/1
CDEFGAGFEEFGAFC	G	III	453/4		CEbBCGGAbCBAbGF	Bm	V	483/4
CDEFGAGGECGECDE	A	III	368/7		CEbBGBCBbAbGAb	Cm	III	388/7
CDEFGAGGG	D	XI	615/7		CEbCAbAbAbCB	Gm	Ia	288/1
CDEFGC	D	XI	641/1		CEbCBCDFDFDCDEb	Em	I	50/5
CDEFGCGFEDCB	Eb	V	480/5		CEbCCCAbCAbAbAb	Dm	I	251/3
CDEFGECCBGAGF#G	G	III	435/3		CEbCDEbFEbDCBGF	Gm	XI	644/5
CDEFGECCBGGCE	G	III	435/3		CEbCDGBDFDEbGC	Am	XI	594/4
CDEFGFEDDEFGAGF	F	II	316/3		CEbCGEbBDBGD	Gm	I	42/10
CDEFGFGABABC	A	XI	594/5		CEbDBCGCAbGDFAb	Cm	XX/1	837/3
CDEFGFGAFED	Eb	I	63/2		CEbDBCGCBbAbGDF	Cm	XX/1	837/3
CDEFGFGAFEFED	Eb	I	63/2		CEbDCBAbGFEbDEb	Cm	Ia	278/1
CDEFGG	D	XI	631/11		CEbDCBCDDEbDEbD	Dm	XI	633/3
CDEFGGCAGGCAGED	Bb	XVI	746/1		CEbDCBCDFEbDCD	Bm	V	477/6
CDEFGGE	D	XII	660/4		CEbDCBCDG	Gm	Ia	288/7
CDEFGGEFDGG	E	X	590/1		CEbDCBCDG	Gm	Ia	288/5
CDEFGGGF#GD	A	XII	663/6		CEbDCBCDGFEbDCB	Cm	Ia	279/1
CDEF#GAB	A	X	590/3		CEbDCBCDGFFEbDC	Cm	Ia	279/1
CDEGABCGCAGCDEGA	C	I	76/5		CEbDCBCEbGAbGG	Dm	III	379/11
CDEGACEADCB	D	IV	473/1		CEbDCBCGAbG	Dm	XVI	744/3
CDEGCDEFGABCAG	Eb	VII	536/1		CEbDCBDFEbDCGCC	Cm	XVI	749/3
CDEGEBCGEBCGABC	Eb	III	371/1		CEbDCBDFEbDEbD	Dm	X	582/2
CDEGEBCGEBCGABC	Eb	II	311/1		CEbDCBDFFEbDEbD	Dm	X	582/2
CDEGECCCCC	D	IX	574/11		CEbDCCCCEbDCCCD	Am	V	490/2
CDEGFEDCBCDEG	Bb	IX	559/3		CEbDCCDEFGAbAbG	Dm	XVI	760/6
CDEGFEDCCBCC#DF	Bb	I	98/3		CEbDCCGCBDCBBAb	Dm	XVI	751/2
CDEGFEDDCCBCC#D	Bb	I	98/3		CEbDCCGCBDCBBG	Dm	XVI	751/2
CDEGG	D	XI	619/3		CEbDCGAbDGFEbD	Cm	III	410/2
CDFDCBAGABCDBC	D	IX	550/23		CEbDCGAbDGFFEbD	Cm	III	410/2
CDFDCGGGGGABC	C	III	444/4		CEbDCGAbFEbDG	Dm	I	29/1
CDFEbDCBCD	Am	XI	618/8		CEbDCGCEbDCG	Em	XVI	742/5
CDFEbDDEbGFEbGF	Fm	XX/1	837/5		CEbDCGGGGGCCF	Gm	Ia	288/3
CDFE	F	VII	540/4		CEbDFCEbD	Gm	I	21/4
CDFEC	D	I	16/8		CEbDFEb	Gm	XI	632/4
CDFEDCAGGGABCDE	A	XI	600/2		CEbDFEbDCBCEbDF	Dm	I	8/2
CDFEDCBCD	A	XI	618/7		CEbDFEbDCBCGG	Dm	II	323/4
CDFEDCGGGGGABCB	A	XV	719/4		CEbDFEbEbGFAbG	Gm	XI	609/3
CDFEECBCD	A	X	583/3		CEbDFEbGFAbGF#	Cm	VI	521/2
CDFEFAGCBD	F	II	313/5		CEbDFFEbDCBCGG	Dm	II	323/4
CDFFEDCBCEDCBAG	F	IX	572/15		CEbDGCEbDG	Cm	V	484/7
CDGBDGFEGCFGAAG	G	XV	717/2		CEbEbDCBCDFFEbD	Bm	V	477/6
CDGC	Dm	XI	614/6		CEbEbDCBCEbGAbG	Dm	III	379/11
CDGC	Dm	XI	618/4		CEbEbDCGGGCGGGG	Cm	I	87/2
					CEbEbDEbDGFEbEb	Am	XI	596/3
CEbAbF#GG	Cm	I	82/5		CEbEbDGGFEbDCEb	Cm	II	322/10
CEbBAbAbFGEbFAb	Cm	I	123/1		CEbF#GGGGDDDGGG	Gm	I	140/1
CEbBCAbGF#D	Am	XI	653/8		CEbGAbCE	Gm	Ia	288/4
CEbBCBbAbGF#GAb	Dm	III	423/1		CEbGAbEFGDFEbDC	Am	XVI	738/3

Column (1) Incipit, (2) Original Key, (3) Hoboken Group, (4) Hoboken Location

CEbGCBBDFBC	Gm	X	588/6	CECFDGECAFDCB	D	XI	652/8
CEbGCBDGCEbGG	Bm	III	393/2	CECFDGFEAAAABCD	A	I	268/2
CEbGCCEbGC	Dm	I	78/5	CECFEDECFGAAG	A	XI	598/6
CEbGCEbBCEb	Cm	Ia	294/2	CECGAFDGDFEC	A	XI	626/3
CEbGCEbDCB	Dm	XI	641/3	CECGCGEGE6C	C	VIII	546/1
CEbGCEbGC	Cm	I	11/3	CECGE	C	II	307/3
CEbGCEbGCGGFEbD	Gm	XV	681/2	CECGECABABCEG	C	I	230/4
CEbGCGEbBCDCGBb	Em	XV	693/3	CECGECACBABCEG	C	I	230/4
CEbGDBCEbGDBCEb	Gm	XV	721/3	CECGECAFDBGFEDE	C	I	87/1
CEbGEbCGFEbAbG	Am	XI	616/7	CECGECAFDBGFFED	C	I	87/1
CEbGEbEbGCGGCEb	Gm	V	487/6	CECGECBCDCBCDCB	Bb	XVI	755/2
CEbGFEbAbGF#F#A	Dm	XV	686/4	CECGECCBCBDFDDA	Bb	XVI	755/2
CEbGFGAbCEbFDGC	Am	IV	467/10	CECGECGECDEC	A	III	389/11
CEbGF#GCGBGCGDG	Bm	XVI	755/12	CECGECGECDEDCDE	A	III	389/11
CEbGGGGAbGGGABG	Dm	III	404/17	CECGECGECGBG	Bb	IX	550/8
CEb6GAbGF#GGGGG	Gm	III	422/16	CECGECGGABCDEFF	A	VII	526/1
				CECGECGGCFCAFCA	C	XVI	741/8
CEAAGFE	F	I	260/5	CECGEC#DDFDAFD#	C	XIV	678/1
CEACAGACAG	Bb	IX	561/5	CECGEEFFEDCBCGE	G	VII	526/4
CEAFDBBCDEFED	Eb	III	435/2	CECGEFAFEAFDBCG	F	XV	722/2
CEAFDBBCDEGFED	Eb	III	435/2	CECGEFAFEAFDCBC	F	XV	722/2
CEAFGFEDCBC	A	VII	534/4	CECGEFAFEGCGAFD	F	XVIII	819/4
CEBDCEGAG#AFEDC	G	Ia	287/1	CECGEFDCBAGFEGF	Eb	XVI	745/8
CEBDCEGAG#AFEDC	G	Ia	287/3	CECGFDCGFEDCBCD	D	XI	648/9
CECAGF#GFECCCAB	Bb	I	40/2	CECGFEECGFE	G	II	304/5
CECBCGCECBCGDFD	Eb	V	497/2	CECGGFECCC	G	I	159/4
CECBDCBAGACCDCB	F	V	481/3	CECGGGAGFEDCB6C	Eb	XV	719/5
CECBDDCBAGACCDC	F	V	481/3	CECGGGG	D	II	3/294/2
CECCBAGCGFEED	D	XI	631/10	CECGGGGGECG	F	II	349/1
CECCBBFAFFEE	C	I	237/4	CEDBCAGFE	E	I	16/1
CECCBBFAFFEE	G	II	351/1	CEDBCCAGFE	A	I	46/2
CECCBBFAFFEE	G	XVII	797/2	CEDBCCAGGFE	A	I	46/2
CECCBCACG	C	II	336/3	CEDBCCGFE	D	XI	621/8
CECCBDFEGBCECCB	D	XI	614/5	CEDBCDEFGAGFE	F	II	319/4
CECCBGGGFDDGEC	G	IX	552/9	CEDBCDEFGFGAGGF	F	II	319/4
CECCGGFFEDAGFED	G	XVIII	824/3	CEDBCEGFE	Eb	II	325/8
CECDCABCBAGFDGF	A	XI	630/4	CEDBCGAGFEDCB	Eb	I	201/1
CECDCBAGEGCEFGF	F	III	435/6	CEDBCGECGFE	D	V	488/3
CECDDEFDBCG	C	II	307/1	CEDBCGEGFE	D	XI	617/8
CECDFDBCEFBCEF	D	XI	628/2	CEDBCGEGGFE	D	XI	617/8
CECEC	E	II	324/1	CEDBGAGFEEFDE	A	I	52/2
CECECECGEGECACB	G	I	264/4	CEDCAGFEDEEFEDC	A	XI	622/8
CECECECGEGECADC	G	I	264/4	CEDCBABCDFEDCBA	D	XII	664/3
CECECFCGCGCACCB	G	XVI	742/2	CEDCBABCDFEDCCB	D	XII	664/3
CECFCGCDDDBGC	D	XI	629/2	CEDCBAGDBAGFEFG	D	XII	663/10
CECFDBCDCCDEF	D	XII	662/7	CEDCBAGFADF	G	XV	723/4
CECFDCBCCAGCECG	Bb	V	486/2	CEDCBAGFEDCCEDF	G	I	21/3
CECFDCECAD	A	XI	630/2	CEDCBAGFEFFFDFE	A	IX	562/2
CECFDGAGFE	F	II	307/10	CEDCBAGF#G	Bb	IX	548/12
CECFDGAGFFE	F	II	307/10	CEDCBAGG	G	IX	554/5

Column (1) Incipit, (2) Original Key, (3) Hoboken Group, (4) Hoboken Location

CEDCBCAFDCBCG	A	XII	664/9	CEDDFEEEFGAGFE	F	II	308/3
CEDCBCDDEEFD	D	XI	610/9	CEDDFEEEGFAG	C	I	28/4
CEDCBCDFCEDCBCD	Eb	I	24/2	CEDECDGEEDECDG	Bb	IX	558/5
CEDCBCGECAGCAGC	F	XVIII	816/5	CEDECDGFECC	C	I	26/4
CEDCBCGFEGFEDEE	Bb	VII	528/1	CEDECDGFEEDECDG	Bb	IX	558/5
CEDCBCGGAGCFE	C	XIV	676/1	CEDEFDECBCDBC	G	XVIII	821/3
CEDCBCGGAGCGFE	C	XIV	676/1	CEDEFEGFGAGCBCD	A	I	31/5
CEDCCAGFGGFECGG	D	IX	3/321/2	CEDEFFDEFFAAGAG	Bb	V	486/1
CEDCCBAAGF#GG	Ab	VI	512/2	CEDEFFEFG	D	XI	625/7
CEDCCBAGG	G	IX	554/5	CEDEFGCABABC	C	II	335/5
CEDCCBCACG	C	II	336/3	CEDEFGECGECAFDG	D	III	364/5
CEDCCCAG#AABCAA	G	III	379/6	CEDEFGEDEFGGCED	D	XVI	3/342/2
CEDCCCBAACAGGAB	D	XI	658/3	CEDEFGGAFFEFDDC	C	XVIII	*821/4
CEDCCCCCEC	F	II	310/2	CEDEGF#GCCEDEG	F	II	310/7
CEDCCCDEFGFDEFG	G	XI	638/4	CEDFACBAGBCECAF	D	VII	526/2
CEDCCEDC	D	XI	639/6	CEDFACBAGBCECAG	D	VII	526/2
CEDCDC	G	I	73/2	CEDFBCEDCCCBABC	D	XVI	744/1
CEDCDCBCDEFEDED	G	XI	656/4	CEDFBDCEG	D	VI	516/3
CEDCDECEEGFEFGE	C	I	205/3	CEDFEAGCBAAAAG	D	XV	707/1
CEDCDECEEGFEFGE	C	VII	539/8	CEDFECBG	F	XIX	828/2
CEDCDECGCGEGFED	A	X	586/1	CEDFECGGDFEDCBA	Eb	III	448/4
CEDCDEEFGAGCBAG	F	I	43/4	CEDFEDDFEGFE	D	I	19/3
CEDCDEFFEAGCBAF	G	XVI	740/7	CEDFEDECAGAGFEF	C	XVII	3/352/2
CEDCDEFFEAGCBAG	G	XVI	740/7	CEDFEGAGBC	D	I	156/2
CEDCEFGABCDE	D	XI	638/3	CEDFEGFAG	D	II	340/2
CEDCEGCAFDBCEDC	D	I	242/1	CEDFFECGGDFEDCB	Eb	III	448/4
CEDCFDBCGCEGGFF	D	XI	640/7	CEDFFEDDFEGGFE	D	I	19/3
CEDCFEDGEFEDCCA	C	XVI	741/6	CEDFGFEFGCE	D	I	37/2
CEDCFEDGEGFEDCC	C	XVI	741/6	CEDGFEAGFE	G	IX	548/5
CEDCGAGFEAGA	C	XIV	677/1	CEDGFEAGGFE	G	IX	548/5
CEDCGCAGABCGFE	F	XVIII	824/1	CEEDCBCDDEEFD	D	XI	610/9
CEDCGCAGEDCGCAG	A	III	370/4	CEEDCBCGECBAGCB	F	XVIII	816/5
CEDCGCBAGEDCGCB	A	III	370/4	CEEDCCBBFEDCGFE	C	XVII	796/2
CEDCGCDEDCBAG	Bb	XVI	764/4	CEEDCCBCA	F	IX	549/5
CEDCGCEDCDC6GAG	G	XVI	764/2	CEEDCDCBCDEFFED	G	XI	656/4
CEDCGCEEDCDC6GA	G	XVI	764/2	CEEDDDFFEE	F	II	347/4
CEDCGFEACBbAAGA	G	III	384/14	CEEDEFFEFGEC	G	IX	575/11
CEDCGFEAGFEDFDC	C	II	331/1	CEEDFFEAGFEDCBC	E	V	487/1
CEDCGFEEGDGDGEG	C	XVI	740/4	CEEDFFEGGFAAG	D	II	312/1
CEDCGFFEGABCGF	C	XVIII	818/1	CEEDFFEGGFAAGCC	D	III	373/1
CEDCGFGADFEFGCC	A	XVI	743/2	CEEEDCBCEEEDCBC	D	XI	602/2
CEDCGFGADFEFGCD	A	XVI	743/2	CEEEDEFEFEDDDCD	C	XVII	795/2
CEDCGGAFFGEE	F	II	348/2	CEEEEDCBCEEEEDC	D	XI	602/2
CEDCGGBAGCDEFGA	D	I	244/3	CEEEEDEFGABCF#A	C	XIX	832/2
CEDCGGGACAGCDEF	D	X	587/3	C6E6C6EGGCGGGF	C	II	309/11
CEDCGGGGGBAGDFE	A	I	267/4	C6E6GCCEEGGFFEE	F	I	99/2
CEDDCBCAFDCBCG	A	XII	664/9	CEEEFEDEFGABCF#	C	XIX	832/2
CEDDCCGFFEEGEDC	C	VI	515/3	CEEEFGFEDE	C	XV	723/8
CEDDDFEEGAGFEDC	Eb	III	362/1	CEEEFGGFFEEDDE	C	XV	723/8
CEDDFEEAAGGFE	C	IX	548/14	CEEEGFDDDDFE	A	I	9/3

Column (1) Incipit, (2) Original Key, (3) Hoboken Group, (4) Hoboken Location

CEEFDCCBCEEFDCC	G	IX	548/13	CEFGGFFE	D	V	484/1
CEEFEDCBDGFEBDG	Eb	XVI	778/1	CEFGGGCEEEGCCBA	F	XV	686/1
CEEFEDEFEFGFEFE	C	XVII	795/2	CEFGGGCGFGAEFEF	D	II	303/4
CEEFEFAEFEFA	F	IX	564/12	CEFGGGDFEE	C	II	309/8
CEEF#GGGGFFDECD	G	XI	617/11	CEFGGGFEGFE	D	I	22/3
CEEGFGGBDFAFEDE	G	XIV	679/3	CEFGGGGDEFFFEDC	G	XII	661/6
CEEGGCCEDCBCEDC	A	XV	719/2	CEFGGGDEFFFEED	G	XII	661/6
CEEGGCDEFFFFFE	E	I	16/3	CEFGGGGGCGGGE	Eb	VII	534/2
CEEGGECAAG	C	XVIII	814/3	CEF#GDFEAFEDCB	C	III	367/5
CEFABBCDEFDBCGE	D	Ia	280/3	CEF#GF#GAGFEFEF	Bb	V	506/1
CEFAGECGFFE	C	I	22/8	CEF#GGGF#GAGCCC	Eb	XVI	751/4
CEFAGECGFFFE	C	I	22/8	CEGABCBAGAFGEFD	Bb	XV	686/6
CEFAGFEDCAFEDC	Eb	II	328/4	CEGABCEFGEEFD	Bb	I	229/2
CEFAGFEFAG	G	I	57/1	CEGABDCBAGAFGEF	Bb	XV	686/6
CEFAGGFFEDBC	B	I	56/1	CEGABGCEGABGCEG	F	I	259/4
CEFDBC	A	X	590/8	CEGACEFDGE	D	XI	641/7
CEFDCBCEGAFEDFD	A	XI	639/1	CEGACEFDGFE	D	XI	641/7
CEFDCDBCCGAFEFD	A	XI	627/7	CEGADFBCDEFGABC	D	III	415/3
CEFDCDEFGAFGCBA	G	XI	634/8	CEGAFDBCGAFDBC	A	XI	611/2
CEFDDCCGAFFEEGC	G	IV	471/2	CEGAF#GDFEFEDCB	G	XI	628/5
CEFDEFEFGFEDCEF	Bb	III	379/19	CEGAF#GDFEGFEDC	G	XI	628/5
CEFECEDC	D	I	27/5	CEGAGCEGEGEAFG	F	IX	566/8
CEFEE	C	I	235/3	CEGAGFFEEDFD	F	II	350/1
CEFEFGBCEBCEAFE	F	II	300/3	CEGB	A	X	590/4
CEFEFGBCEBCEGFE	D	X	587/2	CEGBBCCEGFFE	A	I	90/4
CEFEFGCEDCBAGEF	G	XV	723/2	CEGBCDEFGECEDBC	C	III	443/3
CEFGABCBAGFE	D	IX	550/19	CEGBCEGAGF#GAFG	C	XIX	829/5
CEFGABCCCCEDC	G	IX	567/1	CEGBCGCEGBCG	G	XI	608/4
CEFGABCDEFGBCEF	F	I	262/2	CEGC	Eb	VII	532/3
CEFGABCEFGABCD	D	XI	635/4	CEGCAGDEFE	D	XV	724/4
CEFGABCFED	D	XI	624/8	CEGCAGFEDCBCFEE	G	XI	650/5
CEFGABCFEED	D	XI	624/8	CEGCBAF#GDEFEDC	Db	XVI	769/7
CEFGCAAAGFCBAAG	C	VII	525/4	CEGCBAGCBAGAGFE	Eb	II	300/9
CEFGCBAG	D	I	83/4	CEGCBAGFEDCBC	C	XVIII	820/3
CEFGCCBDDBFFE	C	VII	525/1	CEGCBCBCGFE	C	VII	532/2
CEFGDEBCDEFGABC	D	V	493/1	CEGCBDCBCGEC	G	I	30/1
CEFGEDBCEFGEDBC	C	I	41/1	CEGCBDGFFDFEGC	G	I	33/1
CEFGEFGECE	D	II	303/10	CEGCBEDCBCGEC	G	I	30/1
CEFGEGEGFEGGFEG	C	II	303/3	CEGCBGFDCDEFGAG	G	XI	643/1
CEFGFEDCAFEDC	Eb	II	328/4	CEGCCBAGCGFEFE	A	II	325/1
CEFGFEDCBCCAGBC	A	V	503/5	CEGCCBBAGCGGFEF	A	II	325/1
CEFGFEDCCBCCAGB	A	V	503/5	CEGCCBBAGFFFFED	C	IX	578/1
CEFGFEDCEDCBC	D	XI	597/5	CEGCCBBAGFFFFFE	C	IX	578/1
CEFGFEDCEDCBC	G	XI	596/9	CEGCCBCC#DG	C	I	238/4
CEFGFEDEFFABCDE	D	XI	601/4	CEGCCBDFFEACBAB	C	VII	526/5
CEFGGABABCFFFE	D	II	303/5	CEGCCBEDFACB	Bb	Ia	292/4
CEFGGFE	D	V	484/1	CEGCCBEDFACBAGD	A	IV	467/11
CEFGGFEAGFE	F	II	313/10	CEGCCCCBC	G	I	153/3
CEFGGFEAGGFE	F	II	313/10	CEGCCCCCEGDDDD	C	I	87/3
CEFGGFECCCBB	C	I	44/1	CEGCCCCEGCC	G	I	73/2

Column (1) Incipit, (2) Original Key, (3) Hoboken Group, (4) Hoboken Location

CEGCCEGC	C	XVII	3/352/1	CEGCFAGGFEGECGE	D	II	3/293/4
CEGCCFACCEGCFE	C	XVI	734/1	CEGCG	C	I	238/3
CEGCDEFGA	C	I	87/8	CEGCGAF#GG	C	XIX	831/1
CEGCEACBAGBCDFF	C	XVIII	3/357/3	CEGCGCEGGGGF#AB	Bb	III	411/13
CEGCEADGC	Bb	I	198/2	CEGCGCGCECG	C	II	302/1
CEGCEBCDCGEDEFE	G	V	503/1	CEGCGECBCDC	Eb	XVIII	823/1
CEGCECBAGCDEFE	F	II	307/11	CEGCGECBFFE	G	XI	637/2
CEGCECCBAAGFEFG	Eb	I	48/5	CEGCGECBFFFE	G	XI	637/2
CEGCECCBAAGFFE	Eb	I	48/5	CEGCGECDEFFE	Bb	IX	550/17
CEGCECDFDE	D	I	46/4	CEGCGECGABCDEFG	E	V	482/4
CEGCECGCAGECBCF	G	XVIII	820/2	CEGCGECGE	D	I	228/1
CEGCEDCBAGFEDDE	Eb	I	111/5	CEGCGEDCBCDC	Eb	XVIII	823/1
CEGCEDCBCGFEDCE	C	V	484/5	CEGCGEFDBGCE	A	XI	653/2
CEGCEDCBCGGFEDC	C	V	484/5	CEGCGFDDECDG	D	IX	548/16
CEGCEDCCCAEDCCC	Eb	III	451/1	CEGCGFE	A	II	325/5
CEGCEDCCEDCCDCD	C	I	230/5	CEGCGFEDCEGCGFE	C	I	59/5
CEGCEDCCEDCCEDC	C	I	230/5	CEGCGGAGFECCCAF	C	II	336/1
CEGCEDEFGGGFEDC	D	I	22/1	CEGCGGAGFECCCAG	C	II	336/1
CEGCEDEFGGGFEED	D	I	22/1	CEGCGGGGFE	F	II	307/8
CEGCEGAGFEGCEGA	C	III	367/7	CEGDDEDCCEDG	A	XI	653/7
CEGCEGAGGCCBBAA	D	V	492/2	CEGDFEDCD	A	XI	612/5
CEGCEGCEG	C	I	136/1	CEGDFFEDCD	A	XI	612/5
CEGCEGCEGE	C	XIX	829/3	CEGDFG	D	I	107/5
CEGCEGCGAFAD	D	III	393/4	CEGDGFE	G	I	33/1
CEGCEGCGECGEFED	C	I	42/1	CEGEAFDDDDEFFFE	C	XI	646/7
CEGCEGCGECGEGFE	C	I	42/1	CEGEBCFFGAF#G	C	VII	532/2
CEGCEGCGEFEDCCG	Bb	I	228/2	CEGEBCGD#ECF#GE	G	III	394/18
CEGCEGCGEFEDCCG	Bb	III	366/1	CEGECA	Bb	IX	570/2
CEGCEGCGEGFEDCC	Bb	I	228/2	CEGECAGAGEG	G	Ia	287/4
CEGCEGCGEGFEDCC	Bb	III	366/1	CEGECBAGAGEG	G	Ia	287/4
CEGCEGECCFACFAF	C	IX	566/6	CEGECBAGGFEDCCB	C	XVI	750/1
CEGCEGECFDBCCCC	C	Ia	294/1	CEGECBDGCDEGF	G	III	384/7
CEGCEGECGFDBGEG	Eb	III	378/6	CEGECCBAGFFE	D	XVI	737/6
CEGCEGEFEDCBAG	Eb	I	40/5	CEGECCBDDD	D	I	83/3
CEGCEGFDBCECGGE	E	V	476/3	CEGECCCFAFCC	F	XIV	675/8
CEGCEGFEDCBCG	D	VII	534/3	CEGECCDEAFDBC	F	II	307/5
CEGCEGFEEDCBCG	D	VII	534/3	CEGECCDEAFDCBC	F	II	307/5
CEGCEGFEFDCBCEG	G	II	323/10	CEGECDDD	Bb	I	104/5
CEGCEGGAAG	F	XV	3/339/1	CEGECEGECEGEC	D	I	66/2
CEGCEGGEAFDBCGA	E	VI	517/3	CEGECEGECEGECEG	C	XIX	831/4
CEGCEGGEGFE	A	IX	550/11	CEGECEGEGEC	F	III	422/6
CEGCEGGEGGFE	A	IX	550/11	CEGECGABCEGECG	E	II	324/5
CEGCEGGFEDDDDDE	Eb	I	98/2	CEGECGCBCBCDGABC	F	I	161/1
CEGCEGGFEEDCCBA	Bb	III	415/7	CEGECGEEEEDFEDC	F	I	43/3
CEGCEGGFEFFEDCB	G	II	303/7	CEGECGEGCGECFDC	F	I	261/1
CEGCEGGGGFFAB	C	I	36/2	CEGEDBCGAGFEDCB	D	XI	617/4
CEGCEGGGGFFACB	C	I	36/2	CEGEDCBCDDEDCD	Bb	I	104/5
CEGCEGGGGFFEEDB	D	IX	573/6	CEGEEFDDDECDEFG	E	XV	718/8
CEGCFAGFEDDBC	A	III	375/4	CEGEFDDECDEFGAB	E	XV	718/8
CEGCFAGFEEDDBC	A	III	375/4	CEGEFFDDEGECC	F	II	318/1

Column (1) Incipit, (2) Original Key, (3) Hoboken Group, (4) Hoboken Location

CEGEGECC	C	IX	567/17	CEGGBCGGFFGFE	G	XI	652/2
CEGEGEDCC	C	IX	567/17	CEGGCBGGBCCEF	Eb	III	388/2
CEGEGFEFEGF	G	XI	625/6	CEGGCEGGCEGGGGF	C	IX	560/1
CEGFAGACBDCDEGF	A	IX	3/317/2	CEGGCGFDDEC	A	I	9/4
CEGFAGCCCDCGEDC	F	XVI	741/1	CEGGDF	Bb	XIV	675/7
CEGFAGGGGDFECCB	Bb	XV	721/2	CEGGEAGGECD	G	IX	550/16
CEGFDBC	A	III	411/1	CEGGECAAFDCBAGA	C	IX	576/1
CEGFDCEFGACBGDF	E	III	383/1	CEGGECDBGGEFEE	C	XI	646/5
CEGFECEEDC	D	I	27/5	CEGGEFGABCBAG	A	III	389/14
CEGFEDC	A	XVI	751/6	CEGGEFGFDEEFD	Eb	IX	553/9
CEGFEDCAGCGEDEF	Bb	IV	472/2	CEGGFDFEABCEFE	G	III	388/15
CEGFEDCBAGCECEG	D	XI	641/1	CEGGFDFEABCEGFE	G	III	388/15
CEGFEDCBAGGFECB	D	III	384/13	CEGGFEAGFEDDCBC	Eb	V	482/2
CEGFEDCBCAFE	A	IX	562/10	CEGGFEDCBBCDDEF	G	VII	539/7
CEGFEDCBCDG	E	IX	575/8	CEGGFEDCBBCDDEG	G	VII	539/7
CEGFEDCDEFAG	A	IX	562/10	CEGGFEDCBCG	G	I	13/2
CEGFEDCEDC	F	XI	651/4	CEGGFEDCGCEGGFE	D	XI	609/5
CEGFEDCGCEGFEDC	D	XI	609/5	CEGGFEDD	Eb	IX	568/6
CEGFEDD	Eb	IX	568/6	CEGGFEEDCBCG	G	I	13/2
CEGFEDDD	Eb	I	111/2	CEGGFEEDFEGFAGF	F	I	232/2
CEGFEDEFDCB	C	IX	572/2	CEGGFEFFEGFDBCC	F	VI	511/1
CEGFEEDCBCAFE	A	IX	562/10	CEGGFEFGDFEDEDE	A	V	505/2
CEGFEEDCDEFAG	A	IX	562/10	CEGGFFEEDFD	F	II	350/1
CEGFEEDFEGFAGFE	F	I	232/2	CEGGFFFFEFGG#AF	Bb	I	111/3
CEGFEEFGFEDCAGA	A	VII	527/3	CEGGFFFFFDBFDBF	G	I	27/2
CEGFEEFGFEDCBAG	A	VII	527/3	CEGGGAGGFEEC	A	XII	663/9
CEGFEFFEGFDBCCC	F	VI	511/1	CEGGGBCGGGECBBC	C	XVI	759/4
CEGFEFG	D	I	19/1	CEGGGCBAGFEDDCB	F	I	260/4
CEGFEFGBCEBCEAG	F	II	300/3	CEGGGCBCDBGBCCC	F	III	422/7
CEGFEFGBCEBCEGG	D	X	587/2	CEGGGCCEFFFA	D	I	66/4
CEGFFDDECAGG	B	XI	640/4	CEGGGCGGGECBBCC	C	XVI	759/4
CEGFFEEEGFED	F	II	310/7	CEGGGDFGGGFFEGE	Bb	II	329/6
CEGFGFEGDGDECDE	C	XIX	828/4	CEGGGFEFEDDCBCC	D	II	325/4
CEGF#FDBG	G	III	410/10	CEGGGFFEFEECDBC	A	I	92/3
CEGF#GF#GF#GAF#	Bb	I	198/5	CEGGGGBABCEF#E	G	XI	650/6
CEGGABCBAG	Bb	I	3/285/1	CEGGGGGCBABCEGF#	G	XI	650/6
CEGGABCBBAG	Bb	I	3/285/1	CEGGGGGFEFFEFFED	A	I	92/3
CEGGABCDEFE	C	I	7/2	CEGGGGGF#GGF#GG	F	III	404/15
CEGGABCEFAGC	D	XII	664/8	CEGGGGGAF#G	Eb	I	24/3
CEGGACEEFADGEC	C	I	234/2	CEGGGGGAGFEDCBC	A	XI	603/6
CEGGACGFFFED	E	II	324/2	CEGGGGGAGFEDCBD	A	XI	603/6
CEGGACGFFFEED	E	II	324/2	CE6GABCGECDEFEB	G	XI	627/4
CEGGAFDBGCE	C	IX	557/4	CE9GCE7GC	C	XI	656/9
CEGGAFFDCBAGABC	D	III	373/5	CE10GCEGGGGG	Bb	I	273/1
CEGGAFFDCBAGABC	D	II	313/2				
CEGGAGFEGFEDDCB	D	II	325/4	CFAGFEGAGFEDC	Eb	XV	705/5
CEGGAGGAGGAG	D	I	247/5	CFBDAGFEGAGFEDC	Eb	XV	705/5
CEGGAGGF#GGCAGG	D	I	222/2	CFDBCEGFEGCBAGF	F	XVI	741/2
CEGGBCGFEDCBCD	A	IX	572/4	CFDBCGFEGCEGCGCF	Eb	III	362/5
CEGGBCGFFEDCBCD	A	IX	572/4	CFEbDCBDGFEbDCG	Cm	XVI	749/3

Column (1) Incipit, (2) Original Key, (3) Hoboken Group, (4) Hoboken Location

CFEAFDBCAG	D	I	10/3	CGABCDEFE	G	I	7/3
CFEAGGCGACAGBDF	G	XVI	738/9	CGABCECA	D	I	251/1
CFEB	G	IX	3/317/5	CGABCEGECBF	G	II	317/1
CFEBCFAGGFE	C	VII	525/3	CGABCGABCEGECAG	C	XVI	780/1
CFEDCBBBBCCDE	Eb	XV	712/1	CGACBDCEDFEFGAB	Eb	II	325/7
CFEDCBCAGFEFG	Eb	I	15/5	CGACBDCEDFEFGAC	Eb	II	325/7
CFEDCBCGG	C	XI	638/9	CGACFGCEFDCBC	A	XI	626/1
CFEDCCBBBBCDCBC	Eb	XV	712/1	CGACFGCEFEDCBC	A	XI	626/1
CFEDCCCBAG#AABC	G	III	379/6	CGADGCFEDBC	G	XI	632/2
CFEDCCCDEFGFDEF	G	XI	638/4	CGADGCGFEDCBC	G	XI	632/2
CFEDCGCDEDCBAG	Bb	XVI	764/4	CGAEEFGDEG	A	I	267/3
CFEDCGGABCCCGEE	A	XI	599/1	CGAEFG	G	XV	703/2
CFEDCGGAGFFGFEE	F	II	348/2	CGAEFGDEG	A	I	267/3
CFEDCGGCBAGCDEF	D	I	244/3	CGAEGFEFFDGFEDE	A	XI	646/1
CFEDCGGGGGCBAGD	A	I	267/4	CGAFAGBCCDCDC	A	I	266/7
CFEDDCBCAGFEFG	Eb	I	15/5	CGAFCAG	D	IX	567/13
CFEDDCBDBG	F	IX	574/3	CGAFDFEG	A	IX	575/9
CFEDEFDEDCBCDBC	G	XVIII	821/3	CGAGCBAAGCDEFAG	G	II	298/1
CFEDEFGGAFFEFDD	C	XVIII	*821/4	CGAGCBABAGCDEFA	G	II	298/1
CFEDFEDCBCBAG	D	XI	652/5	CGAGCDEEFE	Bb	IX	567/2
CFEDFEDCBDCBAG	D	XI	652/5	CGAGECCCAFGFDBB	Bb	I	120/1
CFEEDC	D	Ia	281/1	CGAGFECEFEDCGFE	F	III	376/15
CFEFAGFEDCBC	Ab	III	388/4	CGAGFEDCCCC	Eb	VIII	543/2
CFEFAGFEEDCBC	Ab	III	388/4	CGAGFEFFEDEEDCB	E	XVI	750/4
CFEGAGFEDDDEDD	A	I	92/1	CGAGFEGCEGEAGFE	Eb	XV	692/1
CFEGAGFEDDDFEDD	A	I	92/1	CGAGFGFEGGGAGFE	Eb	XV	719/7
CFEGCBAGFE	Bb	III	374/2	CGAGGAAB	F	VI	517/4
CFEGGFGAFDCBCDC	D	III	368/4	CGAGGG#AAB	F	VI	517/4
CFGAGEDCBCBCAGG	C	XVIII	820/1	CGBCGFEGFE	C	I	239/2
CFGC	Am	XI	626/4	CGC	Eb	I	118/1
				CGCACGAGFEDBAGF	Bb	XVI	736/1
CF#F#GGABbCD	G	I	264/3	CGCACGGFEDAGFEF	Bb	XVI	736/1
CF#GEFEDC	C	XI	642/9	CGCADCCBDBFDAGF	Eb	XV	711/1
CF#GGABbCD	G	I	264/3	CGCADCCBDBFDAGG	Eb	XV	711/1
				CGCAGBCC#DD#EF	C	XIX	830/1
CGAbBbAbGFEbDF	Am	VI	511/5	CGCBAbGFEbGCBAb	Gm	XI	656/5
CGAbF#GGCEbEbDC	Cm	I	188/1	CGCBAG	Bb	I	213/1
CGAbGAbGCGAbGAb	Am	XI	625/4	CGCBAG	C	I	76/3
CGAbGCCBGFEbCBC	F#m	I	52/5	CGCBAGFEAGFEDC	D	II	339/2
CGAbGDEbFEbDCB	Bm	XI	640/3	CGCBAGGFE	E	III	375/2
CGAbGF#GAbF#GF#	Fm	III	411/7	CGCBCCAG#AFDC#D	Bb	XVI	746/3
CGAbGF#GFEbDCFG	Gm	III	388/12	CGCBG	Gm	II	298/4
CGAAGEGAAG	Eb	III	449/2	CGCBGAbGF#GD	E	I	50/1
CGAAGEGAAG	Eb	I	253/3	CGCCBCBGDFFEFE	Bb	III	371/4
CGABCBAGGDDFEGF	Bb	II	355/3	CGCCBCBGDFFEFE	Bb	II	311/4
CGABCBBCBAGADFE	G	XVI	737/9	CGCCBCDFBCCBC	E	I	257/1
CGACCBBDCBAGAD	G	XVI	737/9	CGCCBG	Gm	II	298/4
CGABCCCED	D	IX	550/9	CGCCC	F	I	259/2
CGABCCDEFGECCFDG	D	I	242/4	CGCCCBCDEDDC#DE	C	III	410/8
CGABCDE	C	I	11/1	CGCCCCCBGAAAC	G	II	300/1

CGCCECEEGGAFFE	Eb	V	495/2		CGECCBAAG#AAG#A	G	III	435/1
CGCCGCECEECEGEG	C	I	231/1		CGECCBABAG#ABA	G	III	435/1
CGCDEbCGGGGAbFF	Bm	XVI	755/10		CGECCBAGCAGGFE	E	V	487/3
CGCDECECEFGEEFD	D	I	248/2		CGECCBAGDCBAGGF	E	V	487/3
CGCDEDCDGDEFED	D	I	250/2		CGECCBCDEFE	A	III	455/4
CGCDEFEDCCB	E	IX	568/11		CGECCBCDEGFE	A	III	455/4
CGCDEFGABCDEFGA	Bb	II	355/1		CGECCCBBFFEDEDC	Eb	II	325/6
CGCEBCBC	G	I	21/1		CGECCCBCDDDCDEG	D	Ia	282/1
CGCECDBCEGAABCB	F	XV	700/1		CGECCCCDBAGCCCC	A	XI	610/7
CGCECEGFGAB	Bb	I	273/3		CGECCCCDC	Eb	II	343/4
CGCECEGGGFDGFEC	A	XVIII	821/6		CGECCCCDCBAGCCC	A	XI	610/7
CGCECFFGFEDC	G	I	265/2		CGECCCCEDC	Eb	II	343/4
CGCECGCGCECCEG	C	I	236/3		CGECCCCEGC	F	II	308/1
CGCEDCBAGG#AEGF	C	XV	710/1		CGECCCCGEACCCCC	Eb	II	328/6
CGCEDCBCGCEDCBC	C	XVI	734/3		CGECCDCBCDDEDCD	D	Ia	282/1
CGCEEDCACAGFE	Eb	I	252/1		CGECCEDCCCEDCCC	Bb	I	275/1
CGCEEDCBCGCEEDC	C	XVI	734/3		CGECCEFEFGAGCEF	D	IV	466/2
CGCEFEDCDEFFFE	D	I	31/2		CGECCEGFEFGAGCE	D	IV	466/2
CGCEGEGFDBCCEGE	F	XVI	776/2		CGECCGECGABCDEF	D	I	102/1
CGCEGFEDCDEFFFE	D	I	31/2		CGECD	Bb	I	42/9
CGCGCCCDGDGDDD	C	XVa	728/3		CGECDCDCDCDCFEF	Bb	I	93/1
CGCGCEFGDEFE	Eb	I	3/283/1		CGECDCDECDCDC	D	I	16/6
CGCGCEGCECCBBAF	F	I	259/3		CGECDEFGGGEDEC	G	IX	558/7
CGCGCGCCGEDFDBC	D	IX	566/11		CGECDEFGGGFEDEC	G	IX	558/7
CGCGCGDGDGDGE	D	I	241/5		CGECDGCGECEGBCG	D	I	249/7
CGCGDGDGEGEGFDC	F	I	262/1		CGECEDCDACGECED	D	II	342/4
CGCGGGFFE	D	III	445/2		CGECEDCDCEDCDCG	Bb	I	93/1
CGDCBCCAG#AFDC#	Bb	XVI	746/3		CGECEDCDECEDCDC	D	I	16/6
CGDCCBCDFBDCCBC	E	I	257/1		CGECEDEFEG	Eb	V	495/4
CGDECAFEDCCB	G	XI	654/1		CGECEGCCDEEFGCC	D	I	191/1
CGEbBCDCGAbGGD	Em	XV	693/3		CGECEGCDCBCDEFE	D	I	191/1
CGEbCBGDGFDEbC	Cm	I	241/2		CGECFEEDC#DDGFF	D	I	85/6
CGEbCGEbFAbAbAb	F#m	I	52/1		CGECFFEGAFDFDCB	C	I	26/2
CGEbDAbFDDFEbDC	Am	XI	626/4		CGECGC	C	I	194/2
CGEbDCAbG	Am	XI	639/3		CGECGCGFEDCCCC	G	I	36/1
CGEbDCGGF	Cm	I	238/1		CGECGCGFEFE	G	I	179/3
CGEbDDCCGGGDGF	Dm	III	401/1		CGECGECBAAGFGAD	D	I	246/2
CGEbEbDDGFFEb	Cm	I	241/1		CGECGECBAGFF	E	I	32/5
CGEbEbFEbFG	Dm	III	401/5		CGECGECBAGFGADF	D	I	246/2
CGEbEbGFEbFG	Dm	III	401/5		CGECGECDEFGABCA	D	I	9/7
CGEADGC	C	XVI	776/1		CGECGECDGFFE	C	I	76/1
CGEAFBbGECFF	G	I	130/3		CGECGECGCB	Bb	I	42/9
CGEAFDBGFFEFE	A	XI	598/4		CGECGECGCGEGECG	G	IX	3/317/10
CGEAFDBGFGFEFE	A	XI	598/4		CGECGECGECDEFEG	G	II	304/1
CGEAGCBCFE	G	V	501/3		CGECGECGEFAFDBC	Bb	IX	572/8
CGEC	Eb	II	346/3		CGECGECGEGCGECG	Eb	I	256/1
CGEC	Eb	I	252/2		CGECGECGGGGABCB	F	II	347/3
CGECABCBAAGF#GG	G	I	265/1		CGECGEDEFG	G	II	3/295/2
CGECABDCBAAGF#G	G	I	265/1		CGECGEDEFG	C	II	3/293/1
CGECBCFEEDDC#DG	D	I	85/1		CGECGEDEFGE	Bb	II	355/2

Column (1) Incipit, (2) Original Key, (3) Hoboken Group, (4) Hoboken Location

CGECGEFDBGCE	Bb	IX	552/7	CGEGFEDAGF	Bb	V	506/2
CGECGEGCDGC	A	V	505/1	CGEGFEDC	C	II	319/3
CGECGEGFGFGFE	D	IX	568/19	CGEGFEDC	G	II	350/4
CGECGGABCEG	Eb	I	270/1	CGEGFEDCGCEGCE	G	III	453/5
CGEDBCGGG	C	Ia	277/1	CGEGFGDGEGCEDBG	Bb	IX	579/8
CGEDBGCGEDBGCCB	D	II	339/1	CGEGFGDGEGCEEDB	Bb	IX	579/8
CGEDCABCBAGF#GG	A	VI	511/4	CGEGGFEDC	C	II	319/3
CGEDCB	D	III	447/1	CGFDBCCCDEFGAG	F	XI	642/2
CGEDCBCDEFDAGFE	F	XVI	759/5	CGFEbDCBCBBDGF	Em	III	383/4
CGEDCCBAGCBAGFE	D	XVII	796/4	CGFEbDCBCBBDGGF	Em	III	383/4
CGEDCCBAGCBAGFF	D	XVII	796/4	CGFEbDCGCAbCGC	Cm	XVI	737/4
CGEDCCBCGGFEDAG	D	XV	707/3	CGFEbDEbDCBCGF	Gm	III	365/6
CGEDCCCBBFFEDED	Eb	II	325/6	CGFEAGFEEDAGF	Bb	V	506/2
CGEDCCCCCBCDC	Eb	II	346/4	CGFEAGGCDEFEBCG	D	XI	615/2
CGEDCEFGGFE	A	IX	548/8	CGFECABCDCBCFE	D	XI	616/4
CGEDCFGAGABCDE	C	XI	594/6	CGFECC	Eb	IX	549/11
CGEDCFGAGABCDEF	D	XI	594/2	CGFECGACBGCEGCE	Bb	VII	527/4
CGEDCGECGECG	Eb	III	450/3	CGFEDABC	D	III	447/2
CGEDDCBCDEFGAGC	Ab	XV	696/1	CGFEDC	D	II	306/2
CGEDECGGGGGEDEC	D	Ia	281/2	CGFEDCBAGFEDCCG	Eb	II	346/5
CGEDECGGGGGEDEC	D	Ia	281/4	CGFEDCBCDECFAGF	F	III	436/4
CGEDFEEGEB	A	IX	550/12	CGFEDCBCDEFAGFE	Eb	II	300/10
CGEECCEFD	D	I	34/1	CGFEDCBCDEFDBAG	F	XVI	759/5
CGEEDBGCDEFFFFF	D	XIII	667/1	CGFEDCBCDEFFEDC	D	XI	607/5
CGEEDBGCDEFFFFG	D	XIII	667/1	CGFEDCBDCEDGACB	F	XVI	740/5
CGEEDBGCGEEDBGC	D	II	339/1	CGFEDCCBCBCBCGF	G	III	384/14
CGEEDCDCGECGECG	Eb	III	450/3	CGFEDCCBCDEFFED	D	XI	607/5
CGEEDDCCBCBCDDG	D	XI	601/1	CGFEDCCCCCBCDC	Eb	II	346/4
CGEEDEFEFED	Bb	I	274/3	CGFEDCDEFFE	Bb	II	300/7
CGEEEDCCBCCBCBC	G	I	201/3	CGFEDCDEFFFE	Bb	II	300/7
CGEEEDCCBCCBCD	G	I	201/3	CGFEDCFABDCBAAG	A	VI	511/4
CGEEFDB	Eb	I	253/1	CGFEDCFGAGABCDE	C	XI	594/6
CGEEFGEFGA	F	I	43/5	CGFEDCFGAGABCDE	D	XI	594/2
CGEEGECCECGGEFD	C	IX	562/8	CGFEDCGABCGFEDC	D	I	8/1
CGEEGFDBCCECG	A	XV	690/1	CGFEDCGGGGABCBC	D	I	38/3
CGEEGGFEDCCDEDC	Eb	V	497/1	CGFEDCGGGGABDCB	D	I	38/3
CGEFAFGFFFE	A	XI	627/9	CGFEDEbDEbDEbFG	E	III	451/2
CGEFAGEGE	F	IX	558/4	CGFEDECGGGGGFED	D	Ia	281/2
CGEFDBGFEGFEDFE	C	I	165/6	CGFEDECGGGGGFED	D	Ia	281/4
CGEFDCG	D	I	66/1	CGFEDEDCBC	D	I	34/6
CGEFDCGEFDCAFCA	C	V	484/6	CGFEECDB	G	IX	549/3
CGEFECCCFDBGCBCD	Eb	IX	579/5	CGFEEDCACAAG	G	V	503/4
CGEFEDEGFDBCCEC	A	XV	690/1	CGFEEEE	F	IX	555/1
CGEGABCBAAGCBCD	D	XI	641/8	CGFEEEGFEEFGGFE	F	II	329/16
CGEGCGECBAGFECE	Eb	I	24/1	CGFEEGFEDDEFGAB	D	II	342/1
CGEGCGECGGGGFFE	C	XIX	832/3	CGFEFDABC	Eb	I	255/1
CGEGEC	D	I	107/1	CGFEFG	D	IX	550/24
CGEGFDACAGFD	G	III	364/1	CGFEFGAGCBCFE	G	V	501/3
CGEGFDACAGFED	G	III	364/1	CGFEFGEDCBCBCAG	A	V	504/2
CGEGFDECGCBGCED	D	I	191/6	CGFEGABDCBAAGCB	D	XI	641/8

Column (1) Incipit, (2) Original Key, (3) Hoboken Group, (4) Hoboken Location

CGFEGCBAGGFE	Bb	III	374/2
CGFEGCEGCGCDEFE	C	I	36/6
CGFFEDCAGFE	C	II	302/2
CGFFEDCAGGFE	C	II	302/2
CGFFEDCDCAGCEFE	Bb	V	483/3
CGFFEDCDCAGCEGF	Bb	V	483/3
CGFFEDCFDGFEDCF	Eb	XVI	760/8
CGFFEFDABC	Eb	I	255/1
CGFFEFEDEDCBCDC	Ab	XVI	769/6
CGFGAFDEDC	G	I	11/4
CGFGAFEDC	G	I	11/4
CGFGAFFEDCBCC	C	II	322/7
CGFGAGFEDC	E	III	377/2
CGFGECCCBC	C	VIII	544/2
CGFGEDECGECE	D	XIII	667/2
CGFGEDECGECEDBC	D	XII	3/331/1
CGFGEFDECDBGGAF	Bb	I	269/2
CGF#FEEFDCB	D	XI	629/3
CGF#GFEbDCBCBC	Gm	XI	655/3
CGGAbF#F#GDDFEb	Fm	III	411/7
CGGAAFFGEEFFDDE	A	XI	595/4
CGGAAGGCEDGAFFE	G	II	351/2
CGGAFFGECFDCBCG	A	II	353/3
CGGAGFEEEFEDCC#	E	III	380/4
CGGC	Dm	XI	621/7
CGGCAAAGFEDCBCD	Eb	XVI	745/6
CGGCAACGGAGFE	A	XVI	738/2
CGGCAAFDDGEE	C	IX	561/2
CGGCBFDBCGGCBFD	F	IX	568/1
CGGCCCCEFGFCCC	D	I	246/4
CGGCEFFFDEACB	C	I	36/8
CGGCEFFFDEACCB	C	I	36/8
CGGEbCAbGGCEbDb	Dm	XVIII	819/5
CGGECBCDCBCDCAG	E	XV	718/7
CGGECCGCEGBGEC	C	II	331/2
CGGECCGEGCAGFDF	D	IX	566/10
CGGEDCBCG	F	I	258/2
CGGEEGEGECGCG	G	I	262/5
CGGFAFEDBC	Eb	II	300/8
CGGFAFEDCBC	Eb	II	300/8
CGGFEDA	C	I	232/1
CGGFEDC	D	II	306/2
CGGFEDCBGCGEFED	C	XVI	760/13
CGGFEDCBGCGEGFG	C	XVI	760/13
CGGFEEGECBBDCC	C	II	335/3
CGGFEFEG	Eb	III	421/15
CGGFEFEGG#AFD	Eb	II	345/4
CGGFEFFEGG#G#AF	Eb	II	345/4
CGGFFEEAG	D	I	106/4
CGGF#GAEFEDGCEE	Bb	I	80/2

CGGF#GAEGFEDGCE	Bb	I	80/2
CGGGAbGG	Cm	I	36/7
CGGGAAFEFDDCCBC	D	VI	517/1
CGGGAG	D	XI	613/1
CGGGAGCAFEDCBCD	Eb	III	371/7
CGGGAGCAFEDCBCD	Eb	II	311/7
CGGGAGFEEDEFDCB	A	III	377/1
CGGGAGFEEFGFEDC	G	I	26/1
CGGGAGFFEFEDCEG	C	III	365/4
CGGGBAGFFEGFEDC	C	III	365/4
CGGGCAADBGABCCB	A	XVII	798/2
CGGGCBAADBGABCC	A	XVII	798/2
CGGGCGFEDEC#DAG	Eb	III	384/4
CGGGECAAAAFDBGF	E	III	383/2
CGGGECAAAAFDCBG	E	III	383/2
CGGGECCCGCCCDEC	Bb	I	98/5
CGGGFECBAGGGFE	Bb	III	376/16
CGGGFEDCBAGGGFE	Bb	III	376/16
CGGGFEEEEDCC#DD	E	III	380/4
CGGGGAFEFGFEDCA	A	XI	610/4
CGGGGAFFEFGFEDC	A	XI	610/4
CGGGGAGCEFEGCCC	F	XVI	755/1
CGGGGBAGCEGFEGC	F	XVI	755/1
CGGGGDEFE	Bb	I	15/4
CGGGGEEFD	A	XVII	798/1
CGGGGEFD	A	XVII	798/1
CGGGGGABCCCCDCB	A	XI	646/4
CGGGGGABCCCCEDC	A	XI	646/4
CGGGGGAFEFDCDEF	G	V	487/4
CGGGGGAGGFEEDFD	Eb	XIV	670/4
CGGGGGCGGCGGCGG	G	V	502/5
CGGGGGDGGGGGEGC	G	I	73/1
CGGGGGEEEECEEGG	C	II	306/3
CGGGGGFDFEGAFEC	Eb	III	449/3
CGGGGGFEDCDCBCG	F	XV	720/2
CGGGGGFFEDCEDCB	F	XV	720/2
C6GFDFEGAFECBDD	Eb	III	449/3
C8GCCAABDGFEGC	Bb	I	229/5
C#ADBGCEA	G	I	182/2
DBCEDBCGDBCEDCB	Bb	XV	703/3
DCBAGFEDFACBC	D	III	404/16
DCBAGGBAGFEECDE	F	IV	471/1
DCBAGGGGGADFEAG	G	XVI	737/2
DCBCAbAbAbCBbAb	Cm	III	388/10
DCBCABGAGFEEEEG	A	III	411/5
DCBCECGGGFEFECC	G	I	159/4
DCBCEGCBDCBAGCE	F	XIX	828/2

Column (1) Incipit, (2) Original Key, (3) Hoboken Group, (4) Hoboken Location

DCBCGAGFGEFEDEC	D	XV	698/4		EbDDbC	Dm	XI	638/2
DCBCGEFAGECDEFA	G	XV	707/4		EbDDFEbEbCBB	Cm	XI	633/8
DCBCGGAGF#GEEFE	G	I	205/4		EbDEbFGBCAbGEbD	Am	II	325/3
DCBCGGBAGCEGDCB	C	IX	559/10					
DCCBCDECEDDCDEF	D	IX	578/7		EbEbAbGFEbDCCF	Bm	III	393/1
DCCBCEEDDCDFFEE	G	II	353/1		EbEbDCB	Dm	XI	620/2
DCDBABFEb	Cm	V	479/4		EbEbDEbDEbDFFEb	Dm	III	383/8
DCECBCGDCECBCGE	Eb	V	497/2		EbEbDEbGDEbAbGD	Bm	III	416/11
					EbEbEbEbEbDCBDC	Fm	I	80/4
DDDDGG	F	IX	568/18		EbEbEbEbEbDCBDC	Dm	XI	619/5
DDDECBCDDFEDEF	G	III	410/10		EbEbFGCBDGCCDD	Em	XVI	759/3
DDDECCCEEEFDDD	G	I	159/2		EbEbFGCBDGCCDDF	Em	XVI	759/3
DDECBCDDEDEF	G	III	410/10		EbEbFGFEbG	Dm	XI	618/4
DDGGF#GF#GCBCD	Gm	III	388/16		EbEbGFEbDCCFAbG	Bm	III	393/1
DEbDEbDEbFGAbGF	Dm	III	401/5		EbFDEbCBCDEbFD	Am	XI	625/4
					EbFDG	Bm	I	56/4
DEFDC	C	IX	568/10		EbFEbDCBBBCDCBC	Dm	XII	661/5
DEFDFDEDEFG	C	III	441/1		EbFEbDCBCDCBCD	Am	I	31/4
DE7FEE	Bb	I	273/1		EbFEbDEbGDEbAbG	Bm	III	416/11
DEFGDEFG	D	IV	469/1		EbFEbDFEbDFEbD	Am	I	92/4
DEFGGCBAGGFE	D	IX	570/11		EbFEbDGBABCCCDC	Dm	II	312/3
DEGEDECC	A	I	90/4		EbFEbDGBABCCCDC	Dm	III	373/3
DEGEFGF#GGF#GF#	G	IX	561/10		EbFEbDGBABCCCDC	Dm	II	312/3
DFEFAbFEGCEbDEb	Cm	V	485/3		EbGCBGGFEbDCCCD	Cm	III	384/1
					EbGCGGFEbDCCCD	Cm	III	384/1
DGABCBDDDDBDBDB	C	III	388/6					
DGBAFGAGFEDDD#E	F	II	316/7		EAF#GCFD#EADBCC	A	I	17/5
DGBAFGGFEDDD#EC	F	II	316/7		EAGFEDGFEDCC#	G	I	182/2
					EAGGFEDEAGGFEDE	D	XVIII	816/2
D#EEF#GGG#AAG#A	F	III	411/10					
					EBCBCCDEFFFEAAG	D	I	46/1
EbBCAbFCDBbGDEb	Cm	III	384/5		EBCGGF#GCC	G	IX	568/14
EbBCGFEbEbDCAbF	Em	XVI	759/1					
					ECBCGGGFDC#DGGG	D	I	246/5
EbCAbAbGFEbDbDD	Gm	XVIII	821/2		ECBCGGGGFDC#DGG	D	I	246/5
EbCCBDBBC	Dm	XII	661/3		ECBGAGEAG	G	III	379/8
EbCEbGFEbCFG	Cm	I	65/5		ECCBCGE	Eb	IX	570/9
EbCF#AGAGF#GABb	F#m	III	404/10		ECCCCC	D	II	338/2
EbCF#AGGF#GAAGA	F#m	III	404/10		E7CGEDDD	Eb	I	255/6
					ECCCCCDEDCAG	C	XIX	832/2
EbDCBb	Dm	XI	648/7		ECCCCCECGGGG	D	IX	572/17
EbDCBbCDEbDCBb	Gm	XII	660/8		ECCCEE	F	II	310/8
EbDCB	Dm	I	251/3		ECDBAGCDEFFFE	D	I	106/1
EbDCBBCDG	Am	I	23/4		ECDCBAGCDEFFFE	D	I	106/1
EbDCCCBCBB	Dm	XI	631/7		ECDCEGCEGFED	D	I	249/6
EbDCCCBCDGAbCBG	Cm	VI	512/5		ECDCEGCEGGFED	D	I	249/6
EbDCDDG	Am	XVI	743/3		ECDCGEGECDCD	C	XIX	828/4
EbDCFEbDAbGF	Em	XV	718/9		ECDEFGABCD	D	I	249/4

Column (1) Incipit, (2) Original Key, (3) Hoboken Group, (4) Hoboken Location

ECEAAAAFADDD	Gm	I	257/4	EDEFDBDCEGCEG	A	IX	564/6
ECEGCEFFECEGCEF	D	I	106/6	EDEFDFEFGE	C	I	82/2
ECEGCEGECDCGECD	Eb	V	494/4	EDEFDGCBAGFEDCD	Eb	III	394/14
ECEGCEGECEDCGEC	Eb	V	494/4	EDEFDGCCBAGGFED	Eb	III	394/14
ECFCGCABCDDEFGE	D	XI	631/11	EDEFEDCBAGCE	G	I	205/5
ECFCGCABCDDEFGF	D	XI	631/11	EDEFEFDEDEFEFDB	Eb	III	374/3
ECFECGCCGCEGC	C	III	394/8	EDEFEFEFE	G	XII	660/6
ECGABCDECGGGGEF	F	III	422/11	EDEFEFGECDCDEDE	D	VII	529/4
ECGCCD	D	XI	645/7	EDEFGCCCCAGCFE	C	XVI	737/3
ECGCECFDGG	Bb	I	147/5	EDEFGCEEGCCDEF	G	IX	569/7
ECGCGEGEFDBGFDE	C	IX	564/11	EDEFGECDBGCDEF	A	XV	710/2
ECGECGCAFDAGFFE	F	IX	562/4	EDEFGEDEF	C	I	239/1
ECGECGECACFAGEF	G	III	416/3	EDEFGGGAAAADDCB	A	IX	553/7
ECGFEGCADFCBAG	C	IX	554/4	EDEF6GFED	D	III	405/2
ECGGABBCDCBCC#D	C	IX	553/11	EDFDBCEGF#DEFEC	D	XV	705/10
ECGGECCGECG	Eb	I	253/2	EDFEABCBAGFE	C	II	317/3
				EDFEABCBAGGFE	C	II	317/3
EDBDBDBCGGGCBAG	Bb	I	63/4	EDFEAGCBAAAAAG	D	XV	707/1
EDBDBDBCGGGGCBA	Bb	I	63/4	EDFEDCBCD	D	III	439/3
EDC	Bb	II	310/5	EDFEDCBCDEF#AG	C	IX	571/9
EDCBAGAGFEDFEDC	Eb	IX	559/16	EDFEDDCBCD	D	III	439/3
EDCBAGFDCBAGF	F	I	231/3	EDFEECGFEGFFDB	G	IX	564/3
EDCBAGG#ABCDEF	C	I	165/5	EDFFFEDCBAGF#GA	G	I	130/5
EDCBCDCCBC	F	I	42/2	EDFFFEDCCBAGF#G	G	I	130/5
EDCBCDEFEFGACBC	G	VI	519/2				
EDCBCDGABCEGC	Eb	III	435/4	EECAFAGCCBGCEE	D	V	484/1
EDCBCFFEEDDC#	D	I	248/4	EECDEEEDBBCEE	F	I	95/4
EDCCBCGE	Eb	IX	570/9	EECGGECCBAG	C	XIX	829/4
EDCCCCFEDDDD	A	IX	566/15	EECGGECCBAG	C	III	410/3
EDCCCCGFEEEE	A	I	268/3	EECGGECCBBAG	C	III	410/3
EDCCDEFE	D	V	488/1	EEDCBCDCBAGCDE	Bb	XVII	795/1
EDCCFEDDGFEAF#A	Eb	I	75/1	EEDCBCDCBCDCB	Bb	IX	568/2
EDCC#DEFAGFFED	C	III	429/2	EEDCCDDGG	D	I	102/4
EDCDCBGABCD	D	XI	615/7	EEDCDCCCC	G	IX	554/2
EDCDCCCC	G	IX	554/2	EEDCFECDEDCEFGF	D	III	373/6
EDCDDC	F	I	29/2	EEDCGFECDEEDCEF	D	III	373/6
EDCDFEDE	G	XI	619/7	EEDDC	G	I	172/5
EDCEFGABCBA	G	I	172/5	EEDDCBCDCBAGCDE	Bb	XVII	795/1
EDCFAGFEDGGFEDC	G	I	7/7	EEDEFDBBCDBBC	E	III	375/3
EDCFEDCA	E	III	422/13	EEDEFGC	F	I	269/4
EDCGABCG	G	I	78/3	EEDFDEFEDDC	D	XI	599/3
EDCGFECAGAFEDCB	F	I	194/3	EEEDCDECDEFGABC	Eb	I	147/3
EDDCBCECBAFEED	C	IX	565/1	EEEDDD	D	I	128/5
EDDCC#DEFEDCB	Bb	III	439/1	EEEDFFFE	D	III	389/4
EDDCC#DEGFEDCB	Bb	III	439/1	EEEEBBBBGEFGFEE	D	XIX	833/3
E12DCCCC8F	D	I	19/2	EEEEDCBA	G	I	172/1
EDDECABCDEDDEC	D	III	436/3	EEEEDCDECDEFGAB	Eb	I	147/3
EDECGGGGCADCB	Bb	XVa	729/2	6EDEFFFEFGCEGCB	D	I	247/1
EDEDCDECABCDEDE	D	III	436/3	9EGFD	D	IX	3/322/1
EDEFDBCEGGFGABC	D	I	172/3	6EGCBDFBCEGGFBD	Eb	XVI	778/3

Column (1) Incipit, (2) Original Key, (3) Hoboken Group, (4) Hoboken Location

EEEEGFEDDDDAGF	Bb	II	329/8
EEEFDGFEDCDE	G	VII	539/9
EEEFDGFEEDCDE	G	VII	539/9
EEEFEDEDCBCDBCD	C	II	333/1
EEEFFFCG#DEFEDE	F	XVII	796/6
EEEFFFF#F#F#GGG	D	XI	639/7
EEEFGFEEDFFFGAG	C	XV	682/7
EEEFGFFEEDFFFGA	C	XV	682/7
EEEGBCDGABCEGCF	G	XV	705/3
EEEGBCDGABCEGCG	G	XV	705/3
EEEGFDBAGCCCBCD	G	III	410/11
EEEGFDBCECGCAAD	Ab	XV	696/3
EEEGFDCBAGCCDCB	G	III	410/11
EEEGFDDDFE	A	IX	566/7
EEEGFEDDDCCDDED	G	XVIII	817/3
EEEGFEDDDCCDDFE	G	XVIII	817/3
EEEGGF#FEDDCBCD	G	IX	570/12
EEFDBCCEGGCAFDA	Bb	XVI	773/2
EEFDBCEGGGGABCG	G	XI	624/10
EEFDDGEEFD	Eb	I	118/3
EEFDEFGECCDDECB	Eb	III	394/5
EEFDGABCDEDE	Eb	XV	693/2
EEFEDCDEEE	G	IX	555/12
EEFEDCEGCCBAG	Eb	I	144/6
EEFEDE	D	I	14/1
EEFEDEGFDBCECGC	Ab	XV	696/3
EEFEEDCCBCEGG	Eb	I	217/2
EEFEFGECCAGFEDD	D	I	246/3
EEFFGGEGACBAGEG	D	VII	529/2
EEFFGGEGADCBAGE	D	VII	529/2
EEFGAAGFEDEFG	D	XI	613/4
EEFGAGFEEBBCDED	D	XI	639/8
EEFGCBAGGGFE	Db	III	436/2
EEFGGAFECDEEFD	Bb	III	460/1
EEGCBDFEEAFEDCB	E	XV	707/5
EEGCEDCBAGFED	F	IX	579/1
EEGCGGGGFE	D	III	446/4
EEGECGEGE	F	II	307/8
EEGFEDCEGCCBAG	Eb	I	144/6
EEGFEDDECDDEFGA	A	III	404/7
EEGFEFGECCBAGGF	D	I	246/3
EEGGCCC	Eb	II	344/3
EEGGEDCB	C	XIX	833/2
EEGGGCCBBCDEF	Eb	III	394/3
EFADEFDEGCDFBCD	D	III	384/15
EFAGFECCDEGFEDD	Eb	IX	569/1
EFAGFEEEBCECBAG	Ab	XVI	767/3
EFBC	D	XI	641/5
EFBC	G	IV	467/7

EFDBCCCCBAGG	D	XVI	781/1
EFDBCDCEDCBCGFF	D	I	248/3
EFDBCEFDBECCDDB	D	I	245/2
EFDBCEFDBECCDDC	D	I	245/2
EFDBCEGEFEFECA	G	IX	571/13
EFDBCGCEFDBCG	C	Ia	287/2
EFDBGCEFDBGG	Bb	IX	574/7
EFDBGD#EC	G	I	265/2
EFDCBCEGABCBAG	A	IX	562/1
EFDCCCBAGGGAFEE	D	IV	466/3
EFDCCC#DDGAGF#G	G	III	454/3
EFDCCC#DDGGCGEA	G	III	454/3
EFDCCECB	A	IV	467/9
EFDCDEFGGGGAG	D	I	221/2
EFDCGAFE	G	IX	569/16
EFDCGCAABCCECG	Bb	XV	705/3
EFDCGCABAG#ABCC	Bb	XV	705/9
EFDCGGGAFED	C	Ia	279/2
EFDDC	C	I	87/7
EFDDDFGEEE	G	IV	467/1
EFDDEFGG	Bb	I	121/3
EFDEBCDEF#GGG	C	XI	630/7
EFDECDBC	G	I	12/5
EFDECDGABCD	F	III	383/7
EFDECGGGFFEEDDB	C	XVI	759/6
EFDEC#DBCAGF#ED	D	XVI	764/6
EFDEFGADBCGG	D	I	179/2
EFDEGFEDEF	C	III	388/9
EFDG	D	III	421/10
EFDG	A	I	156/4
EFDGCABCDEFEDED	G	I	222/1
EFDGCABCDEFFEDE	G	I	222/1
EFDGEAFDBBCCDCD	F	I	136/2
EFDGEAFDBBCCEDC	F	I	136/2
EFEDCAGFDED	C	I	195/1
EFEDCBC	G	I	16/7
EFEDCBCD	Bb	V	486/3
EFEDCBCDCBCDCB	Bb	IX	568/2
EFEDCCBCDEFGFED	A	III	415/2
EFEDCCDCDDDDE	A	XI	636/8
EFEDCDEFGABCBAF	Bb	III	401/4
EFEDCEDCBDCBGCG	G	VI	519/3
EFEDCFGFEDGCAFE	D	III	415/1
EFEDCGDEFEDCBCD	A	I	90/5
EFEDCGF#GDC#DED	Bb	III	416/6
EFEDEDCDCBCB	Eb	II	325/9
EFEDEFDBCDCBCEG	Bb	XVI	773/2
EFEDEFDGABCDEDE	Eb	XV	693/2
EFEDEGCBDFEFEDE	E	XV	707/5
EFEDEGFEDDECDED	A	III	404/7

Column (1) Incipit, (2) Original Key, (3) Hoboken Group, (4) Hoboken Location

EFEDGCEFAAG	C	I	188/5	EFGAGF	E	III	410/12
EFEECEDGGFFFEC	D	III	379/13	EFGAGFEDBCFGGG	C	III	410/5
EFEEDCBC	G	I	16/7	EFGAGFEEFGC	G	XIX	832/4
EFEEDCGF#GDC#DE	Bb	III	416/6	EFGAGFEFGCG	A	XII	664/1
EFEEDEDDCCCCDDD	F	III	453/1	EFGAGF#ADF#GDDE	Bb	I	20/1
EFEED#D#DBG#EDD	Eb	III	362/6	EFGBCEGCFED	D	IV	473/1
EFEEEEDCBAGF#D	Eb	XI	3/327/3	EFGCAGCCC	C	III	422/3
EFEEFEDCDEFDECE	Bb	II	330/7	EFGCBAAG	D	XV	718/1
EFEFDAAADEDECGG	E	III	410/16	EFGCBDCEEFGCGFF	D	XI	624/2
EFEFDBCECE	C	I	136/5	EFGCBFFEC	F	V	501/2
EFEFDCBCEFEFDCB	A	I	92/5	EFGCCCC#DEFDBBB	C	I	87/5
EFEFGABC	G	XI	631/3	EFGCCDCDCABCGGF	A	XVI	760/2
EFEFGBCGFEFE	A	III	422/4	EFGCCDCDECABCGF	G	XVI	760/12
EFEFGCGEFDE	D	XI	611/5	EFGCCEDCDCABCGG	A	XVI	760/2
EFEFGECCCCBBAAG	D	I	245/4	EFGCEAGFEDCCDBC	D	VII	531/2
EFEFGEDCDEDEF	D	XI	619/3	EFGCECFDGFGAGAG	C	XIX	832/1
EFEFGFECEDC	D	X	587/2	EFGDEFEFGEGCABC	F	Ia	286/2
EFEFGGABCGGDEF	G	Ia	288/6	EFGECA	Eb	I	118/4
EFEFGGGGAGFFED	G	X	584/3	EFGECBAFDCBGFE	C	I	195/3
EFEF6GAGG	F	XVIII	823/2	EFGECCAAAGFFE	A	IX	563/1
EFEGABCBCDEFEDC	G	VI	519/2	EFGECCAAAGFGFE	A	IX	563/1
EFEGCDECBCABCDE	C	XIX	830/3	EFGECCC#DC#DEFG	A	I	156/3
EFEGCEEDCBAG	C	XV	724/2	EFGECCC#EDC#DEF	A	I	156/3
EFEGECCGFFEFD	C	I	195/2	EFGECCFFEFD	C	I	195/2
EFFEbDBbC	Gm	I	10/1	EFGECDFBCGEFGEC	Bb	I	198/6
EFF#GABbBC	Eb	I	170/1	EFGECECGGECBBCB	G	IX	554/1
EFF#GABbBC	Eb	I	169/2	EFGECEDFGAFDFE	A	VI	511/6
EFF#GABDCBCC#DF	C	III	410/6	EFGECGEAFCFAAGF	C	III	376/14
EFF#GE	G	I	153/3	EFGECGEAFCFAGFE	C	III	376/14
EFG	A	I	156/4	EFGECGEC	A	IX	569/10
EFGAAGEEFGAAG	G	IX	558/2	EFGEDBCGGGGFEFE	G	I	172/4
EFGABCBAG	D	IX	566/12	EFGEDBCGGGGGFEF	G	I	172/4
EFGABCDE	F	III	421/2	EFGEDCCDDEFEFG	G	XIV	677/6
EFGABCDEEDCBEFG	C	I	59/5	EFGEEDEFDD	D	IX	553/16
EFGABCEFGABC	D	XI	616/3	EFGEEEDFEECBCBC	A	XI	653/6
EFGABCGECC	D	IX	569/20	EFGEFADEFEDCBC	C	II	316/1
EFGACBCDEFEED	C	V	490/3	EFGEFAGCEDEFEDC	Bb	I	214/1
EFGACBCFEED	C	V	490/4	EFGEFDCBCDEFEDC	F	III	404/11
EFGACBCGFEED	C	V	490/4	EFGEFDCCAAGGFE	G	X	588/7
EFGADEFFGFE	G	XI	654/3	EFGEFDCCAAGGGFE	G	X	588/7
EFGAFEDGBCDEFD	D	XI	651/8	EFGEFDCGCEDEFGC	A	XI	601/5
EFGAFEDGBCDEFED	D	XI	651/8	EFGEFDECBCDBG	D	XI	648/12
EFGAFEDGCBCDG	G	XI	650/8	EFGEFDECDBCEGFG	G	XV	707/6
EFGAFGAB	D	XI	617/7	EFGEFDECDD	C	IX	574/16
EFGAF#GAB	D	XI	622/4	EFGEFGABCAGCEDC	D	III	415/5
EFGAGAFEEFGAGBF	D	XI	3/327/4	EFGEFGABCAGCEDC	G	XIX	835/2
EFGAGAGFEDDCBAG	F	IX	555/2	EFGEFGADEFDEFGG	G	III	379/10
EFGAGCBAGAGAG	Bb	I	61/3	EFGEGFEDCGCEDEF	A	XI	601/5
EFGAGCC	G	XI	648/3	EFGFDBCEGCCDCB	G	XI	656/2
EFGAGCDEFE	B	III	393/3	EFGFDBCEGCEG	D	XI	640/5

Column (1) Incipit, (2) Original Key, (3) Hoboken Group, (4) Hoboken Location

EFGFDCBCDEDEFGF	C	III	379/9		EF6GAGFFGFEEAG	C	II	316/4
EFGFDFEGCGFDFE	Eb	IV	465/5		EF6GCGCGCGCEDCB	G	V	487/7
EFGFECCDEFEDDG	Eb	IX	569/1		EF7GFE	Eb	I	74/4
EFGFEDCABCDCB	D	I	210/6		EF7GFFFEEAG	C	II	316/4
EFGFEDCBCDEDEFG	C	III	379/9					
EFGFEDC#DEFGAFG	D	XVI	744/4		EF#GFE	A	XI	597/3
EFGFEDECDFBDC	Eb	IV	470/1					
EFGFEDEFGFED	C	III	376/2		EGAGFGDGEGCGBGG	Eb	III	383/13
EFGFEEEBCECBAGG	Ab	XVI	767/3		EGBbAGFEDC#DFAb	D	I	85/5
EFGFEFGFDEFGFED	E	III	370/7		EGBBCDCBCB	C	XI	656/8
EFGFGEFGABCBAGF	C	XIX	835/3		EGBCCEGEGCGCEDD	C	XV	710/1
EFGGABCCBCDFED	D	XI	613/3		EGBCGCECDBCEGAB	F	XV	700/1
EFGGACGGGFFE	C	II	322/11		EGBCGEDDCBCDEFG	Ab	XV	696/1
EFGGACGGGFFFE	C	II	322/11		EGCBAGFEDDEFEFG	Bb	XVI	764/3
EFGGAGCBAGFE	G	XI	627/5		EGCBDFBC	Eb	III	416/7
EFGGAGCDFEC	D	XI	615/6		EGCCBDBGCEGGGFE	D	I	114/4
EFGGAGF#DEFFEGF	A	XVI	755/6		EGCCBGFDB	Eb	IX	568/22
EFGGCEDFDBCGCEG	A	XV	702/3		EGCCCCEGCGEC	C	IX	563/2
EFGGCGEFD	C	VII	540/5		EGCCCCFABDGEEFE	F	IX	574/8
EFGGCGEFDCDEDBC	C	I	161/2		EGCCCECCEGGGEC	F	I	95/3
EFGGEFFEFDDD	D	IX	575/6		EGCCCFEDDDGFECA	Bb	III	394/15
EFGGEFGCBAGF#AG	Bb	II	329/1,2		EGCCCGECGGGEAF	C	I	99/4
EFGGEFGGCBCDCBA	C	IX	564/4		EGCCGCEECEGGGG	C	XIX	833/2
EFGGFDEFFE	F	II	347/2		EGCCGCEEEDCDC	A	III	411/4
EFGGFEEFGGFEGCC	F	II	329/19		EGCDBBCEGCFDDE	D	VII	532/1
EFGGG	G	II	304/5		EGCDBCCEGFDC	C	I	123/3
EFGGGAAABBCDBC	D	IX	3/317/3		EGCDBCEGAFDB	C	IX	553/5
EFGGGBBBBCDCFED	F	I	126/4		EGCDBCEGCFDDE	D	VII	532/1
EFGGGBCCCCAAAGF	F	Ia	286/2		EGCDBCEGFGAFDCB	C	IX	553/5
EFGGGCCBBCGAAAG	A	XI	596/5		EGCDEFEDAGFEDCB	C	IX	562/7
EFGGGCCBBCGGAAA	A	XI	596/5		EGCEBDCEGGGEFDC	Bb	IX	568/5
EFGGGCFEEDACCB	C	I	62/6		EGCEDBCG	Eb	IX	569/2
EFGGGCGFEDEFE	Ab	XVI	767/4		EGCEDFECBAGFEGC	Bb	III	374/7
EFGGGCGFEDEGFE	Ab	XVI	767/4		EGCEGAFE	Eb	I	169/1
EFGGGFAAADGGAGF	C	IX	571/3		EGCEGBDG	Eb	IX	561/8
EFGGGFEDCBAGGFF	Bb	I	63/6		EGCEGCCBCABGFEG	G	III	416/1
EFGGGFGAAABCDDE	Eb	III	415/10		EGCEGCCBCABGFFE	G	III	416/1
EFGGGF#DEFFFE	A	XVI	755/6		EGCEGCCGFEGBbAC	Eb	I	256/5
EFGGGGADDGE	F	II	307/9		EGCEGCFEDFAFEDC	A	I	17/3
EFGGGGADDGFE	F	II	307/9		EGCEGCGFEDFAFED	A	I	17/3
EFGGGGAGEGFEDGE	Bb	I	74/2		EGCGBDGBDGFEGCF	G	XV	717/2
EFGGGGCECCBAGFF	F	IX	555/14		EGCGBDGCECGEGFE	D	XVI	777/1
EFGGGGCFEADCBCD	C	IV	463/3		EGCGCEGEGFDBCDC	F	XVI	776/2
EFGGGEEDDCDE	F	I	161/3		EGCGCEDCBAGFEDCB	Eb	XV	711/3
EFGGGEEEDDCDE	F	I	161/3		EGCGFGFED	G	II	352/2
EFGGGGEFGGGGABC	G	III	376/5		EGDEFDE	A	IX	573/2
EFGGGGFDCCCC	G	XI	655/2		EGEACAGEAGE	G	I	73/4
EFGGGGFFDDBGEED	A	III	411/3		EGEADGF#GAF#GGG	Eb	III	421/12
EFGGGGGEFGGGGG	C	III	403/10		EGEC	C	IX	574/2
EF6GABCCCC	F	XI	651/3		EGEC	Eb	II	344/1

Column (1) Incipit, (2) Original Key, (3) Hoboken Group, (4) Hoboken Location

EGECCBGBCEEDGFE	D	I	66/6
EGECCCDEFGABCGC	D	Ia	280/1
EGECECBDFE	A	III	411/1
EGECGEDEFFE	D	II	323/5
EGEFBCEFDCC	G	I	6/2
EGEFDCEG	C	I	136/4
EGEFGEFGEFGEFGC	Eb	XVI	769/3
EGEGEFGABCBAGFE	Bb	I	222/3
EGEGEGCEDGBDGFE	Bb	V	506/2
EGEGEGFEACACACB	A	XX/1	837/6
EGEGEGFEBABAGGC	C	XIX	832/6
EGFAGECBDCCEGGF	Eb	XVI	773/1
EGFAGECDFEGFDB	Bb	III	394/12
EGFDBCCCCBAGG	D	XVI	781/1
EGFDC	G	II	352/1
EGFDCBCGDFE	D	I	34/4
EGFDCEGG#AC#DFD	G	XV	703/2
EGFDFECEDFEDCCB	G	IX	·562/9
EGFEBCDEDFECCCB	F	II	319/4
EGFEDC	G	II	352/1
EGFEDCAGFDFED	C	I	195/1
EGFEDCBAGFEFGDC	D	I	191/2
EGFEDCBCD	D	XI	616/4
EGFEDCCDCDDDDE	A	XI	636/8
EGFEDCDEFGABDCB	Bb	III	401/4
EGFEDCFGFEDCBCD	D	XI	603/8
EGFEDCGCAGBCEGF	E	XVI	750/6
EGFEDCGCBAGBCEG	E	XVI	750/6
EGFEDEGFED	G	I	11/4
EGFEFCCCFE	D	XI	613/1
EGFEFDAAADFEDEC	E	III	410/16
EGFEFDBCECE	C	I	136/5
EGFEFGABC	G	XI	631/3
EGFEFGBCGGFEFE	A	III	422/4
EGFEFGCGEFDE	D	XI	611/5
EGFEFGECCCCBBAA	D	I	245/4
EGFEFGEDCDFEDEF	D	XI	619/3
EGFEFGEEDFEDEFD	D	IX	553/16
EGFEFGFECEEDC	D	X	587/2
EGFEFGGABCGGDEF	G	Ia	288/6
EGFEFGGGGAGFFED	G	X	584/3
EGGGEGGG	D	I	250/3
EGGGFEFG	Eb	VII	532/3
FAFECE	E	X	590/7
FBCGBCABCBGCGG	Bb	III	416/10
FDEECFDGFD	Bb	IX	570/8
FEAGFEGECBCDCAG	Eb	III	360/4
FEAGFEGFEDCBCDC	Eb	III	360/4
FEC	Eb	I	24/1
FECBFECBGCFEADC	Eb	III	421/16
FEDCBABCGAGCBAG	C	IV	467/4
FEDCBAGG#ABCDEF	C	I	165/5
FEDCBDCEDFEGFED	G	I	172/2
FEDCCBABCGAGCBA	C	IV	467/4
FEDEFGECDBGCDEF	A	XV	710/2
FEDEGECAAFEDC#D	F	IX	559/12
FEDEGEDCBCECCBA	A	III	411/1
FEEAGGGCGGECDCB	D	II	340/1
FEFEGCCCEDBCCCC	D	II	*305/1
FEFGCCCEDBCCCC	D	II	*305/1
FFFAGFE	F	III	367/3
FFFFEbDC	Dm	XI	641/3
FFFFEbDEbCAbGF	Fm	III	389/10
FFGAbAbBCDEbFGA	F#m	XV	708/3
FFGAbGFEFEbDbCB	Gm	IX	548/7
FFGFEDCBC	C	III	388/11
FGAGFEABCBAG	Bb	III	403/1
FGFEFGABAbBCEbD	F#m	XV	708/3
FGGGFEDCCBCDDCB	G	III	395/4
F#GAGFEDCBGB	G	I	182/5
F#GAGF#GCBBCDF	F	II	330/3
F#GAGGAGF#EDCBC	Eb	XV	702/6
F#GAGGECCBBF#GA	Bb	I	274/1
F#GBCBCEGBCEGBC	Bb	III	429/16
F#GBCD#ED#CBAGG	Bb	IX	564/2
F#GBDCBCEGBCEGB	Bb	III	429/16
F#GCCBCFFAGGFFE	Eb	I	144/4
F#GCCE	Eb	IX	569/26
F#GFEDCBCDC	C	XVI	3/349/1
F#GF#GAGFFFGFEG	G	II	352/3
F#GF#GF#GF#GF#G	Am	I	92/4
GAbAbG	Cm	XI	633/8
GAbAbGFEbEbEbD	Dm	XI	650/4
GAbBC	Gm	XI	612/4
GAbBCBbACBb	Am	XI	606/6
GAbBCEbF	Gm	XI	634/7
GAbCAbGF#GGGAbC	Dm	XI	645/3
GAbCBCDCCAbAbAb	Gm	XVIII	821/2
GAbFDCBDBC	Cm	XI	647/3
GAbFEbDCBDBC	Fm	I	60/3
GAbFEbDGEbDCB	Cm	IX	548/15
GAbFGCEbDFBCEbD	Fm	I	60/1

Column (1) Incipit, (2) Original Key, (3) Hoboken Group, (4) Hoboken Location

GAbF#GAbF#GAbF#	Dm	XI	624/4	GABCCBDFFEGCE	F	I	29/2
GAbF#GBCDEbD	Dm	IV	467/13	GABCCCAGFE	G	XII	664/10
GAbF#GFEbEbDFEb	Fm	II	350/3	GABCCCAGGFFE	G	XII	664/10
GAbG	Dm	I	102/5	GABCCCBCEEED#EG	F	XV	683/1
GAbGAbGF#GAABbC	Gm	XVI	738/7	GAB9CED	C	I	239/5
GAbGAbGF#GAABbC	Gm	XIV	674/4	GABCCCCEb	Gm	IX	569/8
GAbGAbGGEbCCBAb	Gm	XVI	734/6	GABCCCCGABCDDDD	D	XIX	833/3
GAbGCBbAbGF#GF	Gm	XVI	769/1	GABCCCEEGGECCCE	D	VIII	546/3
GAbGCBbAbGF#GGF	Gm	XVI	769/1	GABCCDEFGABCDEC	C	I	28/5
GAbGCBCDEbD	Cm	III	429/15	GABCCGGAGFEDCBG	D	III	411/2
GAbGCBDCEbCGGGG	F#m	XV	708/1	GABCDEb	Gm	I	10/1
GAbGCBGAbGEbD	Am	XI	630/3	GABCDEbFGEbD	Dm	II	323/3
GAbGCDEbGAbGDEb	Fm	XVI	750/8	GABCDEbFGFEbD	Dm	II	323/3
GAbGCEbDCBDDFFF	Bm	V	477/4	GABCDEFEDC	C	IX	555/10
GAbGCGAbGGAbGFB	Gm	III	384/9	GABCDEFGAFEFED	Bb	III	404/12
GAbGCGGAbGDFEbD	Bbm	XVI	735/2	GABCDEFGCDEFGAB	F	XV	722/5
GAbGCGGAbGDGGAb	Gm	XVI	746/2	GABCDEFGECAFD	D	I	210/2
GAbGEbDCBCGAb	Gm	XVI	754/3	GABCDEFGEDCCBGF	F	XVI	771/1
GAbGEbFDEbFEbCD	Em	XVI	743/7	GABCDEG	F	I	36/9
GAbGEbFEbDCBBBB	Am	III	461/2	GABCEEFGGGDDEFF	G	III	394/16
GAbGFEbDCB	Bbm	III	394/13	GABCEEGFEFGGGDD	G	III	394/16
GAbGFEbDGFEbDCD	Cm	IX	548/15	GABCEGABCECFDGE	D	IX	3/320/4
GAbGFEbFDC	Gm	XII	660/8	GABCEGCEGFEDC	D	IX	548/9
GAbGF#FGFEbFG	Dm	XI	614/6	GABCEGECGECDEFE	D	XI	648/10
GAbGF#F#G	Gm	XI	643/3	GABCEGECGECDEGF	D	XI	648/10
GAbGF#G	Gm	XI	643/3	GABCGAB	Gm	XI	624/11
GAbGF#GAbF#GFDB	Fm	III	404/14	GABCGABCBCDCDED	D	IV	469/1
GAbGF#GAbGBbGEF	Gm	XI	637/3	GABCGABCGABCBC	Cm	XX/1	837/3
GAbGF#GCDEbDEbD	Cm	IX	555/11	GABCGAFE	G	XI	610/3
GAbGF#GFEbDCDEb	Bm	XI	640/1	GABCGAGFE	G	XI	610/3
GAbGF#GGBbGEF	Dm	XI	638/2	GABCGECGEFDCCBA	G	XV	683/4
GAbGGAbGGFEbEbD	Am	XI	636/2	GABCGEEDGABCDGF	F	I	261/3
GAbGGEbCCBCDEbF	Em	I	16/2	GABCGEEEDGABCDG	F	I	261/3
GAbGGFEbCBCAbBb	Am	X	586/2	GABCGEFDBCG	Eb	V	496/2
GAbGGFEbDCCCCCB	Am	XI	636/1	GABCGEFDEEF#G	A	IX	571/10
GAbGGGAbGG	Gm	XI	638/6	GABCGEFDGEC	G	XI	627/3
GAbGGGGGAbGGGG	Am	XI	603/3	GABCGFEDCDEFGAG	G	XI	623/2
GAbGGGGGAbGGGG	Bm	VII	535/2	GABCGFEDCEDCEDC	Bb	III	394/11
GAbGGGGGFAbGFEb	Gm	II	323/9	GABCGF#GEDF#G	B	III	416/12
				GABCGGGAGGCEGEC	A	XVI	736/4
GABbABCDEFG	G	III	379/7	GACAAGFEDCDEFE	A	XI	602/7
GABAGCCCCCDEFED	A	XV	719/4	GACAGFEDCC#DEFE	Eb	VI	3/312/1
GABBABCAGCAG	D	XI	629/1	GACBAGAGFEFG	C	VI	515/1
GABBABCBAGCBAG	D	XI	629/1	GACBAGCCCCCDEFE	A	XV	719/4
GABBCGEFDBBCG	Eb	V	496/2	GACBAGGGACBAGG	D	XI	621/5
GABCAEFED#EFGAF	Eb	I	15/1	GACBDCDEDEFE	Eb	I	15/3
GABCAGFEFGEC	G	IX	574/12	GACEE	C	III	403/9
GABCBAGFECFDGEA	G	Ia	281/3	GACGAGFEDEG	G	I	205/2
GABCBCGBCDCDGCD	Eb	II	346/2	GACGF#GF#GFDGE	Eb	IX	558/6
GABCCBAGFECFDGE	G	Ia	281/3	GACGGFEDEG	G	I	205/2

Column (1) Incipit, (2) Original Key, (3) Hoboken Group, (4) Hoboken Location

Incipit	Original Key	Hoboken Group	Hoboken Location
GADCBAGGGGADCBA	D	XI	621/5
GADCBC	D	XI	621/6
GADEFE	F	II	331/3
GADGGGCFGFE	D	XI	649/4
GAECCF#G	C	XIX	830/1
GAEFAFDCBAGABC	D	I	92/2
GAEFDFEECFDG	A	XI	599/2
GAEFDGAGEFDCBCB	G	XI	625/5
GAFDBBCCBGAF#G	D	III	364/2
GAFDBCEG	E	III	370/1
GAFDEGCDEFFE	A	XI	621/4
GAFECDEFGFE	D	III	446/2
GAFEDCBGFEDC	D	IX	564/9
GAFEEFDC	D	XI	609/8
GAFEFDCBAGGGGGA	Eb	III	388/1
GAFEFDCBCDEDEFG	F	II	320/2
GAFEFDCDBbAFDBG	Gm	XI	655/4
GAFEFDDCBCDFEDE	F	II	320/2
GAFEGFEDCC#DDDE	G	XI	638/7
GAFGEDCDGBDBGC	F	III	452/2
GAF#GCFBEADBC	G	III	379/8
GAF#GEFDCBC	C	I	11/6
GAGABCCBAGGGEGG	Eb	II	329/1
GAGABCGFE	G	XII	660/6
GAGABCGFFE	G	XII	660/6
GAGAGAGFGFGFGF	F	I	231/3
GAGAGAGGGGAGEDC	A	III	456/2
GAGAGCGGFFFFE	D	II	343/1
GAGAGCGGFFFFE	Eb	II	345/1
GAGBbAGAGFGFEF	Eb	III	379/5
GAGBCBCGCEEDAFD	E	V	476/1
GAGBCDEDEFGAGFE	G	VI	519/2
GAGBDCBCGCEEDAF	E	V	476/1
GAGCABAFAFEDCBC	Bb	II	310/4
GAGCABAFAFEDCBD	Bb	II	310/4
GAGCBAGAGEDCDEF	C	V	484/8
GAGCBAGFEDFED	Bb	I	38/6
GAGCBAGFEDFEED	Bb	I	38/6
GAGCBAGFFEABC#D	Eb	V	496/4
GAGCBDCCBCDECBA	F	V	481/2
GAGCCBBCAGCEFE	F	II	313/8
GAGCCBBCAGCEGFE	F	II	313/8
GAGCCDEFEDEDCDC	A	XI	625/1
GAGCFEDEFEDCBCG	C	I	12/2
GAGCFEDFEDD	Bb	III	394/4
GAGCGAGECDCGAFD	F	I	22/7
GAGCGFEDEFEDDCB	C	I	12/2
GAGCGFEDFEDD	Bb	III	394/4
GAGCGFGFEGABbAG	F	III	372/1
GAGCGGFGFE	Eb	I	254/5
GAGCG#ABbACAGED	F	XVIII	3/356/1
GAGDEGFAG	A	XII	664/5
GAGECGCEGCG	A	XI	596/6
GAGECGECEFFEFE	Bb	III	416/9
GAGECGECEGFFEFE	Bb	III	416/9
GAGEDCBAGAGFEDC	Eb	XVI	745/5
GAGEDEFFGFDCDE	A	XI	636/7
GAGEDFE	G	XVII	797/5
GAGEDFFE	G	XVII	797/5
GAGEEEFAFGFDDDE	C	IX	575/13
GAGEEFGCGEDAGFE	A	XI	608/5
GAGEFDCCCDEFGA	F	IX	549/6
GAGFDBCGGFDBC	G	XI	620/7
GAGFEABCBAGFE	Bb	XVI	747/2
GAGFEAFEDDEDED	G	IX	575/10
GAGFECBCDEFECDC	Eb	XVI	3/350/1
GAGFECDEFGGFE	D	III	446/2
GAGFEDBCDEFGFGA	F	III	394/9
GAGFEDBCEFDBCEF	Eb	I	20/2
GAGFEDBCEFDBCEG	Eb	I	20/2
GAGFEDCBAAGGEGG	Ab	XVI	769/4
GAGFEDCBCDCDEFE	A	XI	621/2
GAGFEDCBGFE	D	IV	467/12
GAGFEDDEFE	C#	XVI	760/4
GAGFEDDEGFE	C#	XVI	760/4
GAGFEDEFEECCBAG	G	VI	518/3
GAGFEDFECGGAGFE	Eb	III	388/5
GAGFEEEEEFEDC	Bb	I	128/2
GAGFEEEEEGFEDCB	A	XI	603/2
GAGFEEFDDECCD	Bb	IX	562/5
GAGFEEFEDCBCCDE	Bb	V	507/1
GAGFEEFEDCC	A	XI	602/5
GAGFEEFEDCCCCC	D	III	3/305/1
GAGFEEFEEDCBCDC	Bb	V	507/1
GAGFEEFGAGFE	A	XI	608/6
GAGFEEGABCFED	A	XI	605/8
GAGFEF	F	II	316/5
GAGFEFDCBCDEFE	Bb	III	360/7
GAGFEFEFG	F	I	61/1
GAGFEFFGFEAGCFE	Eb	V	494/1
GAGFFED	D	XV	718/2
GAGFFEDCDCDE	G	II	297/1
GAGFFEDCEDCDE	G	II	297/1
GAGFGEEFEDECCDC	A	XVI	755/4
GAGFGFEFEDEEEFE	G	VI	519/3
GAGF#GAF#GFDBAG	F	III	404/13
GAGF#GCBAGAGBCD	F	XV	686/2
GAGF#GCCBDCBAGE	C	XIX	835/1
GAGF#GCCCDDDED	Eb	I	217/4
GAGF#GCCDCBCDDE	Bb	IX	553/18

Column (1) Incipit, (2) Original Key, (3) Hoboken Group, (4) Hoboken Location

GAGF#GCCDCBCEGE	Bb	I	63/1	GBCGFEDCBCDEFGE	F	XI	642/8
GAGF#GCEAGF#FED	C	II	318/2	GBCGFEDCBCDEFGF	F	XI	642/8
GAGF#GCEFEDEAF#	Bb	III	379/17	GBCGGBCBDCEDCBA	E	III	389/12
GAGF#GCEGDCBCEG	C	III	410/1	GBDBGB	A	X	590/5
GAGF#GCGECDBCGG	F	I	93/2	GBDCBAGAGFEEDFD	G	XI	617/9
GAGF#GCGECGCECA	D	IV	467/14	GBDCCBAAGGGG#AA	F	V	500/4
GAGF#GECBGGAGF#	C	XVI	771/5	GBDCCCFFGAF#GG	C	VII	539/5
GAGF#GFEDFEDC	Bb	III	430/2	GBDCCCFGFEFGAF#	C	VII	539/5
GAGF#GFEFDCBC	C	I	11/6	GBDDDEEECCBCABB	G	XI	623/4
GAGF#GFGAGF#GEG	A	III	368/6	GBDDDEEEDCCBCAB	G	XI	623/4
GAGGABCDCCDEGFG	Bb	V	483/1	GBDGECCACFAFDD	C	IX	553/10
GAGGABCDCCDEGGF	Bb	V	483/1	GBDGECDCBCACFAF	C	IX	553/10
GAGGABCEF#G	G	I	73/5				
GAGGAEFGFFFGFFA	F	III	389/9	GC	Bb	II	330/2
GAGGAFEECFDGGAD	A	XI	611/1	GCAbBCDEbFGAbGF	Fm	III	389/10
GAGGAG	D	XI	639/6	GCAbGFEb	Am	XI	643/7
GAGGAGGAG	D	IX	553/16	GCABCGFEDCCBAGA	G	XI	652/1
GAGGCCCBGADGC	D	III	379/13	GCABCGGFEDCCBAG	G	XI	652/1
GAGGCGGAFDEGFED	G	XI	631/1	GCACBDGBC	Eb	VII	536/3
GAGGECEGCEFGFE	G	IX	579/4	GCADBAGCDCDE	D	XII	662/4
GAGGFEDCC	F	I	3/284/1	GCADBGCEGGFFEED	A	II	325/2
GAGGFFEEDBGCEC	C	I	44/4	GCADCBAGCEDCDE	D	XII	662/4
GAGGGFDECCCBDBC	A	XI	606/5	GCADCCBDBFDAGFE	Eb	XV	711/1
GAGGGGCCCCB	Eb	III	379/1	GCADCCBDBFDAGGF	Eb	XV	711/1
GAGGGGCCCCB	Eb	XVII	786/1	GCAFEFGCBBC	D	V	493/2
				GCAFEFGCBC	D	V	493/2
GBbAbGCBDCEbCGG	F#m	XV	708/1	GCAGAFECBCFEDCG	G	I	182/1
GBbAbGCEbDCBDDF	Bm	V	477/4	GCAGAGGEAFDBBC	F	XI	651/1
GBbAbGEbDCBCGBb	Gm	XVI	754/3	GCAGBCEDEFE	D	XI	613/2
GBbAACBDC	Bb	V	507/2	GCAGCAGCAGC	D	II	338/3
				GCAGCDEFEGGFEDC	G	XI	637/1
GBAGGFEABCBAGGF	Bb	XVI	747/2	GCAGEFED	D	XI	620/1
GBAGGGGCCCCB	Eb	XVII	786/1	GCAGF	Am	XI	639/3
GBAGGGGCCCCB	Eb	III	379/1	GCAGFEDCBC	C	I	232/3
GBCAbFGFDEbDCCB	Dm	XVI	735/3	GCAGGAGGEAFDBBC	F	XI	651/1
GBCAbFGFDFEbDCC	Dm	XVI	735/3	GCAGGFEFE	D	XI	650/1
GBCBAGGFEEDFDCE	G	XI	617/9	GCBbAFEEDCCD	Eb	II	345/5
GBCBCDEFGAGFEDD	Eb	IX	561/9	GCBAbGFEbFGFEbD	Fm	III	372/4
GBCBCECBGGBCBCE	G	IX	564/8	GCBA	F	IV	471/1
GBCCBAGFFEFBCEE	Eb	V	*479/2	GCBAAGECCBBDGFE	F	IX	552/6
GBCCCDCDECEGCDD	Bb	I	104/4	GCBAAGFFDEFGG	D	XI	631/9
GBCCCEDCDECEGCD	Bb	I	104/4	GCBAAGGFEDC	F	V	477/2
GBCDbE	Dm	XI	635/6	GCBAAGGGFGAGFFE	D	I	245/5
GBCD	Am	III	380/3	GCBABCDCBCD	D	XI	652/7
GBCDEGGBCDEFG	E	XV	696/2	GCBACAGECBACAGC	D	X	588/1
GBCECGFDGBCECGD	Eb	IX	559/15	GCBAGAGFFFGABCD	F	XIV	679/1
GBCECGGFAFDCBDB	G	IX	564/1	GCBAGCBCECBCGCB	F	XVIIa	808/1
GBCGBC	Cm	XI	638/10	GCBAGCCDEFEBCCC	A	XI	625/2
GBCGECAF#GFGEFD	A	XV	702/1	GCBAGCDEFEGGFED	G	XI	637/1
GBCGEEFDDDECCCB	A	IX	553/17	GCBAGECCBBDGFE	F	IX	552/6

Column (1) Incipit, (2) Original Key, (3) Hoboken Group, (4) Hoboken Location

GCBAGEFGFGAGCCB	Bb	XVI	741/3	GCBCDBGCEGGF	C	II	303/1
GCBAGFEDC	D	XII	665/1	GCBCDBGEFGGFDFE	A	XI	604/3
GCBAGFEDC	D	XI	649/1	GCBCDCAAGECDBCG	C	XI	642/7
GCBAGFEDCBAGFEC	Eb	III	379/2	GCBCDCBBGGGFEDC	F	III	383/6
GCBAGFEDCBCBCDFED	G	XI	623/5	GCBCDCBCAGFEFEB	C	III	442/1
GCBAGFEDCCBCDFF	G	XI	623/5	GCBCDCBCFFFEAGF	F	I	59/2
GCBAGFEDCGCECDB	F	IX	566/9	GCBCDCBCFFFEAGG	F	I	59/2
GCBAGFEDDEFE	D	I	14/3	GCBCDCDBAGC	F	III	372/5
GCBAGFEDEF	A	XI	625/3	GCBCDCDCBAGC	F	III	372/5
GCBAGFEDEFEFGAG	G	XIV	677/4	GCBCDCDCDEDEFGD	C	IX	560/2
GCBAGFEDEFFE	F	XI	642/3	GCBCDCDCDEDEFGD	C	IX	563/5
GCBAGFEDFDBCG	F	II	310/3	GCBCDCDEFFE	D	X	587/1
GCBAGFEEDC	D	XII	665/1	GCBCDCEGGFEFE	D	XI	640/5
GCBAGFEEDC	D	XI	649/1	GCBCDCEGGFEFE	G	IV	467/5
GCBAGFEFGAGFEDF	D	III	389/4	GCBCDCGCEFEFAFD	C	IX	568/9
GCBAGFEGFFD	D	IX	3/317/8	GCBCDDEFEFGGFGA	A	I	32/2
GCBAGFEGGG	C	III	384/2	GCBCDDEGFEFGAGF	A	I	32/2
GCBAGFGEDEFAED	G	XI	628/8	GCBCDD#EC	Bb	I	213/5
GCBAGFGFEDEFAED	G	XI	628/8	GCBCDEbCDGDDF#G	Am	IX	566/16
GCBAGF#GAGF#G	G	XI	632/3	GCBCDEbCDGDDGD	Am	IX	566/16
GCBAGF#GBAGF#G	G	XI	632/3	GCBCDEbFGAbF#G	Gm	XV	702/4
GCBAGF#GG#AFD	D	X	581/3	GCBCDE	G	IX	552/5
GCBAGGAGCBCEAAG	C	XIV	678/2	GCBCDEEDEFGGFEG	C	XVI	741/5
GCBAGGAGFECBCDC	G	XI	643/4	GCBCDEEFED	G	I	114/1
GCBAGGE	G	IX	570/18	GCBCDEFEDCBC	D	XI	603/7
GCBAGGEFEDCC	G	XI	624/12	GCBCDEFEEDCBC	D	XI	603/7
GCBAGGFDFE	F	I	42/2	GCBCDEFGFD	A	XI	594/3
GCBAGGFEDFAAGFE	G	XI	653/9	GCBCDFBABC	G	IV	463/2
GCBAGGFEDFAGFED	G	XI	653/9	GCBCDFBCGGGCBCD	F	III	452/1
GCBAGGFEFE	D	XI	650/1	GCBCDFCBABC	G	IV	463/2
GCBAGGFEFFEEDDC	A	V	504/1	GCBCDFGAGBCDEGF	C	IX	564/5
GCBAGGFFFEEEDDD	G	IV	463/5	GCBCDGCBCDGCBCF	G	III	416/5
GCBAGGFFFGABCDE	F	XIV	679/1	GCBCDGCFEDEFEGB	C	VII	531/1
GCBAGGGEDCCB	F	XI	634/3	GCBCECGCBCECGCB	D	IX	558/11
GCBAGGGFE	D	I	245/3	GCBCECGECGEEEDE	G	IX	568/13
GCBAGGGFFFDCBDB	F	VI	518/1	GCBCECGECGEEFED	G	IX	568/13
GCBBAG#AGCBAG#A	B	XV	711/2	GCBCEEFDDDECGAD	D	XI	607/8
GCBBAG#AGCBBAG#	B	XV	711/2	GCBCEFDDECGADBA	D	XI	607/8
GCBCAGFEDCBAG	D	XI	607/6	GCBCEGECAGEDCBC	G	I	7/1
GCBCBDFEFE	Ab	XVI	3/350/2	GCBCEGEDCCBBGDB	C	XI	657/1
GCBCCBCDDGEDEED	Eb	III	411/12	GCBCEGEDCDCBBGD	C	XI	657/1
GCBCDAGDEGFAG	C	IX	564/5	GCBCGAGFFE	E	III	375/5
GCBCDBBCGGCBCDB	D	IX	558/10	GCBCGDBEDECFDGC	Bb	III	366/3
GCBCDBCBCDBCGGE	G	V	503/3	GCBCGDBEDECFDGC	Bb	I	228/4
GCBCDBCGGCBCDBC	D	IX	558/10	GCBCGEDC#DAFABA	G	XVII	794/2
GCBCDBG	Dm	I	10/4	GCBCGEDC#DAFABA	G	XIX	834/1
GCBCDBGCBAGFE	D	XI	631/5	GCBCGFEbCDC	Gm	XI	656/3
GCBCDBGCBAGGFE	D	XI	631/5	GCBCGFEbCEbDC	Gm	XI	656/3
GCBCDBGCDEFEDED	D	III	430/4	GCBDBCGEDFDE	C	XI	633/5
GCBCDBGCEGF	C	II	303/1	GCBDCEbDFEbGFAb	Dm	III	447/6

Column (1) Incipit, (2) Original Key, (3) Hoboken Group, (4) Hoboken Location

GCBDCEDFE	Bb	IX	569/4		GCCCBAbAbG	Fm	XVIIa	808/3
GCBDCEDFEGCCBAA	D	IX	559/14		GCCCBAFFFE	C	Ia	278/2
GCBDCEDFFEDDCBA	F	IX	576/2		GCCCBBGCDDEGD	D	I	102/3
GCBDCEDFFEDDCCB	F	IX	576/2		GCCCBBGFFFEE	C	VI	515/2
GCBDCEEDFEGAGAB	C	II	334/1		GCCCBCAFAGEDCBA	D	X	586/4
GCBDCEGAFD	C	I	87/6		GCCCBCDBGCAF#G	Eb	I	188/2
GCBDCGFECAGCBAG	Eb	XX/1	837/8		GCCCBCDF	Am	XI	635/10
GCBDCGFECFCAGCB	Eb	XX/1	837/8		GCCCBCDGDDDCDEE	Eb	III	404/1
GCBDDDDFDEC	F	I	82/7		GCCCBDBFEGECG	E	III	410/15
GCBDFEb	Dm	XI	641/10		GCCCBDBGCEDCBAG	C	XVII	787/1
GCBDFEGCCAAABCA	C	III	444/1		GCCCBFECCBFECDE	A	V	505/3
GCBDGEDFG	Bb	XVI	764/4		GCCCBGEbEbEbD	Cm	XV	723/7
GCBFDBCBFDBCGG	D	XI	619/10		GCCCBGFFFFE	C	XIV	676/2
GCBFEDGCFED	C	XI	637/7		GCCCC	E	IX	569/12
GCBFEDGCFEED	C	XI	637/7		GCCCCAABDFAGFE	G	IX	569/15
GCBGDCGECAAAAGF	F	III	383/10		GCCCCBABDBGCEDC	C	XVII	787/1
GCBGDCGECAAAGFE	F	III	383/10		GCCCCBBCDCBCGG	Bb	III	360/5
GCBGDCGEGFEDCB	C	IX	561/11		GCCCCBBGCDDEGD	D	I	102/3
GCBGEbDGGFEbD	Am	XV	719/3		GCCCCBCBCC#DFFF	F	IX	553/13
GCBGGEbDG	Gm	XI	650/7		GCCCCBCCBCBBCDE	C	IX	551/5
GCCAF#GAFG	Bb	IX	549/9		GCCCCBCDCGGGGFG	C	IX	574/15
GCCBA	D	IX	569/28		GCCCCBCDEEDEFGE	C	VII	538/1
GCCBAAGGGAAGFFE	F	V	500/4		GCCCCBDGDECFAED	Bb	I	121/4
GCCBABGFBDBGE	G	IX	3/320/10		GCCCCBGFFFFE	C	XIV	676/2
GCCBAGFAAGFE	A	XII	664/6		GCCCCCAAAAAGCCC	C	XVIII	819/2
GCCBAGFEDCDED	G	XI	652/4		GCCCCCBCBBCDED	C	IX	552/17
GCCBAGGAG	G	IX	550/22		GCCCCCBCBBCDED	C	IX	551/5
GCCBAGGGEDCCB	F	XI	634/3		GCCCCCBCCBCACCC	Bb	I	272/4
GCCBBAAGGEEFFDC	G	I	19/4		GCCCCCBCDEFDBGF	A	XI	618/6
GCCBBGGGFEDCBAG	F	III	383/6		GCCCCCBCDEFEDCA	F	XIV	675/5
GCCBCAFAGEDCBA	D	X	586/4		GCCCCCBCDEGFEDC	F	XIV	675/5
GCCBCAGAFEFDCED	Bb	III	459/4		G6CAFD	F	I	232/4
GCCBCBBCBCDDEDE	D	I	153/4		G6CDCA6DEDGFECD	D	XI	623/1
GCCBCBCDFEbDCC	Am	I	17/4		G6CG#AACBCBAGFE	Eb	III	415/8
GCCBCCCCEDAG#AA	C	IX	576/4		GCCCCCDCFFFFFGF	Gm	III	384/8
GCCBCDBGEEDEFD	G	IX	557/2		GCCCCCEDCAGCDEF	A	XI	601/6
GCCBCDEDEFFEF	D	IX	550/21		GCCCCCEDCDDDDDF	A	XII	663/4
GCCBCDEDEGFFEF	D	IX	550/21		GCCCCCEDCGEDFDC	Bb	VI	511/7
GCCBCDEEDEF	F	IX	567/11		GCCCCCFEDCAGCDE	A	XI	601/6
GCCBCDGDDEFDEC	D	IX	555/4		GCCCCCFEDCDDDDD	A	XII	663/4
GCCBCECBDGCE	F	IX	579/7		GCCCCCGEAFEFGAB	D	XI	602/3
GCCBCECCDDEFDEC	Bb	IX	552/15		GCCCCCGFDECDC	D	X	581/1
GCCBCECCDDEFDEC	Bb	IX	551/3		GCCCCCGFDECEDC	D	X	581/1
GCCBCGECDDEFGFE	C	IX	552/10		GCCCCDBCABGG#AD	D	III	447/3
GCCBDCBAGEEDF	D	I	210/4		GCCCCDCBCDCBCAC	Bb	I	272/4
GCCBDCBCDFEbDCC	Am	I	17/4		GCCCCDCBCDEFGFE	D	XI	609/6
GCCBDEFDBCG	F	II	313/6		GCCCCDDDDEDC#D	C	XV	724/3
GCCBGAAG	F	XI	642/5		GCCCCDEbCCDEbEb	Em	IX	559/8
GCCC	C	IX	569/24		GCCCCDEDCBAGGGA	Bb	IX	569/3
GCCCBAbAbAbG	Am	XI	3/330/2		GCCCCECCEC	Bb	IX	571/5

Column (1) Incipit, (2) Original Key, (3) Hoboken Group, (4) Hoboken Location

GCCCCEGFFDBGEG	D	IX	3/316/2	GCCCGFEDCDBbBbA	Eb	II	311/6
GCCCCEGGFD	C	I	59/3	GCCCGFEDCDBbBbA	Eb	III	371/6
GCCCCFEDDDD	C	VI	512/6	GCCCGGAbG	Am	IX	569/22
GCCCCFEDDDD	C	IX	572/1	GCCCGGGEEEC	C	IX	579/3
GCCCCFEEDDDD	C	IX	572/1	GCCDBAGD	G	I	263/4
GCCCCFEEDDDD	C	VI	512/6	GCCDBCEbF#GCCDB	Dm	III	429/10
GCCCCGABCDDDDDE	Eb	VIII	545/1	GCCDBCFDEAFGG	C	XIV	675/1
GCCCCGACCC	D	IX	559/13	GCCDBCFDEAFGGFE	C	XI	647/1
GCCCCGCECDDDDGD	G	XVI	745/3	GCCDCBAGD	G	I	263/4
GCCCCGGGFGGGG	A	I	31/1	GCCDCBCBCBDGGGGF#	Eb	I	74/3
GCCCC#DEFGFD#EE	F	II	318/5	GCCDCBCDBBBBDFAG	Eb	XVI	773/3
GCCCC#DFDCBC	D	XI	639/5	GCCDCBCDBGABCA	Eb	I	188/2
GCCCDBBBDFAGFED	Eb	XVI	773/3	GCCDCBCDGDDEDCD	Eb	III	404/1
GCCCDBGCDEAFE	Eb	VI	512/3	GCCDCCCGCCDCCC	Bm	V	477/5
GCCCDBGCDEAGFE	Eb	VI	512/3	GCCDCDEEFGFE	G	VII	539/6
GCCCDCBCAABDFAG	G	IX	569/15	GCCDCEbCFCGCAbC	Em	III	370/6
GCCCDCBCCBC	G	II	310/1	GCCDDEbEbDGCBC	Gm	XV	702/7
GCCCDCBCC#DDDED	C	IX	552/1	GCCDECDECDEFEDC	G	XVII	783/1
GCCCDCBCDCGGGAG	C	IX	574/15	GCCDECDECDEGFED	G	XVII	783/1
GCCCDCBCDDDEDC#	C	IX	552/1	GCCDECEFGFEDCBA	Eb	I	169/4
GCCCDCBCDEFEDDD	Eb	I	201/6	GCCDEDCDEEFGFEA	A	XII	663/5
GCCCDCBCDEFEDDD	F	XIX	836/1	GCCDEECFFEDGCCD	C	XVa	729/1
GCCCDCBCEDCBAGG	D	IX	559/1	GCCDEEFEGGAG	C	VII	532/4
GCCCDCBCGACCC	D	IX	559/13	GCCDEFDBCE	D	IX	550/6
GCCCDCCBCBBCDED	C	IX	552/17	GCCDEFGGGGFE	C	I	232/5
GCCCDDCDBBABCDE	C	XVI	776/3	GCCDEGGADBC	A	XI	611/3
GCCCDEbFGGF#GG	Dm	IX	569/27	GCCEBCGEEAF#G	Bb	III	403/3
GCCCDECCCGA	Eb	I	48/3	GCCECAAGFEDEDCG	D	I	34/5
GCCCDECDDCBAGBC	C	IV	465/1	GCCECBAAGGFEDFE	D	I	34/5
GCCCDEFFFGFE	A	XI	602/6	GCCECDDCBAGBCDE	C	IV	465/1
GCCCDFEEEF	C	II	309/5	GCCECEGCBAGG	C	XVII	789/1
GCCCEbCEbDDCDBC	Em	IX	559/8	GCCECGGAGCGECD	D	III	377/4
GCCCECBCDFEFEFG	G	II	309/6	GCCECGGFDCCCC	C	IX	574/1
GCCCECGDDDFD	D	XI	645/8	GCCECGGFDCCCDCB	C	IX	574/1
GCCCECGGGECDEFF	A	XI	593/4	GCCECGG#AAFDBFD	C	XIV	672/3
GCCCEDCBAGGGG	Bb	IX	569/3	GCCECGG#AAFDCBF	C	XIV	672/3
GCCCEDCCAGEDCBC	A	II	353/2	GCCEDBCEDBCA	D	XII	663/3
GCCCEDCDCBAGEDC	A	II	353/2	GCCEDBCEDGDDFEC	A	XI	616/6
GCCCEDDCDCBBABC	C	XVI	776/3	GCCEDCBBFED	C	XIV	675/2
GCCCEDEFDCBCEEG	F	V	498/2	GCCEDCBBFEDD	C	XI	647/2
GCCCEDEFEAGCGFE	C	V	491/2	GCCEDCBBGFEDD	C	XI	647/2
GCCCEDEFEAGCGFF	C	V	491/2	GCCEDCBCCCCDDFE	A	XI	604/5
GCCCEDF	F	XVII	3/353/2	GCCEDCDEEFGFE	G	VII	539/6
GCCCEDFEEEGFFGF	F	XVII	3/353/3	GCCEDCGGCE	D	XII	663/2
GCCCEGFDDEGAFED	A	XI	644/1	GCCEDDCBCCCCDDF	A	XI	604/5
GCCCGCEDBCGCEGG	D	XVI	764/5	GCCEDFEFG	G	XVII	797/4
GCCCGCECC	D	XI	650/2	GCCEEFBCDEFGABC	D	IX	573/10
GCCCGFDECBCD	C	XI	647/4	GCCEEFDCBC	D	XI	631/8
GCCCGFEDCDBbAGF	Eb	III	371/6	GCCEGCDEDCBAGFE	G	IV	465/2
GCCCGFEDCDBbAGF	Eb	II	311/6	GCCEGEFFADBGF	E	III	370/5

Column (1) Incipit, (2) Original Key, (3) Hoboken Group, (4) Hoboken Location

Incipit	Original Key	Hoboken Group	Hoboken Location
GCCFEDCBBGFED	C	XIV	675/2
GCCFEDCGCCFEDC	Bb	II	322/3
GCCFEDCGGCE	D	XII	663/2
GCCFEEDDCCGCCFE	G	I	14/2
GCCGDDGFFD#EE	G	III	429/3
GCCGECDEECGECE	Bb	II	322/6
GCCGECFGAGCBCDE	C	II	304/4
GCCGECFGAGCCBCD	C	II	304/4
GCCGEEAGGF#DDFE	A	XVII	798/3
GCCGFDCEGCGGG#A	Eb	III	394/1
GCC#DFGABCEGGFE	D	XI	645/1
GCDBABC	Db	III	422/10
GCDBABCEFFFGDE	D	XI	620/10
GCDBCDBCC#DEC#D	Eb	XIV	678/4
GCDBCGDEFDB	C	IX	571/2
GCDBCGDEFDCB	C	IX	571/2
GCDBCGEFDECABG#	A	XVIII	816/1
GCDCBABC	Db	III	422/10
GCDCBABCEFFFGDE	D	XI	620/10
GCDCBAGCDEFE	D	X	582/3
GCDCBAGCDEGFE	D	X	582/3
GCDCBCBBDCBCDDF	D	I	153/4
GCDCBCDBGEFEDEF	G	IX	557/2
GCDCBCDEDCDEDEF	C	IX	558/3
GCDCBCDEDC#DEGE	F	XIX	828/1
GCDCBCDEFEDDEDC	G	I	106/2
GCDCBCDGDDEFDEC	D	IX	555/4
GCDCBCDGECDEFED	C	III	416/4
GCDCBCDGECDEGFE	C	III	416/4
GCDCBCECBDGCE	F	IX	579/7
GCDCBCECCDDEFDE	Bb	IX	551/3
GCDCBCECCDDEFDE	Bb	IX	552/15
GCDCBCECECGCBAGG	C	XVII	789/1
GCDCBGFDCBCGGG	C	XI	596/8
GCDCBGFDCBCGGG	D	XI	609/9
GCDCCFEDCBC	D	XI	638/1
GCDCDCDEFEFGEDC	Bb	III	421/5
GCDCDCEGCBAGFEF	F	II	318/3
GCDCDDECEFGCAGF	A	XI	600/1
GCDCDEG	A	V	504/3
GCDCFEDCBC	Eb	V	495/3
GCDCFFEEDCBBC	Eb	V	495/3
GCDCGEFECGGGEFG	F	XV	683/3
GCDEbBCAbGCCDEb	Dm	III	389/2
GCDEbCAbAbGG	Dm	I	3/282/1
GCDEbDCBCAbGGCD	Bm	XI	640/2
GCDEbDCBGGGG	Dm	I	251/2
GCDEbDCDDDCDGG	Bm	III	416/13
GCDEbEbDDCDEbDD	Bm	III	416/13
GCDEbFEbDCB	Cm	IX	3/320/2
GCDECCC#DEFDDD#	Eb	III	404/5
GCDECDC	D	XI	624/5
GCDECDC	C	I	3/261/1
GCDECGCBAG	D	IX	574/5
GCDECGCEGF#FGE	F	III	403/7
GCDECGFEEDEC	C	IX	569/23
GCDEDCDEFG	Eb	III	448/1
GCDEDCGDEFEDGEF	C	XIX	829/2
GCDEDEEFEDCDEFG	F	IX	578/3
GCDEDEFEDCDCCEG	E	V	497/4
GCDEDEFEFGAGCBA	Bb	XV	721/1
GCDEDEFEGEDCADB	C	V	490/1
GCDEDEFEGEDCADC	C	V	490/1
GCDEDEGGFEDC	A	III	377/3
GCDEDGFEEDEFD	Eb	II	311/5
GCDEDGFEEDEFD	Eb	III	371/5
GCDEDGFEFEDEFD	Eb	II	311/5
GCDEDGFEFEDEFD	Eb	III	371/5
GCDEECFDG	G	IX	553/3
GCDEF	C	III	388/6
GCDEFADGFE	E	IX	559/7
GCDEFDBGF#DGG	D	III	389/3
GCDEFDCBCG	D	XI	610/8
GCDEFDECDCBC	F	XVIII	819/3
GCDEFDECEDCBC	F	XVIII	819/3
GCDEFEDCBCAGCFE	C	XI	633/6
GCDEFEDEFCB	E	XV	710/4
GCDEFEFDFECDG	A	IX	569/21
GCDEFFEDFDECG	D	XI	615/11
GCDEFF#GG#AG#A	G	I	172/6
GCDEFGABC	F	VII	525/2
GCDEFGCDBC	Bb	III	457/5
GCDEFGDGFEDGGFE	C	I	111/1
GCDEFGGF#AGF#AG	C	IX	576/5
GCDEFGGGGGABCBA	G	XVI	754/1
GCDEFGGGGGABDCB	G	XVI	754/1
GCDEF#G	D	XI	605/3
GCDEGFEDCBCBAGC	C	XI	633/6
GCDEGFEFDFECDG	A	IX	569/21
GCDFBDCEGGEEFEF	G	III	384/6
GCDFBDCEGGEEGFE	G	III	384/6
GCDFDBCDFDB	Bb	II	356/1
GCDFEbDCBCGGGG	Dm	I	251/2
GCDGCBCDEbDGCBb	Dm	III	429/6
GCDGCBCDFEbDGC	Dm	III	429/6
GCDGEF	D	XI	645/7
GCEbDBC	Dm	IX	569/6
GCEbDCBAbBDFEbD	Cm	XVI	760/9
GCEbDCBCCBCGBC	Gm	XIV	674/2
GCEbDCBCCBCGBC	Gm	XVI	738/8

Column (1) Incipit, (2) Original Key, (3) Hoboken Group, (4) Hoboken Location

GCEbDCBCGGGCF#	Fm	III	411/6	GCECGCGFEDC	C	IX	566/19
GCEbDCBCGGGFEbD	Am	XI	636/3	GCECGECGEFADFAD	F	I	95/5
GCEbDCBDCBCGFEb	Em	XVI	*736/2	GCECGEDFDAF	E	V	482/3
GCEbDCFEbGBC	Em	I	50/2	GCECGEFDBCEGCEC	F	IX	566/4
GCEbDCGEbDCCBCC	Fm	XV	724/5	GCECGEGFDBGBCDE	G	IX	571/7
GCEbDFEbAbGF#GF	Dm	XV	705/8	GCECGFDDBCECGFD	G	IX	3/317/7
GCEbDFEbGAbGCEb	Am	II	325/3	GCECGGCEGGECGG	C	IX	569/13
GCEbDGEbCBAbFG	Gm	I	7/4	GCECGGECCBBAGB	G	III	455/1
GCEbEbDCBCGGGF	Am	XI	636/3	GCECGGFEDCFEFED	Eb	III	416/7
GCEbEbDGGCEbCD	Em	II	324/3	GCECGGGECAFDCB	C	IX	575/12
GCEbEbEbDGGCEbC	Em	II	324/3	GCED	C	IX	568/24
GCEbEbEbEbDDCDG	Gm	I	42/6	GCEDAGFE	B	III	416/14
GCEbFEbDCBC	Fm	I	20/5	GCEDBCCFAGFE	A	XI	630/1
GCEbFGDEbFCDEb	Dm	XI	648/7	GCEDBCCFAGGFE	A	XI	630/1
GCEbF#GDBGCDEb	Cm	I	217/3	GCEDBCECGCEGEA	Bb	III	421/13
GCEbGAbG	Cm	III	415/13	GCEDBCGCEFECD	A	IX	570/3
GCEbGFEbDCBCBDF	Em	XIV	677/5	GCEDBCGGFEAGCFE	D	I	46/5
GCEbGFEbDCBCDEb	Cm	XI	638/10	GCEDBCGGFEAGCGF	D	I	46/5
GCEbGFEbDCCBAbG	Ebm	XV	714/1	GCEDBCGGGGFECDG	D	XI	616/1
GCEAACBFDBFDFE	F	XVI	750/9	GCEDBDCBCECGCEG	Bb	III	421/13
GCEADFBGAFEDC	A	III	421/8	GCEDBFEAGFEDCBC	G	V	487/5
GCEADGFEGADCB	F	II	330/5	GCEDCBAGABCEDCB	Bb	I	43/2
GCEAFDCBAGGFEDC	Eb	XVI	760/10	GCEDCBAGFFGDFEG	G	V	502/2
GCEBCBAGGACAF#G	G	VII	527/2	GCEDCBCBCAGEDCB	D	XI	658/2
GCEBCDEFGABCAF#	D	I	191/4	GCEDCBCBCBAGEDC	D	XI	658/2
GCEBCGCEGGAEF	D	IX	569/19	GCEDCBCBCF	D	XI	639/8
GCECBAFDCBGECDE	A	XI	600/3	GCEDCBCDCGGGDFED	F	XIV	677/2
GCECBDGABCCDDEE	D	XI	633/1	GCEDCBCDEFFEGAF	D	XI	605/1
GCECBDGBCDEFED	D	XI	648/8	GCEDCBCEAGF#GFE	Bb	I	144/3
GCECCBAGABCEGD	D	XI	645/2	GCEDCBCEDFEGFAG	D	XI	615/8
GCECCBGDFDDC	A	XI	643/5	GCEDCBCGFED	A	XI	636/4
GCECCBGDFDDC	F	XIV	671/1	GCEDCBCGGFEDEFE	D	XI	608/1
GCECCBGDFDDC	F	XV	682/1	GCEDCBDCBAAGGGG	Bb	I	213/2
GCECCDFGFEGAFED	A	XI	622/6	GCEDCCBFBEFGAGF	F	XIV	675/6
GCECDDBECBbAGF	D	XI	620/12	GCEDCCCAGEDCCC	Bb	IX	554/6
GCECDFF	D	XII	662/6	GCEDCCCC	E	V	498/1
GCECDFFFEDCCCDF	F	XV	682/4	GCEDCCFEEDCBC	D	XI	638/1
GCECDFFFEDCCCDF	F	XIV	671/4	GCEDCDCDEGFEFGE	Bb	III	421/5
GCECECBDCEGCBAG	D	IX	563/3	GCEDCDCEGCBAGGF	F	II	318/3
GCECEGCGEC	C	XV	705/2	GCEDCDDECEFGCAG	A	XI	600/1
GCECFA	F	I	262/4	GCEDCDEG	A	V	504/3
GCECFDBGCDEG	D	XI	627/2	GCEDCDGABCBCDCD	D	I	83/5
GCECFDBGCDEGAAB	D	XI	626/5	GCEDCEGFECGACAG	C	XVI	734/2
GCECFDGECCGEAFA	A	XV	690/2	GCEDCEGGCED	F	III	453/2
GCECFDGECDCDEFG	C	III	415/11	GCEDCGCEGFEC	D	IX	564/7
GCECFDGECEDCDEF	C	III	415/11	GCEDCGDEFDB	Bb	VI	511/9
GCECGACG	F	IX	567/10	GCEDCGDEFDCB	Bb	VI	511/9
GCECGAGFEDCFEFE	Eb	III	416/7	GCEDCGGG#ABCDEF	D	XI	637/9
GCECGBGABCC	D	IX	550/4	GCEDCGGG#ACCBAA	G	IV	465/3
GCECGCGECGCGECG	D	II	337/4	GCEDC#DAB	D	II	303/8

Column (1) Incipit, (2) Original Key, (3) Hoboken Group, (4) Hoboken Location

GCEDEFBCGGABCBA	C	IV	463/1
GCEDEFDGE	E	III	370/1
GCEDEFEADCB	E	I	32/1
GCEDEFGECEDCBBC	C	III	376/1
GCEDEGFEDCCBBBB	D	IX	563/9
GCEDFBDCEFAF#DB	D	XVI	748/3
GCEDFBDCEFAF#DC	D	XVI	748/3
GCEDFDBCEGECAFA	C	XV	705/4
GCEDFEAGGADCBC	A	XI	598/5
GCEDFEFGGAFEDCB	C	VIII	3/316/1
GCEDFEGFE	D	VI	516/2
GCEDFEGGFE	D	VI	516/2
GCEDFEGGGGAFEDC	Bb	V	486/4
GCEDF#GGEDC	Eb	V	481/1
GCEDF#GGEDDC	Eb	V	481/1
GCEDGDFE	G	IX	567/14
GCEDGEDCD	F	XVIIa	807/1
GCEDGFEDCD	F	XVIIa	807/1
GCEDGGAGFEDCBDD	G	III	410/9
GCEDGGGFEDCBDDD	G	III	410/9
GCED#CBAGGG	Bb	IX	564/2
GCEEAAAABCDEFD	D	XI	649/2
GCEEAAAABCDEFED	D	XI	649/2
GCEEDCBCEAGF#GF	Bb	I	144/3
GCEEDCBCEDFEGFA	D	XI	615/8
GCEEDCBCGGFED	A	XI	636/4
GCEEDCBCGGFEDEG	D	XI	608/1
GCEEDCEGFEGCE	C	II	335/2
GCEEDDCCCDECGGG	F	XIX	828/3
GCEEDDCGCEGGAAD	A	I	66/3
GCEEDEFDBCAGFEF	F	III	372/7
GCEEDEFDCBCAAGF	F	III	372/7
GCEEDFBDCCDECEG	F	II	349/2
GCEEEEDCDFFF	D	IX	552/4
GCEEEEFGAGFECBD	A	V	480/1
GCEEEFEDCDFFF	D	IX	552/4
GCEEEGFEDCBAGAB	D	III	462/1
GCEEFBCDEFGABCD	D	XVI	744/2
GCEEFCBCDEFGABC	D	XVI	744/2
GCEEFEDCBDGFEDC	Eb	III	362/2
GCEEFEDEGFEDCBA	D	III	462/1
GCEEGFEDDGBDFFG	F	IV	467/3
GCEFACBDCBCEEGF	Eb	XIV	670/1
GCEFACBDCBCEEGG	Eb	XIV	670/1
GCEFDBCGECGECGEFDB	C	III	443/2
GCEFDCBCGECGEFD	C	III	443/2
GCEFDCCCEDFEGGF	G	I	182/6
GCEFDCFAED	F	I	80/1
GCEFEFGECCBBFFE	D	XI	645/6
GCEFG	D	II	309/12

GCEFGAFDCBDEF	G	XII	662/2
GCEFGGEFGGFEDCG	C	IX	3/320/1
GCEFGGGGFE	C	XI	658/1
GCEF#GDEFGAG	D	XI	648/6
GCEGABABC	Bb	I	104/2
GCEGACBABC	Bb	I	104/2
GCEGAFBCGGG	A	XI	612/6
GCEGAFEEDAFDC	D	I	90/2
GCEGAFEEDAGFEDC	D	I	90/2
GCEGAGECGDDDEC	D	V	488/4
GCEGAGECGDDEC	D	V	488/4
GCEGAGFECEFEDCB	D	I	27/3
GCEGBCEGCCCDGDD	G	III	429/4
GCEGCAGFEACBCC	D	I	6/3
GCEGCAGFEAG	C	XIV	677/3
GCEGCCBGDFAFFE	G	XVI	754/4
GCEGCEDCBAGGG#	C	III	415/12
GCEGCEGCEGCDEFD	C	III	378/5
GCEGCEGCGECG	Eb	IX	569/25
GCEGCEGCGFDBF	G	IX	559/5
GCEGCEGGFEDCBAG	E	IX	555/9
GCEGCGECBDFFFEG	Eb	III	374/4
GCEGDDECBCEAFBG	D	XVIII	815/3
GCEGDECBCEAFBGC	D	XVIII	815/3
GCEGDEFEAFEDCB	E	IX	572/3
GCEGDEFEAFEDDCB	E	IX	572/3
GCEGDFGEGCAGCCC	C	III	422/3
GCEGEC	C	II	318/4
GCEGECAFCG	C	XV	705/1
GCEGECBAGFFEED	C	IX	561/1
GCEGECBDBGCEGC	C	XV	698/2
GCEGECCAFGECBCF	F#	III	430/5
GCEGECCGAGGCEGE	D	XVI	758/1
GCEGECDEC	D	X	582/1
GCEGECDFBC	G	I	22/5
GCEGECGGFDGEFDC	D	III	421/9
GCEGEDCDEDCC	Bb	XVa	728/1
GCEGEEDCDEDCC	Bb	XVa	728/1
GCEGEFDCEGFEDC	C	I	87/4
GCEGEFDCEGGFEDC	C	I	87/4
GCEGFDBCBAG	F	III	452/3
GCEGFDBGFDCBCD	Eb	IX	574/17
GCEGFDCEGCGE	D	IX	568/4
GCEGFDDECFEDCB	C	II	309/3
GCEGFDGECDG	D	XI	641/4
GCEGFDGECDG	G	IV	467/6
GCEGFECDFBBC	G	I	22/5
GCEGFEDCABCGFDE	E	XVI	3/347/1
GCEGFEDCABCGFDE	E	XVI	771/4
GCEGFEDCBCEGCFE	F	XVIII	816/3

Column (1) Incipit, (2) Original Key, (3) Hoboken Group, (4) Hoboken Location

GCEGFEDDDDDEFEF	D	XI	648/5
GCEGFEEDCCC	D	XV	718/6
GCEGFEEDDDDDEFE	D	XI	648/5
GCEGFEFGFEDCFD	C	II	322/8
GCEGFEFGFEDCFED	C	II	322/8
GCEGFGAEGFDFGBC	G	XVI	738/6
GCEGF#GAGGBBBGD	Eb	III	403/2
GCEGG	C	III	403/9
GCEGGABCAGABCDE	D	XII	663/7
GCEGGABCBAGABCD	D	XII	663/7
GCEGGABCEGGABCE	E	IX	569/11
GCEGGAEEFDECCBG	A	XI	593/2
GCEGGAEFDECCBGG	A	XI	593/2
GCEGGAFAG	G	XVI	740/9
GCEGGDEDGGDGGEF	C	IX	567/16
GCEGGDFEFGABCG	D	I	27/4
GCEGGEFDECAGFE	A	XI	602/1
GCEGGEFDECAGGFF	A	XI	602/1
GCEGGFDBCEGCEGF	Bb	XVI	735/1
GCEGGFDBCEGCEGG	Bb	XVI	735/1
GCEGGFDDDECGFED	C	II	309/3
GCEGGFEDCBBBCBA	G	II	313/1
GCEGGFEDCBBBCBA	G	III	373/4
GCEGGFEDCBCEGCG	F	XVIII	816/3
GCEGGFEDCCBBBDC	G	II	313/1
GCEGGFEDCCBBBDC	G	III	373/4
GCEGGFEDCCBCAFD	G	I	191/3
GCEGGFEDCCCC	D	XI	648/11
GCEGGFEDCCCEEGG	C	II	309/1
GCEGGFEDCDCBCAF	G	I	191/3
GCEGGFEDCDDEC	D	III	430/6
GCEGGFEEDCDDEC	D	III	430/6
GCEGGFFEAGCGFE	F	II	329/18
GCEGGFGAEGFDFGB	G	XIV	674/3
GCEGGGG	D	I	46/4
GCFEDCCCAGFEDCC	Bb	IX	554/6
GCFEDCGCAGFE	C	I	231/4
GCFEDCGDF	D	XVII	793/3
GCFEDCGDFEGFEDC	A	XI	594/1
GCFEDCGDFEGFEDC	G	XI	594/8
GCFEDCGGG#ABCDE	D	XI	637/9
GCFEDEFDGE	E	III	370/1
GCFEDEGFEDCCBBB	D	IX	563/9
GCFEEAGGFEDCBCG	C	XI	642/6
GCFEEAGGFEEDCBC	C	XI	642/6
GCFEEDCGCAGGFE	C	I	231/4
GCGABCDEFGGGGGF	C	XIV	672/5
GCGACAGAFEDEFG	C	XV	722/1
GCGAEFEFEGEC	A	VI	520/1
GCGAEFEFFGDEDEC	G	I	21/1
GCGAEGFEFEGEC	A	VI	520/1
GCGAGFEDEFFFFDC	G	X	588/5
GCGBGCGDGBGC	C	XIV	671/7
GCGBGCGDGGFEbDF	Cm	XIV	672/4
GCGCBCDDEFDDEFE	F	XVII	794/1
GCGCBCDEDC#DEFD	F	XVII	794/1
GCGCCCCGCE	A	I	268/1
GCGCEDCBAGAFGEF	Eb	XV	705/7
GCGCEDGDFEFGFGA	D	VII	535/1
GCGCEDGDFFEFGFG	D	VII	535/1
GCGCFEAGABCDE	F	XI	651/2
GCGCG	C	II	335/1
GCGCGCGCGC	F	XVII	797/1
GCGCGECECGFEDCB	C	XIV	676/3
GCGCGECECGFEDCB	F	XVI	741/4
GCGCGGAGF	Bb	III	458/3
GCGCGGAGGF	Bb	III	458/3
GCGDFEABABCC	G	XVIII	815/2
GCGDGEDCBAGADBA	F	I	262/3
GCGDGEDCBAGADCB	F	I	262/3
GCGEbCAbG	Cm	I	59/4
GCGEbCCCBBBGGG	Am	XV	702/2
GCGEbDCBDGDGFEb	Gm	III	394/17
GCGEAFDBCEGCECB	Eb	I	217/5
GCGEC	D	I	191/5
GCGECADBC	G	IX	573/7
GCGECBFDBGFDBGF	Bb	III	372/3
GCGECCBAGABCCBC	G	III	376/3
GCGECCBGCEAFED	Bb	III	379/16
GCGECCGCAFCC	C	I	239/4
GCGECDEFEGAFDCB	Eb	VI	3/312/1
GCGECDGGGEAAF#E	F	III	415/14
GCGECDGGGEAAGF#	F	III	415/14
GCGECE	C	IX	570/21
GCGECEDGDBGB	E	IX	568/12
GCGECFDBCGECG	Eb	III	362/7
GCGECGAGCEFFEFG	F	III	453/3
GCGECGDGFDEEFFD	E	V	482/3
GCGECGEC	C	XIV	678/3
GCGECGECGGGG	D	IV	469/2
GCGECGEEDC	G	XII	662/5
GCGECGEFEDC	G	XII	662/5
GCGEDAFBABCEG	G	XVII	794/2
GCGEDAFBABCEG	G	XIX	834/1
GCGEDCCCDC	A	X	583/2
GCGEDDCBCCCAGCD	D	XI	606/2
GCGEDDCBCCCBAGC	D	XI	606/2
GCGEDFDBFE	C	I	13/4
GCGEDFDCBFFE	C	I	13/4
GCGEFDECDBCGABC	D	XVI	751/1

Column (1) Incipit, (2) Original Key, (3) Hoboken Group, (4) Hoboken Location

GCGEFDGFEGADCB	D	XI	619/4	GCGGFFEEDCDEFGA	C	III	3/304/1
GCGEFEFGCCDAGFE	D	XI	606/1	GCGGF#GAAGGDDEE	Eb	III	383/15
GCGEFFFEGEC	C	XIV	674/6	GCGGGCE	D	XVII	793/2
GCGEFGADEFGCBDC	G	XI	655/1	GCGGGEGCE	D	IX	549/7
GCGEFGCGEFGAFGD	Eb	II	343/3	GCGGGFFEEDFDABB	G	X	586/5
GCGEGCCECGECEFG	Eb	IV	465/5	GCGGGFFEEDFDABB	G	XI	648/1
GCGEGCGCAFACA	F	IX	570/14	GCGGGGAGBCDEFED	G	XI	648/4
GCGEGCGECGEGEGF	Eb	III	388/14	GCGGGGFDECADDDD	Ab	I	48/2
GCGEGCGEGC	Eb	I	254/4	GCGGGG#ACCCAGEC	A	XI	658/4
GCGEGCGEGG	E	III	451/3				
GCGEGEAFDBC	D	XVI	737/5	GDCBA	F	IV	471/1
GCGEGEAFDCBC	D	XVI	737/5	GDCBAG	Eb	III	3/305/2
GCGEGEAFEDFDB	Eb	Ia	292/2	GDCBCBD	Eb	III	421/15
GCGEGEAFEDFDCB	Eb	Ia	292/2	GDCBCDCEDCDEDEF	C	IX	563/5
GCGEGECCBGFEAC#	G	XVI	754/2	GDCBCDCEDCDEDEF	C	IX	560/2
GCGEGECECGFGAG	G	XVI	740/6	GDCBCDGDCBCDGDC	G	III	416/5
GCGEGEGEGC	G	IX	550/2	GDCBEDDCBADC	D	XI	624/7
GCGEGFDFEGAFEDC	D	XI	603/5	GDCDEFGABC	C	XIX	830/2
GCGEGFDFEGAGFED	D	XI	603/5	GDDCBCBD	Eb	III	421/15
GCGEGFEFGCCDAGG	D	XI	606/1	GDEBCGCG#AEFDAE	Bb	III	421/4
GCGFDCCCDEC	A	XII	662/3				
GCGFE	G	IX	568/8	GEbAbFEbDFDGEbD	Cm	XVI	741/7
GCGFECAGFCEDCGF	F	XVIII	814/2	GEbBC	Am	X	583/1
GCGFECCCDFACBC	Bb	III	374/1	GEbCAbFDDEbFGEb	Am	III	429/14
GCGFEDCABCGGFED	F	XV	720/1	GEbCBAbFDCBCGAb	Dm	XVI	758/2
GCGFEDCAFED	C	IX	552/18	GEbCBCEbDCBG	Cm	II	309/4
GCGFEDCAGFE	C	IX	551/6	GEbCBCEbDCCBG	Cm	II	309/4
GCGFEDCB	D	XI	596/7	GEbCBCGEbCAbG	Ebm	XVI	754/7
GCGFEDCCCEDC	A	X	583/2	GEbCCB	Dm	XI	619/1
GCGFEDCDFBDCGEC	Eb	V	496/1	GEbCCBCEbCBCAbG	Am	XIV	676/5
GCGFEDCDFBDCGFE	Eb	V	496/1	GEbCCCBBBBBDBGGF	Gm	IV	466/5
GCGFEDE	G	I	205/1	GEbCCCDD	Cm	IX	572/19
GCGFEDEFEGFEDDE	G	XI	617/1	GEbCCEbDCCAbFDD	Dm	XV	707/2
GCGFEEDCDBC	D	XI	641/9	GEbCGAbFD	Am	XI	621/3
GCGFFEDDCB	D	XI	596/7	GEbCGAbF#GBbGEF	Cm	XIV	670/3
GCGFFEDEFDCBC	C	XI	657/2	GEbCGAbGF#GDEbF	Dm	I	22/2
GCGFFEE	Eb	I	24/4	GEbCGEbCGEbCGEb	Gm	XV	681/4
GCGFFFEEEDAFDBC	C	XVI	745/1	GEbCGGEbCG	Am	III	368/3
GCGFFFEEDAFDBC	C	II	305/2	GEbDBCG	Am	V	490/2
GCGFGCEGCABC	D	XVII	793/1	GEbDCB	Gm	III	388/16
GCGFGEGDGCEGCEG	D	III	373/7	GEbDCBCCEbEbDC#	Cm	XIV	675/3
GCGFGEGDGCEGCEG	D	II	313/4	GEbDCBCCEbEbDC#	Cm	XI	647/3
GCGGAFAFBBCE	C	II	309/9	GEbDCBCDEbF	Gm	XI	638/6
GCGGAGEDCBAGCEC	Eb	III	383/11	GEbDCBDDCGGEbC	Em	XVI	750/5
GCGGAGFEDCCBAGC	Eb	III	383/11	GEbDCBGDBG	Dm	I	37/1
GCGGBDBDCGGFDBD	F	XIV	679/2	GEbDCBGGFEbD	Dm	XI	649/3
GCGGEDFFEGEGFGF	C	III	378/1	GEbDCCB	Cm	XIV	674/7
GCGGFEDEFFFFDCB	G	X	588/5	GEbDCCCCFFGAbAb	Gm	III	388/13
GCGGFEEDDAAGGBB	A	III	456/5	GEbDCCDEbDGAbF	Gm	XVI	742/3
GCGGFEEDDFAAGGB	A	III	456/5	GEbEbDBCCCCEbGG	Cm	XV	694/1

Column (1) Incipit, (2) Original Key, (3) Hoboken Group, (4) Hoboken Location

GEbEbDDCB	Am	XI	598/3		GECBCDFFEFEC	Bb	I	229/1
GEbEbDDCCB	Am	XI	598/3		GECBCEC1OGF#GF#	G	III	410/7
GEbFEbDCEbDEbDC	Am	XI	653/3		GECBCEDGF#G	D	XI	651/6
GEbFGAbFGAb	Fm	I	61/2		GECBCFEBCABCDGA	F	III	411/8
					GECBGAFGEFDCBAB	D	I	66/7
GEADGF#GAF#GGGD	Eb	III	421/12		GECBGCCGGFGAFFF	Ab	III	383/14
GEAFBBCBAG	Bb	XV	681/3		GECBGCEGCGEFE	C	XVI	750/3
GEAFBCBAG	Bb	XV	681/3		GECBGDC	A	I	52/6
GEAFDCBBFFE	D	III	373/2		GECCAFCCGECFEFG	G	XI	607/1
GEAFDCBBFFE	D	II	312/2		GECCAFFFFD#EEED	Bb	XX/1	837/2
GEAFDCBCDC	A	XI	602/6		GECCAF#GAF#GFED	Eb	VI	511/8
GEAFDDDGECCDEFG	Bb	I	118/2		GECCBABCFEDC	D	I	57/2
GEAFDGECFDBC	Bb	III	411/14		GECCBAGCDEDGDEF	D	XI	614/4
GEAFDGECFED	E	V	482/5		GECCBAGECCBAGEB	Bb	III	379/14
GEAFDGEDEFDCBC	A	I	23/1		GECCBAGEFEFGCGE	C	II	297/2
GEAFDGFEDEC	F	II	307/6		GECCBAGFG	D	IX	549/2
GEAFEC	D	III	446/3		GECCBAGGFG	D	IX	549/2
GEAFEDGCDEFGFGE	C	XIX	831/3		GECCBCAAGEGGFDF	Eb	I	3/283/2
GEAFGEDE	A	XVI	735/4		GECCBCDCFE	C	XI	656/7
GEAF#GCFD#E	D	XI	651/7		GECCBCDGDGDGCDE	F	III	436/1
GEAF#GFEDE	F	XI	634/4		GECCBCDGDGDGEC	F	III	436/1
GEAGFECCBAGFEDC	G	XI	609/1		GECCC	F	IX	574/9
GEAGFEDDCBCCAGF	A	XI	605/9		GECCCB	D	IX	574/6
GEAGFEDDCBCCBAG	A	XI	605/9		GECCCBCAAFDDCBC	Bb	XV	686/7
GEBCEEGFDFD#EGG	G	I	19/5		GECCCBCAAGFEDCB	D	IX	560/6
GEBCEFFDF#GDECG	G	III	376/9		GECCCBCDCDEDEFE	Eb	I	40/3
GEBCGECBDFDFFEG	G	III	416/2		GECCCBCDEFEFGAG	F	V	481/4
GEBCGFC#DGGD#EC	G	XV	698/3		GECCCBCDGGFECAG	Ab	XVI	767/1
GEC	A	I	156/4		GECCCBDFDECGEAF	D	XVI	758/3
GECACBDGBCEGCFE	D	I	106/5		GECCCC	G	XI	656/1
GECACBDGBCEGCGF	D	I	106/5		GECCCCBCAFDBBBC	Bb	I	93/3
GECACCBCDCEGCGA	C	XVIII	817/2		GECCCBDBGFEGCE	D	IX	549/1
GECAFDGEC	D	XI	652/6		GECCCCCBCDEFDEC	G	I	6/2
GECAF#GFGEFDAFD	A	XV	702/1		GECCCCDEFEDBCG	C	XII	662/1
GECAF#GFGEFDAGF	A	XV	702/1		GECCCGECAAAB	C	IX	572/18
GECAGEFDCCCBCDD	F	I	126/1		GECCCGECAAACB	C	IX	572/18
GECAGEFDCCDCBCD	F	I	126/1		GECCCGEDEFE	C	I	36/5
GECBAGAFFDCBAG	Eb	I	169/6		GECCCCGEDEFFE	C	I	36/5
GECBAGCDEDGDEFE	D	XI	614/4		GECCDCBCAFDBBB	Bb	I	93/3
GECBAGEEFE	G	IX	567/9		GECCCEDCBAGAFGE	G	I	210/3
GECBAGFDC#BAGF#	Eb	I	169/6		GECCFAACGBbBb	F	IX	570/6
GECBAGFEDCDE	D	IX	571/11		GECCCFGAGCFEDCB	C	IX	548/1
GECBAGFEDEFFFEF	G	II	297/5		GECCCGECCC	Eb	II	329/4
GECBAGFEDEFFGFE	G	II	297/5		GECCCGEGEAAAF#D	C	IX	554/3
GECBAGFEEDCDE	D	IX	571/11		GECCDCBBGDDEDC	Bb	IX	559/4
GECBCDCCCACCGDD	G	XI	642/1		GECCDCBBGDDEDC	Bb	IX	561/13
GECBCDCDEDEFE	A	XI	598/8		GECCDCBCAAFDDDC	Bb	XV	686/7
GECBCDCDEFE	A	XI	598/8		GECCDCBCAAGFEDC	D	IX	560/6
GECBCDCGABCDEFF	C	XI	612/2		GECCEDCBAGAFGEF	G	I	210/3
GECBCDFDE	D	IX	572/6		GECCEGEFDDBGBDF	G	IX	566/13

Column (1) Incipit, (2) Original Key, (3) Hoboken Group, (4) Hoboken Location

GECCGECCCAF#F#A	C	IX	574/13		GECEGCBGDBBCDC	Bb	III	457/1
GECCGECCCAGF#F#	C	IX	574/13		GECEGDBDGCFEADC	Eb	XVI	754/8
GECCGECCCEGEGEA	D	IX	552/13		GECEGGFEDCBBCDD	G	VII	539/7
GECCGECCCEGEGEA	D	IX	551/1		GECFDBCC	F	I	105/1
GECCGEDCCBGCGDG	D	XV	686/3		GECFDBDBGAB	G	III	429/1
GECCGEDDDEFGA	A	XII	660/1		GECFDBE	D	III	447/5
GECCGEDGFECGEGC	F#	IX	576/3		GECFDBGCCECAACA	Bb	I	226/1
GECCGEEGGFFEEDD	Eb	III	415/9		GECFDBGCDCBCECA	Bb	I	226/1
GECCGFEDCBCBAG#	G	XV	718/3		GECFDECBCD	D	VI	511/12
GECCGFEDCCBGCGD	D	XV	686/3		GECFDEDCBCD	D	VI	511/12
GECCGGGFEFGADFF	G	XIV	674/1		GECF#GDDGECF#GD	G	XI	638/5
GECCGGGFEFGADFF	G	XVI	738/5		GECGAFACAGEGCGG	Eb	V	494/2
GECCGGGGFEFGADF	G	XIV	*674/1		GECGAFCAGEC	Eb	V	494/3
GECCGGGGFEFGADF	G	XVI	738/5		GECGCAAADBBGFEE	D	IX	564/13
GECDBCGCDEFGFE	A	XI	596/1		GECGCCCDDDDEFED	Bb	III	403/5
GECDBCGCDEFGGFF	A	XI	596/1		GECGCCDCBCDDDED	Bb	III	403/5
GECDBGAGFEDCBAG	C	VI	512/4		GECGCCDGFDCEEF	C	I	99/3
GECDBGAGGFEDCBA	C	VI	512/4		GECGCDEDGDBGDEF	Bb	III	457/1
GECDBGCEDBGC	D	XI	608/2		GECGCEDCCEDC	A	XI	610/5
GECDBGDBECGFDB	F	IX	551/7		GECGCEDDECGCEGE	F	XV	700/2
GECDBGDBECGFDCB	F	IX	551/7		GECGCEFFEFGFD	A	XI	627/8
GECDCDCDC	D	I	106/12		GECGCEGCCB	F	VI	517/5
GECDCDECFAGCDEF	A	XI	595/1		GECGDFDBFE	Eb	III	360/3
GECDCDEFGAGFEDB	A	XI	596/2		GECGDGEGBFGEADG	E	XV	710/4
GECDDCDEFGG	D	I	263/3		GECGEAGFEDEFGCC	Eb	VIII	544/1
GECDECGDEC	Bb	Ia	290/2		GECGEC	A	IX	570/20
GECDEDCC	F	III	452/5		GECGEC	Bb	IX	569/18
GECDEDCCDEDCCDE	F	I	104/3		GECGEC	Eb	IX	568/6
GECDEFEGCBDCDEF	Bb	II	307/7		GECGEC	G	I	16/7
GECDEFGABCEGCAG	D	Ia	295/3		GECGECBBAG	Eb	I	201/4
GECDEFGABCEGCBA	D	Ia	295/3		GECGECBCBCDEFFF	G	IX	560/3
GECECAAFDFBCE	G	IX	561/4		GECGECCBAGG#AFD	C	Ia	294/3
GECECAG#ABCBDBD	Bb	IX	575/4		GECGECCGECGE	Bb	III	379/20
GECECBCDCBBBFAF	G	III	422/2		GECGECC#DDDD	Bb	III	403/4
GECECBDBCAGCBAG	F	XVI	750/7		GECGECDEFEFGABC	D	IX	572/5
GECECBDBCAGDCBA	F	XVI	750/7		GECGECEGCDED	C	I	13/3
GECECCBBBFAFD#E	G	III	422/2		GECGECFDCGGAABC	G	IX	566/3
GECECGFF	A	IX	570/4		GECGEDBGEGFEFD	C	IX	568/23
GECECGGECGEDCC	Eb	V	479/5		GECGEDBGEGGFEFD	C	IX	568/23
GECECGGFGF	A	IX	570/4		GECGEDCCGE	F	V	500/3
GECEDBDCACBGBb	E	I	257/3		GECGEECGFDAAFDD	G	IX	568/7
GECEDCBAGGGBCDC	Eb	I	229/3		GECGEFAFDFDE	A	XI	636/6
GECEDCDECFAGCDE	A	XI	595/1		GECGEFECGECGFE	Bb	V	483/2
GECEDCDEFGAGFED	A	XI	596/2		GECGEFFGEFD	G	I	85/4
GECEDCEDCEDC	D	I	106/3		GECGEGCEGFEGECG	F	I	44/2
GECEDFEDEFGC	C	XIV	671/8		GECGEGFGBGDBFE	F	I	62/5
GECEEFDBBCECGEE	G	XVIII	817/1		GECGFDGEC	A	III	456/3
GECEEGFDBBCECGE	G	XVIII	817/1		GECGFDGECAGCCBA	D	III	384/11
GECEFDF#GECFF#G	Eb	XV	712/3		GECGFDGECCGEDA	G	XV	717/1
GECEF#DF#GAFD	G	XI	648/2		GECGFEAGCBDGFFE	D	II	323/1

Column (1) Incipit, (2) Original Key, (3) Hoboken Group, (4) Hoboken Location

GECGFEGCEGCGCDE	C	I	22/6	GEEFGCAGECCDECC	A	XI	612/8
GECGFFECEGCAGF#	D	III	364/2	GEEFGCBAGECCDEC	A	XI	612/8
GECGGAAGF#G	G	X	585/3	GEEGFEFGADDCBAG	D	III	429/7
GECGGCBDFDBGE	F	I	161/4	GEFBCGFGECACDED	A	XI	622/7
GEDCAAAGCFEF	F	XII	663/1	GEFDBAGABCDEFGA	D	IX	3/317/4
GEDCAGFEDEDCCEA	F	XVI	771/3	GEFDBCGEGCEGCFD	Eb	I	123/2
GEDCBAG	C	I	28/1	GEFDBFE	D	I	16/8
GEDCBAGAFEEAGFE	Eb	XV	693/1	GEFDCBAG	D	XI	609/7
GEDCBAGFDEG	G	VI	518/2	GEFDCBCCEGCEDEF	D	X	588/4
GEDCBAGGFDEG	G	VI	518/2	GEFDCBCCEGCFEDE	D	X	588/4
GEDCBBCCDDEEFFG	G	XI	617/10	GEFDCBCEDEFDCBC	D	X	588/4
GEDCBBCDC	Eb	III	388/8	GEFDCBCFDECD	A	III	439/4
GEDCBCBCCCBFFEG	G	IX	552/16	GEFDCBCFEDEFEDC	D	X	588/4
GEDCBCBCCCBFFEG	G	IX	551/4	GEFDCBDCEDCGFEC	G	I	62/3
GEDCBCDBC	C	I	11/7	GEFDCCBAG	D	XI	609/7
GEDCBCDEFECCAFC	C	X	584/2	GEFDCCDDEFEDEFG	Eb	I	144/2
GEDCBGFEDCEDCBA	A	III	380/2	GEFDCCDDEFG	Eb	I	144/2
GEDCCAGFFDBCGEA	E	I	266/4	GEFDCDCC	D	XI	606/3
GEDCCBCBCBbAA	Ab	III	388/3	GEFDCDE	C	VII	539/3
GEDCCCBAGGCDFGA	Eb	IV	465/4	GEFDCDEFDBC	E	XX/1	837/4
GEDCCCCCBAGGGGF	A	XI	653/5	GEFDCEDCACBAG	D	I	130/2
GEDCDEFDBAG	Bb	I	269/3	GEFDCEDFEDG	A	IX	567/19
GEDCDEFFFE	A	I	9/1	GEFDCEGCBAG	Bb	I	63/5
GEDCFEDEFEDEDCC	A	XI	615/10	GEFDCGEAGF#GDEG	C	III	429/11
GEDCFGAGEDCFGAG	G	XII	664/7	GEFDCGEFDC	E	IX	572/11
GEDDDEFDCEGGEDD	C	XV	682/6	GEFDEADBABG	D	XVI	748/3
GEDEC	D	I	153/1	GEFDEADCBABG	D	XVI	748/3
GEDECCEFEFDB	E	XIX	833/5	GEFDECAFGEFD	G	II	317/2
GEDEFBCDEFG	G	I	7/6	GEFDECBAGFE	G	II	304/2
GEDEFDEGCEDEFDC	D	IX	558/12	GEFDECBAGGFE	G	II	304/2
GEDEFEGADCED	Bb	II	329/9	GEFDECCBAGFEDC	F	II	316/6
GEDFBDDF#GBDCCC	D	IV	473/1	GEFDECCBCD	F#	I	52/3
GEEAGEDEDCDED	Bb	III	458/2	GEFDECCCBAGGFED	F	II	316/6
GEECBCDEDEFEG	A	XI	596/4	GEFDECCCED	F	I	226/2
GEECCGGE6GEECCG	C	XI	638/8	GEFDECDBCGEGCEG	Eb	XVI	754/5
GEECFDDBCEDF	G	XI	632/5	GEFDECDGBC	G	I	10/2
GEECGFDE	C	II	307/4	GEFDEDCBCG	A	I	9/5
GEEDCBCDEFECCAF	C	X	584/2	GEFEDCBCBAGG#	Ab	V	478/2
GEEDDDEFDCEGGEE	C	XV	682/6	GEFEDCCCD	D	II	303/9
GEEDECFFEFDGBCG	A	IX	558/9	GEFEDCDE	C	VII	539/3
GEEDEFDDCDCEC	C	I	12/4	GEFEDCDEC	G	XI	624/9
GEEDDDCCCG	Bb	I	98/4	GEFEFDDEDE	Ab	XVI	760/11
GEEEEDEFEDDDCCC	Bb	XV	683/2	GEFEFGAGCDEDE	Eb	IX	570/7
GEEEEDEGFEDDEDD	Bb	XV	683/2	GEFEFGGABCBAGEF	F	XVIIa	807/2
GEEEGEFDD	C	IX	579/6	GEFEFGGABDCBAGE	F	XVIIa	807/2
GEEFDDEGECDFDBC	Eb	II	326/1	GEFEFGGGFEDCBCD	F	VII	540/1
GEEFEDCBDCBAGG#	Ab	V	478/2	GEFEFGGGGCCCE	Bb	VIII	546/6
GEEFEFGADCBAG	D	III	429/7	GEFEFGGGGCDCBCC	Bb	VIII	546/6
GEEFFDBBCC	Bb	I	38/4	GEFEGBCDCEGAC#D	D	II	341/2
GEEFGAGAGFE	C	II	318/6	GEFGA	Ab	III	388/3

Column (1) Incipit, (2) Original Key, (3) Hoboken Group, (4) Hoboken Location

GEFGABCDEFECBGD	D	XI	645/4		GEGFDBCEGEC	A	XI	604/1
GEFGABCDEFEDCDC	E	III	383/5		GEGFDEFGCEDCBAG	G	III	367/4
GEFGABCGFEGEFGA	G	XI	623/8		GEGFDFE	C	I	73/3
GEFGACB	G	I	12/3		GEGFDFECEDBGCEA	G	I	33/3
GEFGADEFGCDECF	Eb	III	430/9		GEGFDFEFGAFDCB	A	VII	529/3
GEFGAFDCBCED	F	IX	552/2		GEGFDFEFGCEDCBA	G	III	367/4
GEFGAFDFEDCBBCG	G	XVIII	825/1		GEGFEAAAG	Bb	II	329/13
GEFGAFDFEDCBCG	G	XVIII	825/1		GEGFEDCCCD	D	II	303/9
GEFGAGCBAGCBCDE	G	XI	637/4		GEGFEDCDEC	G	XI	624/9
GEFGAGFEDAGFE	Bb	III	404/12		GEGFEFDDFEDE	Ab	XVI	760/11
GEFGAGFFEF	Bb	II	329/10		GEGFEFGGGFEDCBC	F	VII	540/1
GEFGCBA	Eb	IX	572/9		GEGFGEGDGCGDGEG	D	XVI	748/1
GEFGCEDEFD	Bb	I	273/2		GEGGEGGCCEDFFFE	G	I	263/1
GEFGCGFEGFFDEFA	D	II	3/294/1		GEGGEGGEFGFDEFE	Eb	V	495/1
GEFGECABCAFDGFD	Bb	I	198/4		GEGGGCGG#ABCCCB	G	IV	466/4
GEFGEFDBAGABCC#	D	III	389/5		GEGGGCGG#ABCCDC	G	IV	466/4
GEFGEFDCBAGABC	D	III	389/5					
GEFGEFGABCDECGG	C	III	444/3		GFAbDEb	F#m	III	404/9
GEFGGACBAAGG	G	II	3/295/1		GFAbGFEbDCBCDC	Cm	XVI	749/1
GEFGGBCCGAGFEDD	D	XVIII	821/5		GFAbGFEbDCCBbAb	Cm	XVI	749/1
GEFGGCCGAGFEDDG	D	XVIII	821/5		GFDBCCEDDDFEEAG	Bb	III	457/6
GEFGGGEFGGGEGEG	Bb	I	98/1		GFDBCEFDBCGGGGG	D	XI	610/11
GEGBFEAGFEDCBCD	F	I	165/3		GFDCBCGCFEGEDC	D	V	492/3
GEGCAGFDC#DFDFB	Eb	I	111/6		GFDCCCCB	Fm	III	389/7
GEGCBAGFEFE	D	XI	620/11		GFDCEDGGFDEDBCD	F	II	305/3
GEGCBCDDEFDBCEG	F	III	422/9		GFDCEG	Bb	IX	568/16
GEGCBDGDFE	D	I	159/3		GFDEbDCDbBbDbC	F#m	XVI	755/5
GEGCBGBCCEFGFEC	D	XI	620/3		GFDE	F	VII	540/4
GEGCCBAGFEFE	D	XI	620/11		GFDECBABCDEFE	G	XI	612/3
GEGCCCCGCEEEECE	A	III	456/1		GFDEDG	D	XI	617/6
GEGCCDDECCBDGGG	A	IX	574/4		GFDFEbDCDbCBbDb	F#m	XVI	755/5
GEGCEDCBAGAFEEA	Eb	XV	693/1		GFDFECGGDDECD	D	I	222/4
GEGCGDGEGBGCE	D	IX	550/20		GFDGC	D	II	337/4
GEGDBCEGEGDBC	D	IX	550/15		GFEb	Cm	III	388/10
GEGDGCCBAAGFEGF	G	I	82/3		GFEbD	Am	I	23/4
GEGDGCCBAGCDFEC	G	II	299/1		GFEbDCBBbABb	Em	III	383/3
GEGDGCCBAGFEFE	G	I	82/3		GFEbDCBAbAbBCCB	Cm	III	379/4
GEGDGCFEADCBFED	Eb	XVI	754/8		GFEbDCBAbAbBCDC	Cm	III	379/4
GEGECAEGCGCGECF	C	IX	563/6		GFEbDCBAbGFEbDB	Dm	III	379/12
GEGECAGCGCGECFA	C	IX	563/6		GFEbDCBBBCCDCDD	Am	XI	646/3
GEGECBCEGFFAFAF	A	I	266/3		GFEbDCBC	Dm	III	462/2
GEGECGEGECAFAFD	Bb	I	121/2		GFEbDCBCD	Dm	IX	550/10
GEGEFGAGGCECBAD	D	IX	568/3		GFEbDCBGFEbDCAb	Dm	III	364/4
GEGEFGAGGCEDCBA	D	IX	568/3		GFEbDCBGFEbDCAb	Dm	XV	722/4
GEGEGFEDCE	D	XV	3/340/1		GFEbDCCB	Cm	XIV	674/7
GEGEGFEDCE	D	XVII	3/352/3		GFEbDCCBFEbDCBD	Am	XI	608/7
GEGEGFEFGEGFEFG	C	III	394/10		GFEbDCCBFEbDCBD	Cm	XVI	734/4
GEGE6G	A	XX/1	837/6		GFEbDCCCDCCCDEb	Fm	XVI	771/2
GEGFDBCCCEFGAGF	C	II	319/2		GFEbDCCCCDCEbEb	Fm	XVI	771/2
GEGFDBCECAGBCEA	G	XI	644/3		GFEbDCCDEbDGAbF	Gm	XVI	742/3

Column (1) Incipit, (2) Original Key, (3) Hoboken Group, (4) Hoboken Location

Incipit	Original Key	Hoboken Group	Hoboken Location
GFEbDCFGAbGFEbD	Dm	V	484/4
GFEbDEbDCB	Gm	XI	624/11
GFEbDEbFGAb	Am	III	380/3
GFEbDFAbGFEbG	Dm	XI	621/7
GFE	D	IX	567/8
GFE	G	II	352/1
GFEAAGFFECCBAGF	G	XI	609/1
GFEABCBAGFE	A	XVI	751/6
GFEABCBAGGFE	A	XVI	751/6
GFEADCBAGGFEAFE	D	XVI	751/3
GFEAFGGFEDBC	A	XI	635/7
GFEAGCCBAG	A	I	90/1
GFEAGF	Eb	I	24/5
GFEAGFE	F	Ia	286/2
GFEAGFEDC	D	XI	611/6
GFEAGFEDCDBCGGG	A	XI	598/1
GFEAGGCCBBAAGGF	G	III	384/10
GFEBCGECCECGED	Bb	III	421/1
GFECAAGGCDFEGFE	D	II	339/3
GFECAAGGCDFEGGF	D	II	339/3
GFECBAF#GCCCCC#	E	XV	710/7
GFECBAGFE	C	I	42/5
GFECCBFDBCGACBC	D	XII	661/1
GFECCCCFEDCBCD	C	XI	637/5
GFECCDBBGBGCEAG	C	I	65/2
GFECCDEDAGFFE	D	V	488/1
GFECDCBAGGG	Bb	XV	703/1
GFECDCCBAGGG	Bb	XV	703/1
GFEDB	A	XI	630/4
GFEDBCGGGAGCBAG	B	I	56/5
GFEDC	Db	III	422/10
GFEDCAAAGCGFEF	F	XII	663/1
GFEDCAAGFEDFEDC	F	XVI	771/3
GFEDCABCGFDECDB	E	XVI	3/347/1
GFEDCABCGFDECDB	E	XVI	771/4
GFEDCACDEFGABCB	C	XV	723/5
GFEDCACDEFGABDC	C	XV	723/5
GFEDCAFEEDFDCBC	F	II	322/2
GFEDCAGAG	D	XI	644/2
GFEDCAGFED	A	XI	635/9
GFEDCAGFEDCB	Eb	V	478/1
GFEDCAGFEDFEDCB	Bb	III	360/6
GFEDCAGFEEDCBAG	F	VI	511/3
GFEDCAGFEEDFDCB	F	II	322/2
GFEDCAGGFEEDCBA	F	VI	511/3
GFEDCB	Eb	V	497/1
GFEDCBAG	E	I	50/3
GFEDCBAGFECCCFA	A	XI	653/4
GFEDCBBCCDDEEFF	G	XI	617/10
GFEDCBCAGCAGCBE	D	III	363/1
GFEDCBCAGGGGECA	Eb	XV	692/2
GFEDCBCBCBCDEF	Bb	II	329/14
GFEDCBCDC	C	XVI	3/349/1
GFEDCBCDCAGFE	C	XIV	674/8
GFEDCBCDCGCCBCD	C	XI	607/2
GFEDCBCDEEFDBG	E	I	32/3
GFEDCBCEDD	C	XI	633/7
GFEDCBCEGBCEGBC	F	V	477/3
GFEDCBCFEGFEDCB	C	IX	3/320/8
GFEDCBGGFEDCEDC	A	III	380/2
GFEDCCAG	D	XV	718/5
GFEDCCAGFED	A	XI	606/7
GFEDCCAGFEFFFEF	C	XVIII	816/4
GFEDCCBAGAFE	A	XI	646/2
GFEDCCBAGAG	B	XVI	755/11
GFEDCCBAGAGFE	G	XVI	781/3
GFEDCCBAGCEDBCA	C	XIV	674/5
GFEDCCBAGFE	D	III	384/12
GFEDCCBAGFFE	G	IV	471/3
GFEDCCBAGFFEDCB	Eb	III	430/13
GFEDCCBAGFFEFE	F	III	372/2
GFEDCCBAGFGFEFE	F	III	372/2
GFEDCCBBAGGFE	D	III	384/12
GFEDCCBDCBAGFE	G	II	303/6
GFEDCCC	D	IX	549/16
GFEDCCCCAGFE	D	XI	650/3
GFEDCCCCAGGFE	D	XI	650/3
GFEDCCCCBAGGCDF	Eb	IV	465/4
GFED6CBAGGGAGFE	A	XI	653/5
GFEDCCCCCEDCBCG	C	XIV	672/2
GFEDCCCCCEEDCBC	C	XIV	672/2
GFEDCCCCEDCGCEE	C	II	307/2
GFEDCCDCDCDEFFFE	D	I	38/1
GFEDCCDCDEFFFFE	D	I	38/1
GFEDCCDEDAGFGFE	D	V	488/1
GFEDCCDEEFFFGAA	Bb	I	104/6
GFEDCCEDCBAGCED	F	III	378/4
GFEDCCEDGABCDEF	D	IX	553/1
GFEDCDC	G	XI	622/5
GFEDCDCCCCDEFGA	C	VII	540/2
GFEDCDCCDEDCDEF	F	XVI	750/2
GFEDCDCGEEC#DD	D	VI	516/1
GFEDCDEFDCBAG	Bb	I	269/3
GFEDCDEFECFGAGC	A	XI	593/1
GFEDCDEFEDCBCGF	A	XII	664/4
GFEDCDEFEDCGFED	E	XVI	755/7
GFEDCDEFEDEFGCB	A	III	410/13
GFEDCDEFGAGAFE	A	XI	597/2
GFEDCDEFGCBAG	D	V	493/3

Column (1) Incipit, (2) Original Key, (3) Hoboken Group, (4) Hoboken Location

GFEDCEFFEFE	G	XI	644/4		GFEEEEFFEEDDCBC	G	XI	619/6
GFEDCEFGFEFE	G	XI	644/4		GFEEEEFFF	D	I	38/2
GFEDCEGABCAG	D	IX	559/2		GFEEEEFGFFFF	Eb	XI	329/3
GFEDCEGCBAF#EF#	G	I	7/5		GFEEEFDCC#DEFAE	Bb	III	422/8
GFEDCEGCBAGFAGF	C	IX	561/12		GFEEFDDECCBAGFF	D	II	341/4
GFEDCEGE6CDEFE	D	IX	567/7		GFEEFDDECCBAGFF	D	I	246/1
GFEDCEGE6CFE	D	IX	567/7		GFEEFDDECCBAGGF	D	II	341/4
GFEDCFGAGFEDC	F	II	313/7		GFEEFDDECCBAGGF	D	I	246/1
GFEDCGAFACAGEGC	Eb	V	494/2		GFEEFEDEFFEEDEF	Bb	II	330/8
GFEDCGAFCAGEC	Eb	V	494/3		GFEEFGAGGGCGGEC	D	II	340/1
GFEDCGE8CG	C	IX	571/8		GFEEFGGAFFEDCB	A	I	266/5
GFEDCGFFFGAADDD	Bb	III	383/9		GFEEFGGAGFFEDCB	A	I	266/5
GFEDECCEFEFDB	E	XIX	833/5		GFEEGEDDGB	F	III	452/4
GFEDECGFDECG	A	III	368/5		GFEEGEDDGBCCF#G	F	I	260/2
GFEDEFBCDEFG	G	I	7/6		GFEEGGCB	F	XIX	828/3
GFEDEFDCBC	D	XI	611/8		GFEFDCBAGABCDEF	D	IX	3/317/4
GFEDEFEFDCDECBA	C	XIX	834/2		GFEFDEDCDAGF#GA	Bb	III	430/3
GFEDEFEFDCDECBA	D	III	421/11		GFEFDEDCDGABCDE	Bb	III	430/3
GFEDEFEFGFEDCBC	F	I	76/2		GFEFEABCFE	F	XI	634/1
GFEDEFEGAGABCG	A	XI	639/4		GFEFEACBCDEFAGF	D	II	323/2
GFEDEFGAGABCEDE	G	VI	519/2		GFEFEBCAFDB	F	II	308/2
GFEDFEFGAG	D	V	484/3		GFEFEDBCCBAGFE	D	IV	466/1
GFEDGCDEFEDDDEC	Bb	III	404/2		GFEFEDBCCBAGGFE	G	Ia	288/2
GFEDGCDEFEDDDED	Bb	III	404/2		GFEFEDCDEDEF	G	III	376/7
GFEEAGFFEEDC#DE	Bb	II	330/10		GFEFEDEDEFGAGFEDC	Bb	II	325/10
GFEECEEDCC	Eb	I	254/1		GFEFEDGAAAAG	F	XIX	836/1
GFEEDC	C	IX	570/17		GFEFEFGCEGFEEFG	C	I	33/2
GFEEDCBAGFEEDCB	F	XVIIa	808/2		GFEFFEDE	E	I	257/2
GFEEDCBCEDD	F	XIX	828/5		GFEFFFEDE	E	I	257/2
GFEEDCBCEDD	C	XI	633/7		GFEFGABCDEFEDDD	C	XI	630/8
GFEEDCDCCCCDEFG	C	VII	540/2		GFEFGABCDEFEDDD	F	XIX	829/1
GFEEDCGFEGFE	A	XI	601/7		GFEFGABCGAFDFDE	G	XI	622/1
GFEEDEFEDDCDCEC	C	I	12/4		GFEFGCBCDCGCEGF	F	XVIII	819/1
GFEEDEGGFEDGFFE	F	II	329/17		GFEFGECBCDECDCD	D	IX	566/2
GFEEDFAAGFEEDCB	A	XI	636/5		GFEFGFDBGFAFDCB	Bb	XVa	729/2
GFEEDFAGFEDCBCG	A	XI	636/5		GFEFGFEDCBCBCC#	G	IX	570/10
GFEEEAGF#F#G	D	III	395/3		GFEFGFEDCCFADDF	F	IX	553/14
GFEEECFDGEFGCEE	G	XI	609/10		GFEFGGFEFG	Eb	IX	552/8
GFEEEDCC	A	XI	3/330/1		GFEGAFDBC	Bb	II	310/5
GFEEEDDCC	D	XII	661/1		GFEGAGFEDCBC	Bb	II	310/5
GFEEEDDCCC	C	I	201/5		GFEGCEDBCEGECEF	Bb	IX	561/3
GFEEEDDEDFFGFE	D	XI	623/7		GFEGCGCBCDBGCEG	Bb	IX	557/1
GFEEEDDEDFFGFFE	D	XI	623/7		GFEGCGFEDCBC	D	XI	615/1
GFEEEDEDCCC	C	I	201/5		GFEGCGFEEDCBC	D	XI	615/1
GFEEEDFEFDCBCG	E	V	487/2		GFEGECFAG	C	IX	569/14
GFEEEECE	D	IX	549/8		GFEGFEDCB	G	II	298/3
GF6E	D	I	128/4		GFEGFEDCDEDEF	G	III	376/7
GFEEEEEFDBC	C	XI	630/5		GFEGFEDCDEFE	C	XVIII	3/356/2
GFEEEEEFFEDDDD	D	XV	718/4		GFEGGAGFDGEC	G	IX	3/320/7
GFEEEEFDCEDBCGG	C	XI	646/6		GFEGGGG#AABCA	G	XII	660/3

Column (1) Incipit, (2) Original Key, (3) Hoboken Group, (4) Hoboken Location

GFFEbDDCBCD	Dm	IX	550/10	GGAbFEbGCDFBC	D	III	379/15
GFFEAFDBCCECGFE	F	II	308/4	GGAbF#GFDBAbGF	Fm	III	404/14
GFFEDCBCCAGGFF	C	XI	630/6	GGAbGAbGAbGGGAb	Am	XI	612/7
GFFEDCCBAGC	Eb	III	371/2	GGAABBABCDE	F	II	330/4
GFFEDCCBAGC	Eb	II	311/2	GGAACBBABCDE	F	II	330/4
GFFEDCDEFGAGAGF	A	XI	597/2	GGAAGGGGBbBbAA	Bb	V	506/3
GFFEDCFACAGFEED	A	XI	653/1	GGABCCCBAAGFEGF	G	XVI	740/8
GFFEDEGFEFEDCDE	C	XIX	834/2	GGABCDEDCBC	D	XI	605/2
GFFEDEGFEFEDCDE	D	III	421/11	GGABCDEDGFEDCBC	D	XI	618/1
GFFEEDDCCCCBBAA	Eb	IX	560/5	GGABCDEDGFEDCCB	D	XI	618/1
GFFEEFDECDBCDBC	G	XI	634/5	GGABCDEEDCBC	D	XI	605/2
GFFEEFFGGFEGFED	Eb	VIII	546/5	GGABCDEFEDEDCGF	F	XV	682/3
GFFEEGEEDDGBCC	F	I	260/2	GGABCDEFEDEDCGF	F	XIV	671/3
GFFGAbB	Fm	VI	511/2	GGABCDEFFEDDBC	D	XI	617/5
GFFGAbCB	Fm	VI	511/2	GGABCDEFGBCDEFE	F	I	42/4
GFGACBCDCAGBCEF	C	V	489/1	GGABCEDBCEDBCAG	D	XI	615/5
GFGAEGFDFEDEFD	G	XVI	738/6	GGABCFFFE	E	IX	573/3
GFGAFDBBC	C	I	73/3	GGAFDEEFDG	Bb	III	374/5
GFGAFDBCFEFGAG	A	XII	659/1	GGAFEFDCB	C	III	410/5
GFGAGDEFEAGGFE	E	XV	718/10	GGAFFGFECDEFGAB	C	XIX	829/5
GFGAGGFED#ED#E	Bb	I	128/2	GGAF#GFDBAG	F	III	404/13
GFGGGABCCCCBAGG	G	XI	609/2	GGAGAGFF	F	IX	578/4
				GGAGBCGGAGCCGAF	Eb	I	254/3
GF#AGFEDCBBGBCC	Eb	III	421/14	GGAGCBBAA	F	IX	552/11
GF#GABbAAGGF#GA	Dm	IX	578/10	GGAGCCBBBCEEAGF	G	VI	519/1
GF#GABbAGGF#GA	Dm	IX	578/10	GGAGCCGGAGCCGAF	Eb	I	254/3
GF#GAGCBG#ABAFE	D	IX	553/2	GGAGEDCDEFGFGF	C	IX	553/6
GF#GAGECBFEFGFE	G	I	231/5	GGAGEEEFFF	C	IX	570/15
GF#GAGECCBFEFGF	G	I	231/5	GGAGFECCCBAGGFE	F	I	126/6
GF#GAGFDCFDCBDB	D	I	66/5	GGAGFED	A	III	370/4
GF#GCEDCCDCEDC	A	I	90/3	GGAGFEDCDEFGFGF	C	IX	553/6
GF#GCGECGCCCDG	F	VI	522/1	GGAGFEDDCBCCGAG	E	I	50/4
GF#GCGGGEDEFADE	F#	III	404/8	GGAGFEEDCBCGCC#	C	XVI	771/6
GF#GCG#AFEDGFE	G	XV	702/5	GGAGFEEFFGFEDD	F	V	501/1
GF#GDEbDCCBG	Gm	I	42/8	GGAGFEGDCBCEFGF	C	V	489/4
GF#GDFEbDCCCBG	Gm	I	42/8	GGAGFEGDCBCEFGG	C	V	489/4
GF#GD#EABCDGABC	G	III	435/2	GGAGFEGEGFDC	C	III	394/8
GF#GEbDCGF#GDEb	Cm	I	41/4	GGAGFFFGFEFDCBC	G	II	352/3
GF#GEbDEbCB	Cm	V	479/4	GGAGF#EDCCBBFED	Eb	XV	702/6
GF#GEAFEDGCDEFG	C	XIX	831/3	GGAGF#GGE	G	I	130/4
GF#GECEFAGECGG	G	IX	559/6	GGAGGAGGEFD	E	III	451/4
GF#GFDEbDbCB	Cm	XI	646/8	GGAGGCBCDCECAGA	F	II	300/2
GF#GFDEbDbCCB	Cm	XI	646/8	GGAGGCBCDCECBAG	F	II	300/2
GF#GFEbD6CBCD	Cm	III	378/2	GGAGGCCAAFEFGGA	A	XI	604/2
GF#GF#GCCDGGEC	G	I	263/2	GGAGGFDBGFEGCE	G	I	34/2
GF#GF#GF#GAGEGG	C	III	394/6	GGAGGFEAGGF	Eb	II	345/2
				GGAGGFED	A	III	370/4
GGAbAbBBCCEbEbD	Em	I	32/4	GGAGGFEDDCBCCGA	E	I	50/4
GGAbBC	Gm	XI	628/7	GGAGGFEEDCC	A	XI	616/5
GGAbBFDEbCEbDFB	Fm	I	60/2	GGAGGFFDEAGFEDC	Eb	II	328/2

Column (1) Incipit, (2) Original Key, (3) Hoboken Group, (4) Hoboken Location

GGCAAG	B	XVI	735/5
GGCAGGGFEDFFEDC	D	III	395/1
GGCBAAG	B	XVI	735/5
GGCBAGAFEGEBFED	G	XI	622/2
GGCBAGAGBCDEFGA	F	XV	686/2
GGCBBCDDEbDCBC	Am	I	81/2
GGCBCDBGCECFDG	A	I	81/3
GGCBCDCCBDFED	G	XV	683/6
GGCBCDEbDCBCEbD	Am	I	81/2
GGCBCDEEFEDCBAG	D	XI	608/3
GGCBCDEFEDCBAGG	D	XI	608/3
GGCBDGGDCE	D	XI	623/3
GGCCAbAbDbDb	Dm	I	29/3
GGCCBAGFEGCCBA	Eb	XVI	769/5
GGCCBAGGFEFFFBC	C	XV	723/3
GGCCBAGGFFFF	G	XI	628/6
GGCCBBCDEFFEEDC	D	X	588/2
GGCCBDCBAGEEFED	C	XIX	835/1
GGCCBDCEDFDCBCB	Eb	XVII	3/353/1
GGCCBDGGGABCCBD	C	II	320/3
GGCCBFFEEF#G	G	XI	617/3
GGCCBGGEbEbDGG	Gm	XVI	769/2
GGCCBGGFEDCB	D	I	29/4
GGCCCBDFFFE	D	XI	615/9
GGCCCBFFEEF#G	G	XI	617/3
GGCCCCBDDDEFEDC	Eb	III	404/4
GGCCCDCDCBFFFF	Bb	I	126/3
GGCCCDDDDGGGCC	Eb	I	217/4
GGCCCDDDEGFDC	Bb	IX	553/18
GGCCCEDCEDCBFFF	Bb	I	126/3
GGCCCEEEGCAG	Bb	I	213/4
GGCCCGGDDD	F	I	126/5
GGCCCGGFEDCCCC	G	VIII	3/315/1
GGCCDEFEDCBGCFG	C	III	410/5
GGCCEbDDCDBC	Cm	I	188/3
GGCCEbEbDDCDBC	Cm	I	188/3
GGCCEDBCEGGG	A	I	156/5
GGCCEECCDCACCDC	D	XI	651/5
GGCCEGFEGFEGDFE	A	III	456/4
GGCCGCCG	Am	XI	610/6
GGCCGEECGGAGFE	C	VIII	546/2
GGCCGGEFDEDECDE	F	III	376/17
GGCDDGABCDEFEDC	Bb	I	169/3
GGCDEbEbEbEbF#GF#	Bm	III	416/15
GGCDEbEbEbGGDEb	Bm	III	416/15
GGCDEDCBAGF#AG	D	I	179/6
GGCDEDCGAGCDED	D	I	250/4
GGCEAGF#FEDCBCF	C	II	318/2
GGCECGEC	Eb	I	169/5
GGCECGGEDCCCBGD	Eb	VIII	541/1

GGCEDCBAGGACG	F	IX	563/7
GGCEDFEGCCB	A	XVII	785/1
GGCEEAF#GABG	Bb	III	379/17
GGCEEFDECFAD	G	XI	620/5
GGCEEFDECFAED	G	XI	620/5
GGCEFGGCEFGAFGD	Eb	II	343/2
GGCEGCEGCEGFGEF	C	III	410/1
GGCEGDFDCBAGAB	G	XI	654/2
GGCEGGGGFEDFECG	G	I	205/6
GGCGAFGEECC#DEF	C	XIX	831/1
GGCGECDBCGGGGAF	F	I	93/2
GGCGECGCECADFDB	D	IV	467/14
GGCGECGGCBCCBAG	C	XV	694/2
GGCGECGGCBCDCBA	C	XV	694/2
GGCGEEFDDDECAED	G	XI	631/2
GGCGEEGFEDCBCDG	C	I	99/5
GGCGEEGGFEEDCCB	C	I	99/5
GGCGEFDBCBCDCDE	C	VIII	542/1
GGCGEFDECDBCGAB	D	XVI	751/1
GGCGEGCGDGEEDDE	C	XIX	831/2
GGCGFDEFECCCEDE	D	I	27/1
GGCGFEDCDE	G	X	585/2
GGCGFFEGGABCABC	G	IV	464/1
GGCGGDGGEFGCBAG	Eb	VIII	545/2
GGCGGEGECCCC	Eb	VIII	543/1
GGEAFDBCD	C	XI	637/6
GGEAFDCBCD	C	XI	637/6
GGEAGGGECAAG	G	II	298/2
GGECBBABCCBCED	F	XIV	671/2
GGECBBABCCBCED	F	XV	682/2
GGECBBABCCBCED	A	XI	643/6
GGECBDGBCDEFED	Bb	I	147/6
GGECBGGAGF#GABC	C	XVI	771/5
GGECCAFDGFDBCG	Bb	I	198/4
GGECCBAAGFFEFE	A	V	480/2
GGECCBAAGFGFEFE	A	V	480/2
GGECCBBABDCCBCE	F	XIV	671/2
GGECCBBABDCCBCE	A	XI	643/6
GGECCBBABDCCBCE	F	XV	682/2
GGECCBDBGFEGCEG	C	IX	3/320/5
GGECCBDDEFFFE	D	XVI	760/7
GGECCCCGEDDDFDB	F	IX	562/3
GGECCCGEEGGFFEE	Eb	III	415/9
GGECCDCDCDC	Bb	III	459/1
GGECCEDCEDCEDC	Bb	III	459/1
GGECDCCCFECED	C	VI	515/4
GGECDDBGABCE	C	II	319/5
GGECFCGCAFEDGFE	G	IX	561/7
GGECFDGECGABC	A	XI	593/3
GGECGCED	C	III	403/8

Column (1) Incipit, (2) Original Key, (3) Hoboken Group, (4) Hoboken Location

GGEDCBAGF#GF#GA	D	I	179/6	GGFEDDDCDECCCFF	Bb	I	93/5
GGEDCCCAAFFDCBG	D	XV	686/5	GGFEDDEDCDECCCF	Bb	I	93/5
GGEDCEFGFEDEC	G	XI	607/7	GGFEDEFDBC	C	II	337/1
GGEECBAGFFDFFEG	G	XI	620/4	GGFEDEFDEC	G	XI	635/1
GGEECBCGGCCDDGF	G	I	159/6	GGFEDEFFE	D	II	339/4
GGEECCCBAGFEFGE	G	I	263/6	GGFEEAGGFEE	Eb	II	329/2
GGEECCCBAGGFEFG	G	I	263/6	GGFEEDC	C	IX	573/9
GGEECCGGGG#AGFD	D	XIV	673/1	GGFEEDCBCCAGFED	C	XI	656/6
GGEECCGGGG#AGFD	D	XVI	3/342/1	GGFEEDCEFGGFECD	D	II	*313/3
GGEEDCBCGGCCDDA	G	I	159/6	GGFEEEDCCDCDCG	E	XVI	755/9
GGEEECCCAAGG	A	XII	660/2	GGFEFDCEDFDEFGG	G	XI	617/2
GGEEFG	Eb	IX	549/10	GGFEFEABCGFE	F	XI	634/1
GGEEGFDEGGCGEAC	A	IX	567/18	GGFEFEACBCDEFAG	D	II	323/2
GGEFBCEDCBAG	D	Ia	295/1	GGFEFEBCAFDCB	F	II	308/2
GGEFDCBCBAG	D	III	447/4	GGFEFEDBCCBAGGF	G	Ia	288/2
GGEFDECBCDEFGAB	A	XI	605/6	GGFEFEDBCCBAGGF	D	IV	466/1
GGEFDECFED	C	I	33/4	GGFEFEEDCDCCCCA	C	I	231/2
GGEEFEDECFEED	C	I	33/4	GGFEFFEDCDEFGAG	C	II	316/2
GGEFGAFEDGFEGG	G	IX	561/7	GGFEGAFEFGGCDEF	D	I	249/3
GGEFGEDDCCDCDED	G	II	317/4	GGFFEDCBA	C	IX	572/13
GGEFGEEDEFDBC	E	III	375/1	GGFFEDCCFDBC	C	II	305/4
GGEFGGCBDFEGC	F	I	95/4	GGFFEDCCFDBC	C	XVI	745/2
GGEGFEDCFEDCDBC	G	XII	660/5	GGFFEEFDECDBCF	G	XI	635/2
GGEGFEDCFEEDCDB	G	XII	660/5	GGFFEEGGFFEE	C	II	307/3
GGEGFFDBCGEC	A	IX	573/4	GGFFFFEbEbDCCBG	Dm	XI	615/4
GGEGGCGGFE	C	XVI	737/1	GGFGABCBFEDAGFE	A	Ia	280/2
GGEGGCGGFE	G	XI	612/1	GGFGABCBFEDAGFF	A	Ia	280/2
GGFAGFEDCBCAGCG	Ab	XVI	769/8	GGFGAEFDGFEDCBC	C	V	489/2
GGFAGFEDCCBCAGC	Ab	XVI	769/8	GGFGAEGFDFEEDEF	G	XIV	674/3
GGFEbDCBCDEbDC	Cm	I	41/2	GGFGCCCBCEEEDE	Bb	I	63/7
GGFEbDCCBCDFEbD	Cm	I	41/2	GGFGCCCBCEEFEDE	Bb	I	63/7
GGFEbDCEbEbDCBC	Gm	XV	681/1	GGFGEEEDECCCBCG	A	XVI	755/4
GGFEbDGGFEbD	Cm	II	303/2	GGFGFEbDCCC	Gm	IX	555/13
GGFECBAAGF	G	XI	620/8	GGFGGEGGDBBC	A	III	368/6
GGFECBAGGEGGFED	Ab	XVI	769/4	GGF#GADDDEEE	G	XI	622/3
GGFECCCBAG	G	XI	610/1	GGF#GADGCFEDCBC	Eb	I	38/5
GGFECDCDEC	A	II	353/4	GGF#GADGCFEEDCB	Eb	I	38/5
GGFECDCDEC	A	X	586/3	GGF#GAG	D	II	3/293/3
GGFECEDCDEC	A	X	586/3	GGF#GAGDFED	G	XI	623/6
GGFED	Eb	I	38/7	GGF#GAGDFEED	G	XI	623/6
GGFEDC	C	IX	573/9	GGF#GCBAGFEDCGG	F	XVI	755/3
GGFEDCACAG	C	XIV	671/6	GGF#GCCCBCEGECG	Bb	I	63/1
GGFEDCBAGCBAGFE	A	III	380/5	GGF#GCGFEDCDCFF	Eb	XVI	751/5
GGFEDCBCCAGFEDC	C	XI	656/6	GGF#GCGFFEDCDDC	Eb	XVI	751/5
GGFEDCCBBAGAGFE	A	XI	646/2	GGF#GGF#GAG#ADF	G	III	394/20
GGFEDCCCAAFFEDC	D	XV	686/5	GGGAAFDBCDEDEFE	Eb	IX	3/321/3
GGFEDCCFDBC	C	II	305/4	GGGACBAAGFEEDCB	A	IV	472/1
GGFEDCCFDBC	C	XVI	745/2	GGGAEFFFGDEEEFD	Eb	I	42/7
GGFEDCEDCCCFECE	C	VI	515/4	GGGAGCGFEDGEDCB	F	III	376/13
GGFEDCEFGFECDED	D	II	*313/3	GGGAGCGFEDGEEDC	F	III	376/13

Column (1) Incipit, (2) Original Key, (3) Hoboken Group, (4) Hoboken Location

GGGAGFEFFFFGFED	Bb	I	271/2		GGGGCBBAAFFAAGG	E	XVI	743/6
GGGAGGFFFGF	G	XII	660/7		GGGGCCGFEDFE	Bb	II	306/1
GGGBCBCDEb	Am	XI	653/3		GGGGDDDEFGGGGEF	D	VIII	546/4
GGGCBAG#AGFEDCB	D	III	405/1		GGGGECBDCEDEFE	F	XVII	796/5
GGGCBBbBbAG	Eb	III	449/1		GGGGEDCCBCCBCD	D	III	415/1
GGGCBGGGDC	G	X	585/1		GGGGEECBGFFEEG	Eb	I	111/4
GGGCCBAG#AGFEDC	D	III	405/1		GGGGEGFDBBCECG	C	III	394/6
GGGCCBCBAGFEDCB	C	II	318/6		GGGGEGGGGEGGG	F	I	261/2
GGGCCCEEEFAD	Ab	XVI	767/2		GGGGFDEGGGGFDE	Bb	I	43/2
GGGCDECCCEFG	D	VII	535/3		GGGGFEb	Cm	III	415/13
GGGCGEbEbEbEbEb	F#m	III	404/6		GGGGFEbEbEbEbDCBC	Gm	XVI	737/10
GGGEb1OCDEbFEbD	Fm	XVII	791/1		GGGGFECBAGFED	Eb	III	448/2
GGGEb1OCDEbGFEb	Fm	XVII	791/1		GGGGFEDACB	G	I	172/1
GGGEbDBCCCBDF#A	Cm	I	123/5		GGGGFEGFEDBCDEF	Bb	I	270/2
GGGECCGEFDE	G	IX	3/316/3		GGGGFFEFDECCED	F	XI	642/4
GGGECDBCGECFDGE	Bb	III	376/10		GGGGGAbGFFFEb	Dm	III	401/3
GGGEDECEDDBGCC	A	III	389/15		GGGGGABCCG	G	VII	532/5
GGGEFGGAFE	G	I	12/1		GGGGGAGGCGGAGGG	A	III	380/1
GGGEGEGECCCAGGF	D	XVa	728/2		GGGGGCGEEEEGECD	F	I	95/1
GGGEGEGECCCBAGG	D	XVa	728/2		GGGGGCGEEEEGECE	F	I	95/1
GGGFDEbDCDbBbDb	F#m	XVI	755/5		GGGGGEDCCBCDCBC	D	III	415/1
GGGFDFEbDCDbCBb	F#m	XVI	755/5		GGGGGGFEDCCAF#GG	D	III	405/3
GGGFEbEbAbGFEbD	Fm	XV	720/4		GGGGGGFFEb	Cm	XVI	740/3
GGGFECAFD	Eb	III	448/2		GGGGGFFFEEEDFED	F	III	411/8
GGGFECCBAGFEDEE	F	I	126/6		6GAFFFDBCCCDDDG	C	IV	467/2
GGGFEDCBCGCC#DG	C	XVI	771/6		6GCGCCCCECGG	A	I	31/3
GGGFEDCCBAGFEDC	Bb	III	457/4		6GEDCDDEC	C	I	165/2
GGGFEDCDFEEAAGG	G	IV	*463/4		6GEDCDEDCDEC	C	I	165/2
GGGFEDECEDDBGCC	A	III	389/15		6GFEEEDDCCCBAC	C	I	201/5
GGGFEEDCCBAGGFE	Bb	III	457/4		6GFEEEDEDCCCBA	C	I	201/5
GGGFEEFFFEDD	F	V	501/1		7GAbCAbF#GDEFCD	Gm	III	422/15
GGGFEFEEEDCDCCC	C	I	231/1		7GAFEEGE	E	I	257/3
GGGFEFFEDCDEFGA	C	II	316/2		7GAGFEEGE	E	I	257/3
GGGFEGGGFEAAAGA	E	III	380/4		7GCGFEDC	Bb	VI	520/2
GGGFFEAAAGGFFFF	A	XII	659/2		7GCGGFFEEDDC	Bb	VI	520/2
GGGFFEGGGFFEDDD	D	III	445/2		9GFECEDC	C	XIX	829/3
GGGFFFEbEbEbEbD	Cm	XVI	745/7		9GF#GF#ABACAF#G	Eb	III	374/3
GGGF#FECBADGCFF	C	III	388/11		10G	Cm	II	303/2
GGGF#GABCBBAGAB	Ab	XVI	749/2		11GAbBbCDEbFEb	Am	I	92/4
GGGF#CFGD	G	I	263/5		GGGG#AADDEFGG	C	I	42/3
GGGGAbFEbDDDDF	Dm	XV	698/5		GGGG#AAFDBCDEDE	Eb	IX	3/321/3
GGGGAAAFFEFDG	A	XI	639/2					
GGGGAAAGFFEFDG	A	XI	639/2		GG#AAAABBBCEG	G	II	323/7
GGGGABAGCFEEDC	F	IX	567/4		GG#AAGFEDCBCBCD	G	I	16/5
GGGGABCBAGABCFE	Ab	XVI	749/2		GG#AGFEDCBCDEFE	Ab	I	25/1
GGGGABCBDCFEDDD	D	I	191/2					
GGGGABCDEFE	D	XI	645/5		G#ABCF#GF#GAGAC	Bb	III	459/3
GGGGABCDEGFE	D	XI	645/5		G#AF#GEFDECB	C	I	123/4
GGGGAGFEEEEFEDC	A	XVI	748/2					
GGGGAGGGGEDCBAG	G	XV	705/6					

Column (1) Incipit, (2) Original Key, (3) Hoboken Group, (4) Hoboken Location